김 헌

서울대학교 인문학연구원 교수. '어진 사람 헌(獻)'이라는
이름에 부름이라도 받은 듯 서양고전문헌학자가 되었다.
서울대 불어교육과를 졸업하고 같은 학교 대학원 철학과에서
플라톤의 『파르메니데스』 연구, 서양고전학과에서
호메로스의 『일리아스』 연구로 석사학위를 받았으며, 프랑스
스트라스부르대학교에서 아리스토텔레스의 『시학』과 『수사학』
연구로 박사학위를 받았다.

　저서로 『인문학의 뿌리를 읽다』, 『천년의 수업: 나와
세상의 경계를 허무는 9가지 질문』, 『그리스 문학의 신화적
상상력』, 『고대 그리스의 시인들』, 『위대한 연설: 아테네 10대
연설가』 등이 있고, 옮긴 책으로 『그리스의 위대한 연설』(공역),
이소크라테스의 『어떤 철학의 변명』, 알베르토 망겔의
『일리아스와 오디세이아』(2015) 등이 있다.

김월회

서울대학교 중문학과 교수. 동양의 고전을 새롭게 하는 작업을
통해 끊임없이 삶의 토양을 다지고자 노력하는 인문학자.
서울대 중문학과를 졸업하고 같은 학교 대학원에서 「20세기
전환기 중국의 문화민족주의 연구」로 문학박사학위를
받았다. 주로 고대와 근대 중국의 학술사상과 중국문학사를
입체적으로 재구성하는 연구를 수행하고 있다.

　저서로 『살아 움직이는 동양 고전들: 중국문학자 김월회가
말하는 역동적 고전 읽기』, 『깊음에서 비롯되는 것들: 삶터를
깊게 하는 인문』을 출간했고, 『중국 개항도시를 걷다』, 『고전의
힘, 그 역사를 읽다』 등을 공동 집필했다. 함께 옮긴 책으로
『아시아라는 사유공간』, 『동아시아 인식 지평과 실천 공간』이
있다.

무엇이
좋은 삶인가

김 헌
김월회

동서양 고전에서
찾아 가는 단단한 삶

무엇이
좋은 삶인가

민음사

"인간에게 삶이 살 만한 가치를 갖게 되는 것은
아름다움 바로 그것 자체를 바라보면서 살 때이다."

플라톤, 『향연』에서

고전에서 빛을 찾다

김헌

"고전이란 모든 사람이 칭찬하지만, 아무도 읽지 않는 책이다." 마크 트웨인이 한 말입니다. 모든 사람이 고전을 칭찬하는 이유는 뭘까요? 거기에서 우리는 인간과 사회, 역사와 세상에 관한 긴요한 정보와 비밀스러운 교훈을 기대하기 때문입니다. 그래서 누구라도 고전을 읽고 제대로 이해하기만 한다면, 삶을 잘 살 수 있을 것 같습니다. 그런데 왜 아무도 고전을 읽지 않을까요? 아예 읽지 않는 사람도 있겠지만, 사실 많은 사람들은 큰 기대를 안고 고전을 읽어 보려고 시도합니다. 그러나 책장을 펼치는 순간부터 이해하기 어렵고 읽어 나가는 재미를 못 느끼기기 때문에 중간에 포기하는 겁니다. 솔직히 말씀드리자면, 서양고전학자라는 저도 읽다가 중간에 덮은 책들이 한둘이 아닙니다.

그러나 무뚝뚝한 표정의 고전 몇 권을 읽고 또 읽으면

서 포기하지 않고 뚝심 있게 곱씹어 나가자, 그 고전에서 환한 빛을 보게 되었습니다. 제가 세상을 살아가며 부딪힌 아픈 문제들과 세상이 제게 던진 무거운 질문들에 대한 답을 찾은 겁니다. 제가 세상을 지배하는 권력의 비밀을 알았다거나 돈을 많이 벌어 부자가 되는 비책을 발견했다는 뜻은 아닙니다. 권력자든 부자든, 가난하든 평범하든, 그 어떤 방식으로 삶을 살아가든, 누구나 부딪히게 되는 삶의 문제들을 좀 더 잘 이해하게 되었고, 제가 누구이며 제가 어떻게 살 때 기쁨을 느끼며 살아갈 수 있는지 그 길을 찾았다는 말입니다.

세상이 우리에게 던지는 여러 가지 물음들에 제가 서양의 고전을 통해 찾은 길을 이 책에 그려 보았습니다. 고전을 읽고 깨달은 바를 글로 다듬어 나가는 작업도 즐거웠지만, 김월회 선생님과 함께 그 문제들을 나누며 동양의 고전에서 그분이 찾은 길도 엿보면서 얻은 또 다른 깨달음은 더욱 흥미롭고 값진 것이었습니다. 물론 우리가 각자의 고전에서 찾아내 그려낸 길이 모든 사람들에게도 똑같이 통할 수 있는 '정답'이라고 말할 수는 없습니다. 독자들이 각자의 고유한 취향과 상황, 가치에 맞는 자신만의 '명답'을 찾도록 미력이나마 도울 수 있기를 희망할 뿐입니다. 그리고 읽다가 포기했던 고전들을 독자들이 다시 펼치도록 힘과 용기를 불어넣어 줄 수 있다면 더욱 좋겠습니다.

화두와 '함께함'의 저력

김월회

살면서 품었던 물음이 얼마나 되는지를 생각해 봅니다. 지금껏 손에 쥐고서 곱씹어 왔던 물음은 무엇이었는지도 헤아려 봅니다. 그리고 이런 생각을 해봅니다. "지금의 나를 있게 해준 것은 그러한 물음들이 아니었을까?" 겸하여 이런 생각도 해봅니다. "사람이 사람다울 수 있었음도, 누군가가 위인이 될 수 있었음도, 인류가 문명을 일궈낼 수 있었음도 다 물음을 지닐 수 있었기에 가능하지 않았을까?" 여기서 물음을 화두(topic)라는 말로 바꾸어 봅니다. 살아가면서 우리는 적잖은 화두와 마주하기에 그렇습니다. 물론 마주한 화두를 그냥 흘려보내기도 합니다. 때로는 꽉 부여잡고 씨름을 벌이기도 합니다. 개인 차원에서만 그런 것이 아닙니다. 국가 또한 그러하고 넓게는 문명 또한 그러합니다.

문명의 화두란 말이 있습니다. 문명을 빚어내는 데 필요한 화두를 가리킵니다. 인류가 문명을 일궈낼 수 있었음은, 또 문명을 지탱하고 갱신해 갈 수 있었음은, 그러한 화두를 피하지 않고 그것과 끈질기게 씨름했기 때문입니다. '화두와 함께함'이 지니는 도도한 저력입니다. 사람도 마찬가지입니다. 살다 보면 마주하게 되는 화두를 누구는 외면한 채 살아가지만 누군가는 기꺼이 그것과 더불어 살아갑니다. 때론 부딪치고 때론 품어내며 그렇게 화두로 자기 삶을 풍요롭게 일궈냅니다. 화두와 함께함의 저력을 알기 때문입니다. 사람이 인문(人文)을 주조해 내며 동물과 달리 살 수 있게 해준 그 힘을 말입니다.

화두 자체가 대단하다거나 고결하다는 얘기를 함이 아닙니다. 그것은 우리가 세상을 살아가는 한, 누구라도 마주할 수밖에 없는 화두들입니다. 이를테면 명예, 운명, 행복, 부(富), 정의, 아름다움, 분노, 공동체, 역사, 짓기, 영웅, 죽음 같은 것들입니다. 이들에 대하여 차원 높이 사유하고 심도 깊게 통찰해야 하는 것도 아닙니다. 핵심은 살아가다가 이들 화두와 마주했을 때 회피하지 않는다는 것, 그리고 곱씹어 보며 그에 대한 자기만의 생각을 구축한다는 것, 이 두 가지입니다. 이 책에서 김헌 선생님과 필자가 열두 가지 화두를 매개로 주고받은 생각처럼 말입니다. 모쪼록 필자 둘이 나눈 대화가 화두와 함께하는 삶의 가치와 그 힘에 공명하는 계기가 되기를 소망해 봅니다.

차례

명예,

필멸의 존재이기에

1 │ 2

무엇이
좋은 삶인가

1

김헌

작년 1월 초, 할머니가 세상을 떠나셨다. 할머니를 회상하면 가장 먼저 떠오르는 것은 당신의 꿈 이야기다. 할머니는 아주 젊었을 때 혼자가 되어 너무 외롭고 힘들어서 세상을 뜨고 싶었다고 하셨다. 강물에 뛰어들 생각으로 달 밝은 밤을 택해 강에 간 적도 있었다. 그러나 거세게 흐르는 강물을 보고 너무 무섭기도 하고 강물이 너무 찰 것 같아, 우습지만 갑자기 감기가 걱정되어 그냥 집으로 돌아왔다고 하셨다. 며칠 후 꿈을 꾸셨는데, 하얀 옷을 입은 산신령 같은 노인에게 표를 받으셨단다. "그 표에는 60이라고 적혀 있었어. 예순까지 산다는 거지." 내가 중학생이 되자, 어느 날부터인가 할머니는 초조해하셨다. 예순 살이 되려면 몇 년 안 남았기 때문이었다.

그런데 회갑연을 얼마 앞두지 않은 어느 날, 할머니 표

명예, 필멸의 존재이기에

정이 밝아지셨다. 그 전날 밤 꿈에 그 옛날 노인이 다시 나타났다는 거다. "그분한테 표를 다시 받았어. 70이라고 적혀 있었지." 그 후 할머니는 그 예고된 연세가 되시는 무렵이면 어김없이 새로운 표를 받으셨다. 그리고 언제부터인가 "100살 먹도록 살 거다!"라고 당당하게 말씀하셨다. 그러나 그 주장을 뒷받침할 꿈 이야기를 들은 적은 없었다. 향년 아흔여섯 살을 일기로 할머니는 세상을 떠나셨다. 10년 주기로 나타나던 산신령이 100세를 넘길 마지막 표를 할머니에게 주지 않았던 모양이다.

죽음을 인정한 후에 시작되는 욕망

할머니는 삶에 대한 의지가 무척 강하셨다. 아픈 것을 끔찍하게 싫어하셨고 죽음을 두려워하셨다. 오래 살기를 원하셨기에 96년으로도 부족하셨던 것 같다. 마지막 순간까지 삶에 대한 의욕을 버리지 않으셨다. 해가 지나도 연약해지지 않고 그 탄력을 유지하는 질긴 삶의 의지. "살아 있다는 것은 죽음에 대한 총체적인 저항이다." 한 철학자가 이런 말을 했다는데, 할머니는 이 말의 의미를 나에게 가장 확실하게 입증해 주셨다. 나는 도무지 할머니의 소천을 상상할 수 없었고, 임종 며칠 전 중환자실에 실려 가셨을 때에도 곧 일어나실 것이며 100살까지 살 거라는 말씀이 반드시 이루어질 거라고 굳게 믿고 있었다.

어디 나의 할머니뿐이랴. 존재하는 모든 것은 없어지지

않으려는 특성을 가지고 있으니. 존재의 관성은 죽음을 강하게 거부한다. 배고파 죽을 것 같으면 누구나 먹고, 마려워 죽겠어서 화장실에 가며, 졸려 죽겠어서 잔다. 보고 싶어 죽겠어서 그(녀)에게 전화를 걸고 그(녀)에게 뛰어간다. 죽을 것만 같을 때 생명체는 죽음을 거부하며 삶에 강렬한 집착을 보인다. 꽃은 시들 때가 되면 있는 힘을 다해 자신의 씨를 바람에 날려 보내 새로운 땅에 삶의 터전을 다시 잡고 새롭게 꽃을 피워내며 되살아난다. 남녀 사이의 사랑이 그토록 강렬한 것도 새로운 생명체 속에 우리의 유전자를 연장시켜 존재를 지속시키려는 욕망 때문임에 분명하다. 그런 사랑의 뜨거움이 없다면 존재는 끊어지고 역사는 끝장난다.

그것이 어디 인간과 생명체뿐이랴. 돌덩이도 바람과 비에 깎이지 않으려고 단단하게 뭉쳐 있고, 물도 흩어지지 않으려고 옹골찬 방울을 이루며 탱탱하게 버틴다.

존재 지속의 욕구와 죽지 않으려는 갈망이 있기에 우리는 죽음을 두려워하며, 두려움을 어렵사리 극복하고 나서도 죽고 싶지는 않기에 존재와 생명을 위협하는 모든 요소를 열렬히 적대시한다. 존재 지속의 욕구가 시들고 마침내 삶의 의지가 꺾이는 순간, 우리가 사는 것은 살아가는 것이 아니다. 쇠하고 죽어 가는 것이다. 죽지 않으려는 열망만이 우리를 생동하게 하며 존재를 단단하게 만든다.

죽음을 향해 뛰어드는 기이한 존재

그런데 이상한 일이 있다. 적지 않은 인간들이 죽을 줄 알면서도 사지로 뛰어드는 일이 허다하니 말이다. 불나방이 불에 뛰어드는 것이야 멍청한 그놈들이 죽을 줄 몰라서라고 하겠지만, 인간은 왜 전쟁을 일으켜 그곳으로 뛰어들고 위험을 무릅쓰면서까지 모험을 감행하며 무엇이 도사려 있는지도 모르는 미지의 세계로 겁 없이 떠나는 것일까? 마치 죽어도 좋다는 듯. 죽을 수 있더라도 갖지 않으면 견딜 수 없는 그 무엇이 있다는 듯.

지금으로부터 약 3300여 년 전, 저 멀리 그리스 땅에는 바로 그런 '미친' 사람들이 북적대고 있었다. 사람들은 그들을 영웅(ἥρως)이라 불렀다.

"이것 보게 친구, 만일 우리 둘이 진정 이 전쟁을 피하여 영원무궁토록 늙지도 않고 죽지도 않을 수만 있다면, 나 자신이 맨 앞에 서서 싸우지는 않을 것일세. 남자를 명예롭게 하는 싸움터로 자넬 보내지도 않을 것일세. 하지만 지금 수도 없이 많은 죽음의 운명들이 우리 앞에 떡하니 버티고 우뚝 서 있네. 그것들을 인간들은 피할 수도 면할 수도 없으니, 나가세! 우리가 누군가에게 명성을 주든, 누군가가 우리에게 줄 것인즉!"

—— 호메로스, 『일리아스』(12권 322-328행)에서

트로이아의 장군 사르페돈이 친구를 독려하는 말이다. 이상한 점이 있다. 죽을 수밖에 없는 인간이라면, 그래서 존재를 지속시키려는 욕망이 있다면 당연히 죽지 않으려고 할 테고, 어떻게 해서든 죽음의 위험이 가득 찬 전쟁을 피하려고 할 것이다. 그런 인간들에게 죽을 수도 있는 위험한 전쟁터에 나가자고 하는 건 정말 미친 짓이다. 그런데 그 미친 말을 듣고 결연히 그곳으로 나가는 사람이 있다. 그도 단단히 미친 것임에 틀림없다.

그러나 만약 인간이 늙지도 죽지도 않는다면 상황은 달라진다. 전쟁터를 두려워할 필요가 없기 때문이다. 죽지 않는다면 게임처럼 전쟁을 즐길 수도 있을 것이다. 칼에 찔려도 죽지 않고, 화살에 맞아도 안 죽는다면 사람들은 전쟁의 짜릿한 쾌감을 누려 보려는 호기심에서라도 한 번쯤은 전쟁터에 나갈 생각을 할 수도 있으며, 친구에게도 같이 한번 '죽음'을 즐겨 보자고 권할 수도 있을 것이다. 아무리 해도 죽지 않으니, 죽음은 죽음이 아니라 유사 죽음일 테고, 즐길 만한 경험이 될 수 있을 터이니 말이다.

그런데 이상하다. 사르페돈은 오히려 죽지도 늙지도 않는다면 군이 전쟁터에 나갈 필요가 없다고 한다. 반대로 죽을 수밖에 없으니 전쟁터에 나가자고 한다. 이 무슨 해괴한 궤변이란 말인가. 기왕에 죽을 것이면 전쟁터에서 죽자는 것인데, 어차피 죽을 거라면 죽음을 재촉하지 않아야 정상이 아닌가? 최대한 삶을 길게 하고, 그렇게 길게 사는 동안 편하게 살려고 하는 것이 현명한 것 아닌가?

명예, 필멸의 존재이기에

한 번뿐인 삶, 죽음 뒤에도 기억되는 명성을 위해

트로이아 전쟁의 최고 영웅 아킬레우스에게는 두 가지 선택이 놓여 있었다. 전쟁에 참가한다면 전쟁터에서 죽고, 전쟁에 참여하지 않는다면 오래오래 장수하면서 편안하게 살 수 있었다. 보통의 정상적인 사람이라면 두 번째 길을 선택할 것이다. 그런데 아킬레우스에게 던져진 선택은 단순하지 않았다. 전쟁을 선택하면 일찍 죽지만 그 대가로 불멸의 명성을 얻을 수 있게 되고, 반대로 전쟁에 불참하면 장수를 누리며 집 안에서 편하게 살지만 그냥 그것으로 끝나고 사람들에게 곧 잊힌다는 조건이 덧붙었다.

선택의 갈림길에서 아킬레우스는 하나뿐인 목숨을 바쳐 전쟁터에서 일찍 죽는 대가로 불멸의 명성을 얻는 길에 발을 들여놓았다. 왜 그랬을까? 역설적이게도 아킬레우스는 그 단명의 길, 일찍 죽는 죽음의 길을 가는 것이 진정 자기 존재를 최대한 연장시키는 가장 좋은 방법이라고 생각했기 때문이다. 어차피 인간은 다 죽고, 죽으면 생존의 모든 것이 끝나는 것이라면, 불멸의 명성을 얻어 살아 있는 사람들의 기억 속에 대대로 영원히 남는 것이 인간에게 열린 유일한 영생불멸의 길이라고 생각했던 것이다.

그뿐만이 아니었다. 트로이아 전쟁에는 이렇게 불멸의 명성을 얻고자 뛰어든 전사들이 가득했다. 이들에게 전쟁터는 단순히 죽고 파멸하는 곳이 아니라 진정 "남자를 명예롭게 하는" 곳이었다. 영원히 살고 존재를 지속시키려는 열망으로 불타오른 자들은 죽을 수밖에 없는 인간의 조건 속에서 불멸의 명성을 얻으려고 전쟁터에 나가 하나뿐인 목숨을 아낌없이 던졌다. 이 전쟁에서 아킬레우스는 트로이아 최고의 전사 헥토르를 무찔러 지상 최고의 영웅으로 우뚝 서고 불멸의 이름으로 지금껏 남아 있으니, 그는 목적을 이룬 셈이다.

트로이아 목마를 고안하고 그리스 연합군의 승리를 일구어낸 오뒷세우스도 비슷하다. 지혜로운 그는 용맹스러운 아킬레우스와 함께 그리스 최고의 영웅으로 꼽히는데, 그런 그가 집으로 돌아가는 것이 쉽지 않았다. 온갖 고초를 다 겪다가 마침내 함께 참전한 전우들을 모두 잃었다. 혼자가 된 그는 언제 집으로 돌아가게 될지 기약도 없이 외딴섬에 갇혔다. 아름다운 요정 칼륍소가 그를 남편으로 삼고 집으로 못 가게 붙들어 두었던 것이다.

7년째 되는 해, 칼륍소는 오뒷세우스에게 두 가지 선택을 제시했다. 불멸하는 신적인 존재가 되어 영원한 젊음을 누리며 섬에 머물 것인가, 아니면 죽을 인간의 운명을 안고 집으로 돌아가 늙어 가다 죽을 것인가. 두 가지 선택의 기로에서 오뒷세우스는 망설일 필요가 없을 것만 같다. 병들지 않고 늙지도 죽지도 않고 신과 같은 불멸의 존재가 된다는데 집으로 돌아갈 이유가 없지 않은가? 게다가 영원히 늙지 않는 미모의 요정과 함께 쾌락의 나날을 보낼 수 있다면 고민할 까닭은 더더욱 없어진다.

반면 집으로 돌아가는 길을 선택한다면, 가는 길도 험

난하여 격심한 고생을 해야 하며, 최악의 경우에는 집에도 가지
못하고 익사하거나 객사할 수도 있다. 설령 우여곡절 끝에 집으
로 돌아간다 해도 결국 늙고 병들어 시름시름 앓다가 언젠가는
반드시 죽어야 한다. 게다가 지금 그의 집에는 그가 돌아오면 죽
여 버리겠다고 벼르는 험악한 남정네들이 득실거린다. 그의 아내
페넬로페와 결혼하겠다고 몰려온 한량들이다. 그녀와 결혼하고
오뒷세우스의 왕국을 차지하겠다는 흑심을 품고 있는 불한당들
이다. 그가 천신만고 끝에 그리워하던 고향 집에 도착하더라도,
그 험악한 상황 속에서 무사할지도 의문인 상태다.

그러나 오뒷세우스의 선택은 뜻밖에도 집으로 돌아가
는 것이었다. 불멸의 조건을 버리고 필멸의 세계로 돌아가겠다고
한 것이다. 언뜻 그의 선택은 어리석어 보인다. 존재하는 모든 것
이 죽음에 저항하며 존재를 영원히 지속시키려는 것이 본능적인
욕망이라면, 오뒷세우스의 선택은 본능을 거스르는 것이기 때문
이다.

그런데 그런 그를 이해하는 단서는 그를 유혹하고 있는
요정의 이름에서 찾을 수 있다. '칼륍소'라는 이름은 '감추는 자'
라는 뜻이다. 따라서 오뒷세우스가 그녀의 품에 안긴다면 세상
으로부터 영원히 잊힌 존재가 되고 만다. '잊히면 어떠하랴, 영원
한 젊음으로 살면 그만이지.'라고 생각한다면 오뒷세우스가 여
전히 바보처럼 보일 것이다.

그러나 오뒷세우스는 잊히는 것이야말로 진정한 죽음이
라고 생각했다. 그가 꿈꾸는 불멸은 인간의 조건을 벗어나는 초

오뒷세우스와 칼륍소

인간적인 것이 아니라, 필멸이라는 인간의 조건 안에서 이루어지는 인간적인 불멸이었다. 인간적인 불멸만이 진정 의미 있는 불멸이며, 그 불멸로 가는 유일한 길은 죽음으로 유한한 삶을 오롯이 마감하고, 살아 있는 사람들의 기억 속에 불멸하는 명성으로 남는 것이었다. 그가 지금 트로이아 목마의 영웅으로 우리의 뇌리에 지워지지 않는 이름으로 남아 있는 것은 그가 그때 칼륍소의 품을 박차고 나왔기 때문이리라.

"호랑이는 죽어서 가죽을 남기고, 사람은 죽어서 이름을 남긴다."는 말이 있다. 이름을 남기는 것이 인간적인 삶의 값을 다하는 것이라는 말이다. 그런 가치관으로 치열하게 살았던 사람들, 그들이 바로 고대 그리스의 영웅들이었다. 삶을 지독하게 사랑했기에 그 삶이 역동하는 세계 속에서 지워지지 않을 이름을 남기려고 했던 사람들. 그들은 인간 조건 안에서 신들의 무한한 삶과 인간의 한계를 넘어서는 영원한 존재의 지속을 열망하면서도 그것에 이를 수 없는 것이 인간의 운명임을 깨달았다. 태어나 살다 죽을 수밖에 없는 필멸이 인간의 운명이며, 그것을 벗어날 수 없는 것이 인간의 한계인 것을 그들은 뼈저리게 깨달았던 것이다. 나아가 초인적인 영원한 삶보다도 더 값진 것이 바로 극히 짧은 인간의 삶이며, 하나뿐이며 결코 반복될 수 없는 인생임을 절감하고 있었던 것이다. 그 짧은 찰나의 순간에 빛나는 불멸의 명성이야말로 신들의 영원한 삶보다 더 눈부신 것임을 그들은 믿었던 것이다. 처음과 끝이 있기에 아름다운 삶, 그 순간이 치열하게 빛날 수 있기를 오뒷세우스는 바란 것이다.

이런 그리스의 영웅들의 이야기를 나는 할머니에게 한 번도 들려 드린 적은 없다. 이름도 빛도 없이 살다 가신 나의 할머니, 그분이 이들의 이야기를 듣는다면 뭐라고 하실까? 어쩌면 당신은 에우리피데스의 비극 『메데이아』에 나오는 유모처럼 말씀하셨을지도 모르겠다.

"비슷한 사람들 사이에서 사는 것에 익숙해지는 것이 더 나은 일이오. 적어도 나는 말이오, 위대하지 않아도 좋으니 안전하게 늙어 갈 수 있기를 바라오."

—에우리피데스, 『메데이아』(122-128행)에서

유모의 소박한 고백 속에는 오랜 삶의 지혜와 슬기가 배어 있다. 그녀는 뭐든 지나치는 것은 불행을 자초하고, 중용을 지키는 것이 가장 좋다는 말을 덧붙인다. 위대해지는 것, 불멸하는 존재가 되는 것, 영원히 기억되기를 바라는 마음. 그것은 주변 사람들을 얼마나 피곤하게 만드는가? 유모는 그것을 알고 있었다. 그가 거의 평생을 모시던 메데이아와 이아손의 이야기를 이 자리에서 자세하게 할 필요는 없다. 그들은 모두 『일리아스』의 아킬레우스나 『오뒷세이아』의 오뒷세우스와 같은 부류의 인간이라는 것만 밝히면 충분하다.

그런 존재들 맞은편에 유모 같은 사람들이 있다. 그녀는 태생적으로 위대함과는 거리가 멀다. 출신도 높지 않고, 명예를 빛낼 수 있는 처지에서 배제된 여자였기 때문이다. 그러나 그녀의 삶과 깨달음이 더 높고 고결한, 아니 소박하며 심오한 것일지 모른다. 주어진 삶을 편안하게 누리는 것으로 기뻐하고 만족하는 삶. 그리고 죽음 앞에서 차분하게 두려움 없이 존재를 내려놓을 수 있는 지혜. 나는 유모를 그런 존재로 읽는다. 명예가 존재를 지속시킬 수 있는 방편이라면, 그것은 존재보다 더 중요한 것이 아니라는 뜻이다. 위대함을 부러워하지 않을 지혜, 그 이름이 칭해지지 않았다고 해서 초조해지지 않을 의연함과 용기. 어쩌면 유모에게서 우리는 그런 것을 읽어낼 수 있을 것 같다. 에우리피데스는 유모의 이름을 밝히지 않았다. 그렇다고 해서 유모가 섭섭해하지는 않을 것 같다. 위 인용문에서 보듯, 그의 바람은 그저 삶을 평온하게 누리는 것에 있었으니까.

물론 메데이아와 이아손의 유모 이야기도 할머니에게 해 드린 적이 없다. 할머니가 에우리피데스가 그려낸 유모와 비슷하다고 말하기도 어렵다. 할머니 역시 자존심이 강했고, 사람들에게서 칭찬받는 것을 좋아하셨으며, 당신의 수고를 고마워하지 않거나 폄하하는 낌새라도 보이면 종종 역정을 내셨으니 인정받고 싶은 마음이 있었고, 그것은 결국 명예심, 명예욕의 한 표현이었을 테니.

하지만 겉으로 보이는 삶의 태도나 결과로 보자면, 할머니는 아킬레우스나 오뒷세우스보다는 유모에 가까운 것 같다. 할머니에게 직접 여쭤 본다면 어떤 대답을 듣게 될지 자못 궁금하다. 그리고 그 궁금증은 그대로 나에게 던지는 질문이 된다. 유모와 영웅 사이에서 무엇이 좋은 삶인가?

"어차피 죽는다면,
불멸의 명성만이
인간에게 열린
유일한 불멸의 길이다."

김헌

"명성의 씨앗은
남이 아닌
'나'에게서
발아되어야 한다."

김월회

누구에게
인정받을 것인가

2

김월회

"후생가외(後生可畏)"라는 공자의 말은 제법 알려져 있다. "후생은 두려워할 만하다."는 뜻으로 『논어』에 실려 있는 말이다. 그런데 바로 뒤에 나오는 말은 그다지 알려지지 않았다. "나이 마흔, 쉰이 되어서도 이름이 칭해지지 않으면 두려워할 바가 못 된다."는 구절이 그것이다.

칭해짐, 늙어서도 존중받는 근거

당시는 개인의 일대기에서 환갑이 크게 기념됐던 때다. 이를 감안하면 공자의 이어진 말에는 꽤나 수긍이 간다. 이름이 칭해지려면, 그러니까 명성이 들려오려면 적잖은 성취를 일구어

명예, 필멸의 존재이기에

야 하는데, 나이 마흔, 쉰이 되면 여생이 길어야 20년 안팎이고 육신의 힘도 그만큼 쇠했을 터, 두려워할 만한 성취를 쌓기가 현실적으로 어려워지기에 그렇다. 그런데 공자는 "두려워하지 않아도 된다."는 정도에서 멈추지 않았다. 『논어』에는 이러한 일화가 실려 있다. 원양이라는 친구와 공자 사이에 있었던 일이다.

> 원양이 다리를 뻗고 앉아 있었다. 공자가 말했다. "어려서는 공손할 줄 모르고 커서는 칭해지는 바가 없으며 늙어서는 죽지 않고 있음이 바로 도적이다." 그러고는 지팡이로 그의 정강이를 때렸다.
>
> ——『논어』에서

여기서도 장년이 되어 칭해지는 바가 없으면 두려워할 이유가 없다는 관점이 목도된다. 그렇다고 그를 무시하거나 구박할 이유도 없다. 설사 그 사람이 그렇게 나이가 더 들어 노년이 된다고 해도 마찬가지다. 칭해지지 않는다는 것이 꼭 문제라고 할 수는 없기 때문이다. 명성이 없다고 하여 그의 삶이 잘못됐다거나 실패했다고 할 수 없음은 분명하다. 그런데 공자는 우리와 생각이 많이 달랐다. 칭해질 정도로 해 놓은 것도 없고 늙어서도 죽지 않으면 '도적'이라고 단언했기에 하는 말이다.

알려진 바 공자의 품성과는 사뭇 어울리지 않는 어투다. 도적은 흔히 남의 정신이나 신체, 재화 등에 위해를 가하는 존재를 가리킨다. 칭해지지 않는다고 하여 이런 해악을 끼쳤다고 볼 수 없음에도 공자는 친구를 도적이라 단정했다. 더구나 말만 그렇게 한 게 아니었다. 그는 쥐고 있던 지팡이로 친구의 정강이를 때리기까지 했다. 물리력을 행사하는 공자의 모습이 무척 어색하고 낯설다. 물론 상대가 진짜 도적이면 그를 잡거나 '정당방위' 차원에서 취한 행동일 수도 있다. 정강이를 친 것이 과한 행동이 아닐 수 있다는 뜻이다. 그러나 단지 명성이 들려오지 않은 채 늙었다고 친구를 도적 취급하여 정말로 쳤다면, 왠지 우리에게 익히 알려진 공자 이미지와는 거리가 꽤 있어 보인다. 그럼에도 공자가 친구를 도적이라 칭하며 지팡이로 친 행위는 그저 수사나 시늉 정도로 보이지만은 않는다.

공자가 언행일치를 철저하게 실천한 인물이었음을 감안하면 더욱 그러하다. 『사기』, 「흉노열전」에는 흉노에 사신으로 간 한 제국의 관리와 흉노 측의 중항열이란 인물 사이에 오갔던 논쟁이 실려 있다. 흉노의 노인 천대 풍습과 형이 죽으면 동생이 형수와 결혼하는 풍습을 둘러싼 그리 길지 않은 언쟁이다. 한의 사신은 이를 빌미로 흉노 전체를 야만으로 몰아가고자 했다. 그러나 중항열은 그건 개인과 사회 모두의 일상 자체가 '준전시' 상태로 조직된 흉노의 현실을 무시한 '자기중심적' 시각에 불과하다고 일축했다.

목초지 선점과 방어를 효과적으로 달성하기 위해서는 '전투적 능력'을 우선할 수밖에 없다. 그러한 현실에선 노인보다는 젊은이가 더 쓸모 있다. 하여 젊은이 중심으로 사회가 돌아가는 것은 야만의 표지가 아니라 사회 전체의 효율적 생존을 위한

명예, 필멸의 존재이기에

합리적 선택이라는 논리다. 중항열의 관점에 서면, 중국과 같은 농경 위주 사회에서 노인을 공경하는 이유 또한 그 사회에서 노인이 쓸모 있는 존재여서이다. 여기서 쓸모 있음은 본인에 의해 주장되는 것만으로는 부족하고 주변에 의해 공인되어야 한다. 가문 차원에서는 그 가족에 의해, 지역사회 차원에서는 지역 주민에 의해, 국가 차원에서는 시민에 의해 그 쓸모 있음이 지지되어야 한다는 얘기다.

공자는 그렇게 쓸모가 지지되면 마흔, 쉰이 되면 이름이 저절로 칭해진다고 봤다. 노쇠하여 전쟁할 힘도, 농사지을 힘도 없지만 집단에, 사회에 도움이 되기에 칭해지게 된다고, 달리 말해 존중받게 된다고 본 것이다. 칭해짐은 이렇게 개인 차원의 문제가 아니라 집단이나 사회 전체와 밀접하게 연동된 중요한 문명의 화두였다. 공자가 친구 원양을 단호하게 대한 까닭이다. 또한 문명의 화두를 풍요롭게 담고 있는 『논어』에서 명성의 문제가 수차례 언급된 이유이기도 하다.

이름, 내가 나를 부른 것

『논어』는 사전 기획에 따라 집필된 저술이 아니라 공자 사후 제자들의 기억에 의해 편집된 어록이다. 그렇다 보니 첫머리에 어떤 말을 배치하느냐가 꽤 중요한 문제로 떠올랐다. 그래서 『논어』의 첫 구절은 줄곧 주목받았고, 그 결과 『순자』 등 유가의 저술은 첫머리에 학문 관련 논의가 실리는 전통이 형성되기도 했다. "배우고 때때로 익히면 또한 기쁘지 아니한가." 그러니까 『논어』의 첫 구절이 배움에 대한 언명이었기 때문이다.

그다음에는 친구와 명성 관련 언급이 나온다. "멀리서부터 벗이 찾아오면 또한 즐겁지 아니한가."와 "남이 몰라준다고 화내지 않으면 또한 군자 아닌가."란 구절이 그것이다. 숙식을 같이하며 삶과 사회, 역사를 스승과 함께 논했던 후학들의 눈에 공부와 벗, 명성이 공자가 곱씹었던 중요한 화두로 비쳤던 듯하다. 『논어』에서 다뤄진 꽤 많은 화두 가운데 이 셋이 첫머리를 차지한 까닭을 보면 말이다. 그런데 이 세 구절에는 공통점이 있다. 공부와 벗, 명성의 문제를 기쁨, 즐거움, 화 같은 감정과 연동시킨 점이 그것이다.

감정은 바깥에서 들어오지 않고 '나' 안으로부터 비롯된다. 내면에서 일렁였다고 하여 반드시 밖으로 표출되는 것도 아니다. 반면에 공부하고 교제하며 명성이 나고 이에 대처함은 사람이 '사회적 동물'이기에 비로소 하게 된 행위다. 공자는 이들 사회적 행위를 '나'의 내면과 연계하여 다뤘던 것이다. 특히 명성처럼 '나'와 무관하게 일기도 하고 사그라들기도 하는 것마저 '나'의 내면과 연동시켰다. 이는 역으로 지극히 사적일 수 있는 '나'의 내면이 사회, 곧 공적 차원과 긴밀하게 연동될 수 있다고 본 것이다. 하여 공자처럼 보면 명성은 타인에 의해 야기되고 주도되는 듯 보이지만 실은 '나'가 명성 산출에 주도적 역할을 할 수도 있게 된다.

공자의 이러한 통찰에는 깊은 내력이 깃들어 있었다. 명성의 명(名)은 '스스로를 부른 것'이란 뜻을 나타내기 위해 고안된 글자였다. 『설문해자』는 1세기 무렵에 간행된, 지금 전하는 가장 오래된 자전이다. 여기에 보면 명의 뜻은 "날이 어두워 서로를 볼 수 없게 되었을 때 자기 입으로 스스로를 일컬은 것"이라고 되어 있다. 명은 자기가 자신을 부름에서 생겨났지 남이 자기를 부름에서 비롯되지 않았다는 의미다. 이는 명성의 씨앗이 남이 아닌 '나'에게서 발아됨을 시사한다. 공자가 바깥으로부터 들려오는 명성보다는 외부의 영향에 아랑곳하지 않는 내면의 평정을 더 중시하고, '자기를 드러내기 위한 공부'보다는 '자신이 떳떳해지기 위한 공부'를 강조함도 이러한 연유에서였다.

공자뿐만이 아니었다. 그의 사유는 후학들에게서도 면면히 발현되었다. 공자 학설의 핵심을 온전히 계승했다고 자부한 맹자는 내면의 타고난 선한 본성을 잘 보존해야 삶과 사회의 제반 가치가 온전해진다고 단언했다. 공자의 학설을 '대통일된 중국제국'이라는, 새로운 문명 단계에 발전적으로 적용했던 순자는 "홀로 있을 때도 항상 삼간다."는 '신독(愼獨)'을 강조하며 내면의 떳떳함을 일관되게 유지할 것을 주문했다. 그래야 명예라는, 인간의 소거하기 어려운 욕구를 남이 아닌 '나'가 주도해 갈 수 있기 때문이었다.

'수기-치인-명성'이란 사회적 회로

　　물론 공자가 내면의 평정이나 떳떳함만을 명성의 핵심으로 여기지는 않았다. 그는 "군자는 죽은 후 이름이 칭해지지 않음을 싫어한다."고 했고, "군자는 자잘한 바로 알려져서는 안되고 크게 받아들여질 수 있어야 한다. 소인배는 크게 받아들여지지 못하고 자잘한 바로 알려지기 때문"이라고 말했다. 이름이 널리 그리고 제대로 칭해짐을 "칭해지면 좋고 아니면 말고" 식의 선택이 아니라 목표이자 당위로 설정한 셈이었다.

　　그래서일까. 공자는 한때 자신이 세상에서 쓰임받지 못함에 조바심을 내기도 했다. 세상에 쓰임받지 못하면 명성을 일구어 갈 기회를 얻지 못하기 때문이었다. 하여 그는 명분 없이 하극상을 일으킨 자들이 부르자 두 번에 걸쳐 선뜻 응하기도 했다. 그때마다 자로 같은 제자의 반발을 사서 무산됐으나, 한번은 아무리 형편없더라도 내가 정사를 담당하면 태평성대를 이룰 수 있다고 강변했고, 또 한번은 내가 그저 주렁주렁 매달려 있기만 하면 되는 표주박인 줄 알았냐며 볼멘소리를 냈다. 자신의 포부를 세상에 펼쳐내고자 했던 욕망을 주체하지 못했음이다.

　　이는 그가 내면을 사회화하여 다루었듯이 사회적 삶을 내면의 연장으로 본 결과이기도 했다. 사서(四書)의 하나인 『대학(大學)』에는 이런 말이 실려 있다. 지역과 나라, 천하를 잘 다스리기[齊家治國平天下] 위해서는 먼저 수신(修身)을 해야 하며, 이를 위해서는 만물로 나아가 앎을 완성하고[格物致知] 마음을 바로잡으며 의지를 참되게 해야〔正心誠意〕 한다. 자신을 다스리는 '수기(修己)'와 남을 다스리는 '치인(治人)'을 동전 하나의 양면 같은 관계로 사유한 것이다. 한 면만 있으면 동전 노릇을 할 수 없다. 수기 없는 치인은, 또 치인 없는 수기는 불가능하고 무의미하다는 뜻이다. 이렇듯 자신의 수양을 위해서는 치인, 곧 경세 (經世)라고도 불렸던 세상 경영 능력을 겸비해야 했으니, 그러면 이름은 절로 칭해지게 된다고 여겼다. 경세 능력의 겸비 여부는 결국 삶과 사회를 얼마나 이롭게 했냐를 근거로 판정될 수밖에 없기에 그렇다. 자기가 속한 사회를, 또 세상을 이롭게 하면 좋은 평판이 형성될 수밖에 없기 때문이다.

따라서 누군가가 경세 능력을 갖췄다는 평가는 실제로 그가 사람과 사회를 이롭게 했다는 것이 된다. 그러니 사람들이 그를 칭송함은 당연하다. 이렇게 자신을 다스리는 수기는 치인, 곧 경세를 매개로 사회적 차원에서 명성을 유발한다. 공자는 이처럼 '수기-치인-명성'의 회로를 토대로 수기치인의 과업을 달성하면 연륜이 쌓일수록 그 명성이 칭해질 수밖에 없다고 확신하고 있었다.

이름값 바로잡기〔正名〕

문제는 공자 당시에도 이미 명성이 이런 식으로 도모되지 않았다는 데 있었다. "어짊〔仁〕을 버리고 어찌 명성을 이룰 수 있겠는가?"라고 힘주어 강조해도 현실에선 수신이 뒷받침되지 않은 명성이 횡행하고 있었다.

심지어 공자의 제자조차 스승이 누차 강조한 참된 명성과 헛된 명성을 구분하지 못하는 일도 발생했다. 그런 제자에게 공자는 온 나라에서 명성이 들려온다고 해도 그것만으로는 '참된 명성이 난 상태'라 할 수 없다고 가르쳤다. 어짊을 바탕으로 한 명성이 아니라면 그건 그저 '소문'이거나 '헛된 칭송〔虛譽〕'일 뿐 참된 명성은 아니라는 것이다. 공자는 참된 명성을 두고 '칭해진다〔稱〕'고 했다. '칭(稱)'의 본뜻이 '저울에 단다'임에서 알 수 있듯이 '칭해진다'고 함으로써 명실이 상부한 것만이 참된 명성임을 환기할 수 있어서였다.

실제로 그는 누군가를 칭송할 때면 반드시 자신이 들은 바가 과연 그러한가를 시험해 본 연후에 그리하였다. 실제와 괴리된 채 드날리는 명성을 말로만 경계하는 데서 그치지 않았음이다. 나아가 그는 참된 명성을 일구는 방식을 제시하기도 했다. "이름값을 바로잡는다"는 뜻의 정명(正名)이 그것이다. 이는 삶의 실제와 그 이름이 부합돼야 한다는 요구로 임금은 임금이란 이름값에, 아버지는 아버지라는 이름값에 걸맞게 행위 함을 이른다. 이처럼 저마다 자신이 스스로를 어떻게 호명하는지, 또 자기에게 요구되는 사회적 역할이 어떤 이름으로 불리는지를 정확하게 인식한 후 그 이름값을 온전히 치르면 명실이 상부해져, 그 이름이 참되게 칭해진다는 것이다.

하여 공자는 "군자는 자기 무능을 나무라지 남이 자기

를 알아주지 않음을 탓하지 않는다."고 단언했다. 그는 명성의 문제를 철저하게 자신의 역량, 곧 덕을 쌓고(수기) 이를 실천함(치인)을 중심으로 사유했다. 명성에 방점을 더 찍은, 가령 명성을 좋아하는 이는 그것을 위해서 제후의 자리조차 초개같이 버릴 수 있다고 본 후학들의 사유는 그에겐 관심 밖이었다. 그는 태백이란 옛 위인을 예로 들며, 그가 그렇게 지극한 덕을 발휘했으니 사람들이 어떻게 칭송하지 않을 수 있겠냐며 반문했다. 덕이 쌓이면 명성이 절로 날 수밖에 없음을 의심하지 않았음이다. 또 천리마의 명성은 그 이름 때문이 아니라 실제로 하루에 천 리를 달릴 수 있는 역량 덕분임을 분명히 했다. 덕이 있어 이름이 나게 됨을 인간사에 국한된 이치가 아니라 자연계에서도 관철되는 이치로 본 셈이었다.

단적으로 덕을 쌓고 이를 실천함으로써, 달리 말해 이름값을 온전히 행함으로써 이름이 칭해짐만큼은 공자도 긍정했다는 것이다. 그의 표현을 빌려 오면 수기와 치인을 통해 쌓은 '실덕(實德)'을 근거로 난 이름, 곧 '선명(善名)'은 군자라면 추구해야 마땅한 덕목이었다.

명예롭거나 웃음거리가 되거나

공자에게 명성이란 이처럼 자기 이름값을 잘 치르도록 그에 걸맞은 덕을 갖추게 되면 따로 애쓰지 않아도 생겨나고 획

득되는 것이었다. 그가 보기에 명성은 명실상부하게 살아가는 삶의 부산물이지 결코 목적이나 수단 또는 대가가 아니었다.

　　물론 현실은 공자 당대에도 또 그 이후에도 전혀 그렇지 않았다. 오히려 공자가 경계했던, 실덕의 구비와 무관하게 명성만 좇는 풍조가 갈수록 짙어졌다. 많은 사람들이 장자가 통탄했듯이 육신을 손상하고 신체를 훼손해서라도 명성을 취하려 애썼다. 자신을 알아주는 이를 위해선 기꺼이 목숨도 바친다는 얘기마저 심심치 않게 횡행했다. 명성이 출세에 갈수록 중요한 밑천이 됐기 때문이었다. 맹자는 농번기임에도 마을 젊은이들이 농사를 팽개친 채 관리가 되려고 학당을 다닌다고 탄식했다. 그러나 그의 탄식이 무색하게도 당시는 학식을 익혀 명성을 쌓음으로써 정관계로 진출하는 길이 안정되지 못하고 혼란하기 그지없는 사회를 살아가는 그나마 나은 방책이었던 시절이었다. 그러니 실제 역량보다는 명성을 중심으로 생을 설계하고 도모함은 어찌 보면 당연한 귀결이었다.

　　그렇다고 수기와 치인의 역량을 갖추기보다는 명성을 먼저 도모하는 태도를 문제 삼는 정신이 쇠한 것은 아니었다. 대놓고 명성을 추구하는 풍조가 심해질수록 그 반대급부로 그런 행실을 백안시하는 정신도 강화됐다. 가령 공자, 맹자의 시대 사람들은 실체 없는 명성조차도 대놓고 추구했지만, 한켠에서는 "천하의 웃음거리가 되는〔爲天下笑〕" 것만은 어떡하든 피하려 했다. 윤리나 상식, 지식 등과는 거리가 먼 군주라도 천하의 웃음거리가 된다고 하면 자기 욕망을 꺾기도 했다. 아무리 함량 미달

　　　　　　　　　　　　　　　　　명예, 필멸의 존재이기에

의 인사라도 세상 사람들의 웃음거리가 됨이 크나큰 수치라는 판단 정도는 할 줄 알았다.

결국 이름은 청송과 웃음거리, 선명(善名)과 오명(汚名) 사이에서 진동했던 셈이다. 수기와 치인의 역량, 곧 실덕의 구비 여부에 따라 그 이름이 일컬어지는 쪽이 나뉘는 구도였다. 이것이 명성에 대해 공자가 취한 태도였다. 어떠한가, 역시 공자답게 '꼰대'스럽고 2500여 년 전의 통찰답게 '올드(old)'한지. 그렇다면 존재 고유의 아우라까지는 담아내지 못해도 존재의 형상만큼은 무한 복제가 가능한 시대, 신체와 분리된 이름이 또 실질과 무관한 이미지가 무한으로 증식 가능한 만물 인터넷의 시대인 오늘날, 우리는 명성에 어떤 태도를 취해야 할까?

답을 구성해 내지 못한다고 질문이 무의미해짐은 아니다. 때로는 물음을 던지는 것 자체만으로도 값질 때가 있다. 물음을 구성할 줄 아는 이는 적어도 천하의 웃음거리가 됐는지조차 알아채지 못한 채 좋다고 오명을 누리는 짓은 하지 않을 줄 알기에 그렇다.

운명,

피할 수 없다면

주체적으로 선택하고
고결하게 판단하라

3   김헌

선친께서는 내게 '헌(獻)'이라는 이름을 주셨다. 신과 세상 이웃들에게 공헌하는 삶을 살라는 뜻이었다. 이름이 내내 버거웠다. 반항심도 생겼고, 이름이 요구하는 뜻에서 벗어나고 싶었다. 옥편을 뒤적이다 눈에 띄는 것이 있었다. '드릴 헌'으로만 알고 있었던 글자에 '술두루미 사'라는 다른 뜻이 있었다. 나는 이름값을 내 마음대로 바로잡겠다는 '정명(正名)'의 심보로 사람들과 어울려 수많은 술두루미를 비웠다. 그렇게 청춘이 지나갔다.

쓰라린 속을 달래며 정신을 차려 찾아낸 또 다른 뜻은 '어진 사람 헌'이었다. 그 말이 쓰인 단어가 '문헌(文獻)'이었다. 지금 나는 서양고전문헌학(philology)을 전공하는 학자가 되었으니, 이것도 이름값을 세우려는 또 다른 '정명'의 노력인 셈이다. 잠시 되돌아보니, 나는 내게 뜻하지 않게 주어진 이름값과 씨

운명, 피할 수 없다면

름하며 살아왔고, 내 이름은 피할 수 없는 운명처럼 내 삶의 궤적을 그려 놓았다. 다른 사람들이 나를 그 '이름'으로 부를 때마다 나는 모종의 최면에 걸리듯 그 이름에 얽매이는 것만 같다. 이름은 하나의 마법적 주문처럼 나의 운명을 결정짓는 듯한 그런 느낌. 나만 그런 것이 아니라 거의 모든 사람들에게는 그들의 뜻에 따르지 않고 주어진 이름들이 있다. 그들도 나처럼 그 이름값에 어울리는 삶을 살아야 한다는 의식이나 느낌을 가지고 살아가고 있을까? 아니, 그 반대로 그 이름값을 버거워하고 저항하며 새로운 운명을 꿈꾸며 살아가는 이들도 적지 않을 것만 같다.

운명은 바꿀 수도 관여할 수도 없는 진리

옛 그리스 사람들은 '모이라(moira)'라는 말에 각별한 의미를 두었다. 원래는 '몫'이라는 뜻이었다. 예컨대 큰 땅이 새롭게 생겨나 여러 사람들이 제비를 뽑아 땅을 나눌 때, 각 사람에게 나누어진 몫이 '모이라'였다. 이를 삶에 적용하면 한 사람에게 삶의 몫으로 정해진 수명을 가리키기도 했다. 아흔여섯 살에 세상을 떠난 사람은 96년의 삶을 자신의 모이라로 가진 것이다. 나아가 주어진 수명을 살아가는 동안 그가 행하고 겪었던 모든 일들, 그 삶 자체가 또한 모이라였다.

그리스 사람들은 자신에게 한 번 몫으로 정해진 것은 멋대로 바꿀 수 없다고 생각했다. 특히 인간에게 주어진 삶의 몫은 인간이 함부로 할 수 없는 신성한 것이라 여겼다. 인간의 한계 너머에 있는 강력하고 신비로운 초인적 존재가 인간들의 삶의 몫을 '운명'으로 정해 준다고 믿었기 때문이다. 실제로 그들의 신화에는 인간에게 운명을 부여하고 집행하는 세 명의 여신이 있었다. 모두 제우스의 딸들이었는데 이들을 '모이라' 여신이라고 불렀다. 말 그대로 인간들에게 각자의 삶의 '몫'을 부여하는 '몫'의 여신들이다. 클로토는 인간의 운명을 실처럼 잣고, 라케시스는 운명의 실을 감는다. 마지막으로 아트로포스는 정해진 시간에 운명의 실을 잘라 버린다. 누가 언제 어떻게 죽든 그것은 이 여신들의 예정에 따른 것이며, 이들의 결정을 인간들이 제멋대로 바꿀 수는 없다. 그리스 사람들은 그렇게 믿었다.

　　신들조차 이들의 결정에 함부로 간섭하지 못한단다. 최고의 권좌를 누리는 아버지 제우스조차 딸들의 일에 참견할 수 없다. 그래서 인간들이 자신의 몫에 충실한 것은 그것을 부여한 여신에 대한 충성과 경건의 신실한 표시다. 반대로 자신의 몫을 소홀히하거나 제 몫을 넘어 다른 이의 몫을 탐한다면 모이라 여신에 대한 불경스러운 짓이다. 제 몫을 넘어가면 다른 사람의 몫을 건드리기 마련. 그것은 정의롭지 못한 폭력(hubris)으로 신들의 노여움을 살 만한 일, 경을 칠 일이었다.

　　그래서 그리스 사람들은 정의(正義)를 '각자에게 합당한 제 몫을 주는 것'이라고 정의(定義)했고, '주어진 몫에 충실하고 자신의 역할에 탁월한 것'을 덕(aretē)으로 여겼으며, 덕을 실천하는 사람이 참된 행복을 누릴 수 있다고 생각했다. 그래서 자

크로노스와 모이라

신의 운명과 분수를 잘 알고 그것에 충실하게 사는 것은 정의로운 행동이며 그리스의 전통적인 지혜였다. 그것은 유명한 격언으로 표현된다. "너 자신을 알라.(Γνῶθι Σεαυτόν)" 소크라테스가 했다고 알려져 있지만, 델포이에 있던 아폴론 신전 입구에 새겨져 있었던 말이다. 태양과 이성과 예지, 예언의 신 아폴론이그의 뜻을 알고자 신전을 찾아오는 사람들에게 내린 첫 번째 신성한 명령인 셈이었다.

그러나 의문이 든다. 몫의 신 모이라는 무슨 권리로 자기 멋대로 내 운명을 결정한단 말인가? 만약 내게 주어진 운명이 불행과 비극으로 가득 차 있다면 나의 억울함은 어쩌란 말인가? 인간이 주어진 운명에 충실한 것이 정의라면 아무리 나쁜 운명이라도 나는 그 운명을 내 몫으로 받아들이고 충실해야 하는가? 만약 내가 못된 짓을 저지르는 운명을 타고났다면 내가 저지른 짓에 대해 무슨 책임이 있단 말인가? 그것은 신의 뜻, 운명의 신이 준 삶의 내용에 충실했으니 정의로운 행위라고 할 수 있지 않을까? 운명의 여신이 짜 놓은 시나리오대로 살아야 한다면 나는 그저 신들의 꼭두각시에 지나지 않는 것인가? 그리고 "너 자신을 알라."고 했는데, 내가 나의 운명을 아는 것이 과연 좋은 일일까?

동전의 양면 같은 운명의 궤적

옛 그리스의 비극 작가 소포클레스는 『오이디푸스 왕』이라는 비극에서 심각한 물음을 던졌다. 아폴론 신전에 붙어 있었고 철학자 소크라테스가 그토록 강조했던 전통적인 지혜에 반기를 든 것이다. "그대는 그대가 누구인지를 꼭 알아야만 하는가?" "그대는 그 앎의 결과를 감당할 수 있는가?" 이 질문 앞에서 오열했던 비극의 주인공은 '부은(oidi) 발(pous)의 사나이' 오이디푸스였다.

작품 속에서 그는 테바이의 왕으로 등장한다. 그러나 그는 테바이가 아닌 코린토스의 왕자로 자라났다. 어느 날 술에 취

운명, 피할 수 없다면

해 다투다가 상대방에게 자신이 코린토스 왕의 친자식이 아니라는 말을 들었다. 충격을 받은 오이디푸스는 델포이에 있는 아폴론 신전을 찾아가 물었다. "제 친부모는 누구입니까?" 신의 대답은 뜬금없고 끔찍했다. "너는 아버지를 죽이고 어머니와 몸을 섞을 운명이다." 더 큰 충격에 휩싸인 오이디푸스는 코린토스로 돌아가지 않고 방랑을 시작했다. 집으로 돌아간다면 운명대로 끔찍한 짓을 저지를 테니 이를 피하려고 한 것이다.

그리하여 오이디푸스가 향한 곳은 테바이였다. 그곳에서 그는 테바이 사람들의 목숨을 앗아 가던 괴물 스핑크스를 물리쳤고, 테바이 사람들의 구원자가 되었다. 때마침 왕이었던 라이오스가 살해를 당한 뒤라 왕의 자리가 비어 있었다. 그는 왕좌에 올랐고, 라이오스의 미망인이던 이오카스테를 아내로 맞이했다. 여러 해가 지나고 갑자기 테바이에 역병이 돌면서 사람들이 떼죽음을 당했다. 시민들은 오이디푸스에게 구원을 요청했다. 오이디푸스는 자신만만했고 결연한 자세로 구원을 약속했다.

델포이 신전으로부터 도시를 구할 메시지가 전달되었다. "라이오스 왕을 죽인 자가 테바이에 숨어들었다. 그가 도시를 더럽혔다. 살인자를 처형하든가 도성에서 쫓아내야 한다." 오이디푸스는 사명감과 자신감에 넘쳤다. "나는 이 살인자가 누구이든 내가 권력과 왕좌를 차지하고 있는 이 땅에서 쫓아낼 것이다. 나는 이것을 위해 마치 내 아버지의 일인 것처럼 싸워 나가겠다. 살인자를 찾아 모든 곳을 수색하겠다." 그는 라이오스의 살인범을 찾으려고 온 힘을 기울였다.

　　그런데 그 과정에서 오이디푸스는 자신의 정체를 알아
차린다. 테바이로 들어오기 전에 그는 델포이로 가는 삼거리에
서 수행원이 딸린 노인과 시비가 붙어 싸우다 노인과 무리를 죽
인 일이 있었다. 그런데 그 노인이 다름 아닌 라이오스였다. 그가
찾던 살인범은 다름 아닌 자기 자신이었던 것이다. 도시를 구하
겠다고 나선 그가 도시를 더럽히고 시민들을 죽음으로 몰아넣
는 원흉임이 밝혀졌다. 약속한 대로 도시를 정화하고 시민들을
구하려면 자신을 처형하고 추방해야만 했다.

　　더 끔찍한 일은 그가 죽인 라이오스가 자신의 아버지
였으며, 결혼해서 살고 있는 이오카스테가 자신의 어머니였다는
것. 사실이 모두 밝혀지기 직전에 이오카스테는 아들이며 동시
에 남편인 오이디푸스를 말렸다. "아, 불행한 이여, 그대는 그대가
누구인지 결코 알지 못하기를!" 이오카스테는 전율했다.

그녀는 오래전 오이디푸스를 임신하기 전부터 태어날 아이가 아버지를 죽이고 어머니를 범할 운명이라는 신탁을 받았었다. 그럼에도 불구하고 부부는 아이를 낳았고, 뒤늦게 두려움에 사로잡힌 그녀는 아이를 죽이려고 아이의 발뒤꿈치에 구멍을 뚫고 끈으로 묶어 나무에 매달았다. 하지만 그 아이는 죽음의 위기에서 구조당해 코린토스의 왕실에 건네졌던 것이다. 이오카스테는 험악한 운명을 피하고 싶었으나 피할 수가 없었다. 그녀는 드러난 운명의 무게를 견디지 못하고 스스로 목숨을 끊었다.

　　운명을 피하려고 발버둥쳤으나 실패한 것은 오이디푸스도 마찬가지였다. 코린토스의 부모를 떠났지만 결국 제 발로 친아버지를 찾아와 죽였고 친어머니를 범하고 말았다. 자신이 무슨 짓을 하는지 전혀 알지 못한 상태에서 결코 저질러서는 안 될 일을 저지른 것이다. 오이디푸스와 이오카스테는 모든 것을 알아차린 순간 파멸의 나락으로 곤두박질쳤다. "너 자신을 알라."는 지혜가 그들 모자(母子)에게는 너무나도 치명적이었다.

　　그러나 과연 누가 오이디푸스에게 죄를 물을 수 있을까? 그보다는 그에게 그런 끔찍한 운명을 부여한 신들에게 원천적인 잘못이 있는 것 아닐까? 부친살해와 근친상간의 죄를 피하려고 애쓴 그는 오히려 도덕적으로 고결한 것이 아니었을까? 만약 그들이 운명을 피하려고 하지 않고 당당하게 맞서서 신탁을 거부했다면 어떠했을까? 이오카스테와 라이오스가 신탁을 두려워하여 오이디푸스를 버리지 않았다면? 오이디푸스가 운명을 피하려고 코린토스를 떠나지 않았다면? 그래도 그들은 운명을 피할 수 없었을까? 아무리 발버둥 쳐도 피할 수 없는 그런 것이 운명일까? 유치환의 시 한 편을 떠올린다.

물같이 푸른 조석(朝夕)이
밀려가고 밀려오는 거리에서
너는 좋은 이웃과
푸른 하늘과 꽃을 더불어 살라
그 거리를 지키는 고독한 산정(山頂)을
나는 밤마다 호올로 걷고 있노니
운명이란 피할 수 없는 것이 아니라
진실로 피할 수 있는 것을 피하지 않음이 운명이니라.

—유치환, 「너에게」에서

　　내가 선택하지 않았지만 나에게 주어졌고, 내가 싫다고 피할 수 없는 모든 것이 운명일 것이다. 나의 부모, 가족, 국가, 나의 유전자와 취향, 성격과 능력도 나에게 주어진 삶의 몫이며 운명일 것이다. 이 모든 운명 속에서 나의 삶은 이미 특정한 궤적으로 결정되어 있을지도 모른다. 내가 피하려 해도 피할 수 없는 궤적, 그것에 순응하는 것이 운명에 충실한 것일까? 아니면 그 모든 운명의 조건들에 불만을 품고, 거부 반응을 일으키며 저지르는 나의 모든 짓이 다 그 궤적을 이루는 과정인 것일까?

　　오이디푸스처럼, 그것이 좋은 것이든 나쁜 것이든, 나에게 운명처럼 주어진 한계를 넘어서려고 노력하는 것이 결국 나에게 주어진 운명을 만드는 힘인지도 모르겠다. 오이디푸스가 끔찍한 운명을 삶의 몫으로 부여받고 아버지를 죽이고 어머니를 범하며 해괴망측한 아이들을 낳았음에도 비난받을 수 없는, 아니 오히려 존경을 받아야 할 이유를 거기에서 찾을 수 있다. 그는 자신의 삶을 어떻게 살아야 할 것인가라는 삶의 태도에 관해서만은 적어도 주체적으로 선택하고 고결하게 판단하고 용감하게 실천했기 때문이다. 오이디푸스의 단단한 행보가 비록 그가 감당할 수 없는 운명의 힘 앞에서 원하지 않던 길로 향하고 말았지만, 그는 위대하다.

　　나의 스승께서는 덕망 높은 한 고승의 선사에 마련된 작은 방에 머무신 적이 있었다. 그 방 안에는 작은 창이 있었고, 단아하고 소박하게 표구된 작은 액자에 '觀耳'라고 쓰여 있었다. 흔히 '귀'라 새겨지는 '耳'에는 '뿐'이라는 또 다른 뜻이 있다고 스님은 새겨 주었단다. '작은 창으로 내다보이는 달을 그저 바라볼 뿐.' 그 이야기를 해 주시며 스승께서는 내 이름 '헌(獻)' 자 뒤에 '이(耳)' 자를 붙이는 삶이 어떠냐고 말씀하셨다. 그 무엇을 하든 '그저 드릴 뿐.' 그분의 말씀은 나에게 또 다른 무거운 화두가 되었다. 나는 그 말에 대한 치열한 반응으로 내 운명의 궤적을 그려 나갈 것 같은 예감에 사로잡혔다.

"한계를 넘어서려는
노력이 결국 운명을 만드는
힘이다."

김헌

"진리를 따르는 삶은
열려 있지만
운명을 따르는 삶은
닫혀 있다."

김월회

진리를 따르는 삶은
열려 있다

4   김월회

진시황 32년(BC 215), 불로장생의 영약을 찾아 동해로
떠났던 노생이 돌아와 신선에게 받았다는 기서(奇書)를 바쳤다.
그 책에는 "진을 망하게 할 자는 호(胡)"라는 구절이 들어 있었
다. '호'는 북쪽의 오랑캐, 당시에는 흉노를 가리키는 말이었다.
깜짝 놀란 진시황은 명장 몽염에게 군사 30만 명을 이끌고 흉노
를 멀리 내쫓게 한 다음 만리장성을 쌓았다.

복불복의 '갑질'

그런데 막상 진은 진시황의 아들 호해(胡亥)로 인해 급
속하게 기울더니 한을 세운 유방에 의해 망한다. 신선에게 받은

기서의 '호'는 오랑캐가 아닌 자신의 열여덟째 아들 호해를 가리켰던 것이다. 『사기』에 나오는 역사 기록이다.

운명을 알려 줬음에도, 달리 말해 대처할 기회를 줬음에도 결국은 운명대로 종말을 맞이했다는 이야기다. 진시황은 자신이 건설한 중국 최초의 통일 제국이 자손만대에 이르기까지 멀쩡하기를 간절히 염원했다. 그런 그에게 기서 속 한마디는 하늘이 베푼 응답과도 같았다. 이에 그는 흉노 축출, 장성 수축 등 예정된 운명을 넘어서기 위해 적극 대처했다. 그럼에도 현실은 운명대로 귀결되었다.

게다가 진을 실질적으로 멸망시킨 자는 호해가 아니라 유방이었다. 그는 장성 수축을 위해 징발된 장정들을 이끌고 가다가 기한 내에 도착하지 못하게 됐다. 그러자 반란을 일으켰고 급기야 진을 멸하고 항우를 물리친 후 한 제국을 세웠다. '호'에게 망한다는 운명 극복을 위해 극한의 원성을 사면서까지 장성을 수축했지만 그 때문에 촉발된 반란으로 망했으니, 결국 천하의 진시황도 하늘이 펼쳐 놓은 운명에서 벗어나지는 못했음이다. 운명은 늘 그랬듯이 사람에 대해서는 예외 없는 승자였다.

후천적 노력이 타고난 운명을 이길 수 없다는 탄식이 오래전부터 있어 온 까닭이다. 운명에 얽매이지 말라는 주장조차도 운명에서 벗어나지 못함을 전제할 수밖에 없었던 이유다. 전국시대 도가 계열의 사상가였던 열어구도 그러했다. 그는 『열자』, 「역명」 편에서 인간의 노력〔力〕과 타고난 운명〔命〕을 화자로 등장시켜 노력과 운명 가운데 무엇이 우선하는지를 놓고 논전을 벌이게 했다. 결과는 운명의 압승이었다. 본래는 운명이 현실에서 어떻게 악용되는지를 드러내려는 의도였지만 결과적으로는 운명을 인정한 셈이 되었다.

열어구는 특히 운명론이 현실 권력과 연동될 때 매우 편파적일 수 있음을 나타내고자 했다. 이어지는 대목에서 그는 '사회적 을' 격인 북궁자와 '사회적 갑' 격인 서문자가 나눈 대화를 소개했다. 그러고는 아무런 노력 없이 얻어진 행운조차 자신의 덕 덕분이라고 우기는 서문자를 통해 운명론의 편향성을 환기했다.

> 북궁자는 제게 "세대와 족속, 나이, 외모, 말, 행실 모두 당신보다 못하지 않은데 부귀와 빈천만 당신과 다르다."고 했습니다. 이에 저는 "나도 그렇게 된 실상을 모르겠다. 당신이 일을 하면 궁색해지고 내가 일을 하면 번영하니 이는, 나는 덕이 도탑고 당신은 박한 증거가 아니겠는가? 그런데도 당신이 나와 비견된다고 하니 당신 얼굴이 너무 두꺼운 것 아닌가?"라고 했습니다.
>
> ──『열자』, 「역명」에서

서문자가 현자인 동곽 선생에게 자신을 정당화한 내용이다. 이에 앞선 대화에서 북궁자는 집안 배경과 신체 조건, 언행 등이 엇비슷함에도 자신은 빈천하고 서문자는 부귀함을 억울해했다. 그는 이를 운명 탓으로 돌리고 있었다. 반면에 서문자는 이를 자신의 덕 때문으로 여겼다. 그러나 그것은 덕이 아니었다. 덕은 후천적 노력으로 갖춰지고 쌓인다. 따라서 자기 노력으로 일군 부귀라면 자기도 모르게 그렇게 됐다고 말할 리 만무하다. 그의 부귀는 그저 '복불복'의 결과였음이다. 그럼에도 당당하게 북궁자를 후안무치하다고 비난했다. "능력 없으면 니네 부모를 원망해. 돈도 실력이야."*라는 말이 연상된다. 요행을 자기 실력이라 강변하는 소위 '사회적 갑'들에게서 쉬이 목도되는 자기중심적 운명론의 전형이다.

하지만 운명은 덕을 쌓지 않은 서문자에게는 어찌 됐든 행복의 원천이었다. 『사기』라는 한자권의 대표 역사서를 완성한 역사가임에도, "힘써 농사 지음은 풍년을 맞이함만 못하고 빼어난 직무 수행은 윗사람의 마음에 듦만 못하다."(『사기』, 「영행열전」)라고 통탄한 사마천이 절로 이해되는 대목이다. 인간의 삶과 사회에 맥락 없이 개입하고, 인간의 역량으로는 도무지 제어 불가능한 운명의 '갑질'에 속수무책, 당할 수밖에 없었음이다.

죽음을 주듯이 삶도 부여하다

열어구는 내친 김에 자기중심적 운명론의 극단도 보여

---

* 2016년 '박근혜-최순실 게이트'가 터졌을 때, 최순실의 딸 정유라가 본인 소셜 미디어에서 행한 발언이다.

쟀다. 그는 실존 인물인 제나라 경공과 재상 안영 사이의 일화를 끌어왔다. 그저 그런 군주였던 경공은 전국시대 최고 재상으로 꼽히는 안영을 만난 덕분에 나름 치세를 구가하고 있었다.

하루는 경공이 경치 좋기로 소문난 곳에서 양껏 즐기다가 노쇠하여 죽음을 앞둔 자기 처지를 한탄했다. 한 나라의 군주로서 모든 것을 다 가지고, 마음만 먹으면 무엇이라도 다 할 수 있음에도 죽는다는 운명만큼은 피할 수 없음에 문득 서글퍼졌던 것이다. 그러자 어디든 늘 있을 법한 이들이 나서서 청승을 떨었다. 주군 덕분에 거친 밥과 질긴 고기라도 먹게 된 자신들조차 죽음이 이토록 서러울진대 주군은 어떠하시겠냐며 꺼이꺼이 울먹였다. 여기저기서 훌쩍이는 소리가 울렸다. 다만 안영 홀로만 싱긋 웃고 있었다. 내심 기분이 상한 경공은 안영에게 웃는 까닭을 물었다. 그러자 안영은 기다렸다는 듯이 아뢰었다.

(운명이) 현명한 분들로 영원히 이 나라를 수호케 했다면 강태공이나 환공께서 영원히 이 나라를 지키셨을 것입니다. (……) 이분들께서 영원히 이 나라를 수호하셨다면 주군께서는 지금 도롱이 입고 삿갓 쓴 채로 논밭에서 마냥 일만 하고 계실 터인즉 죽음을 애석히 여길 틈이 어디 있었겠습니까? 아니 우리 주군께서 어찌 임금이 되실 수나 있었겠습니까?

—『열자』,「역명」에서

강태공은 경공의 조국 제나라의 시조이고 환공은 춘추

운명, 피할 수 없다면

시대 최고 재상인 관중의 보필을 받아 제나라를 중원 최고의 강국으로 탈바꿈시킨 빼어난 군주였다. 사람이 죽음이란 운명을 비껴갈 수 있었다면 정치를 썩 잘했던 그들이 영원히 군주 자리에 있었을 가능성이 무척 높다.

안영의 입을 빌려 열어구는 경공에게 운명을 탓하는 순간 지금의 가짐과 누림이 정당화될 수 없음을 환기했음이다. 운명 덕분에 군주의 아들로 태어나 보위에 오르게 된 군주 면전에서 군주로서의 정당성을 슬쩍, 그러나 작정하고 건드렸다. 나아가 세상 임금들에게 군주가 되어 그 모든 것을 누리고 즐길 수 있었음도 운명 덕분인데 그것을 어떻게 원망할 수 있겠냐고 되물은 셈이었다. 운명 때문에 잘살게 됐음은 무시하고 죽을 수밖에 없다는 이유로 운명을 탓함은 이율배반이자 지독한 아전인수에 불과하다는 지적이었다. 복과 불복은 이렇듯 원래부터 운명이라는 한 동전의 양면이었다. 한 면이 없으면 동전 노릇을 못하게 된다. 그러니까 더는 동전이 아니게 된다. 운명도 마찬가지다. 언젠가는 죽어야 하는 운명이 부정되면 풍족한 삶으로 태어나게 한 운명도 같이 부정된다.

운명이 사람을 늘 죽음으로만 몰고 가는 건 예외 없는 진실이다. 하지만 본디 아무것도 없었던, 달리 말해 소멸의 상태에 생명을 주어 사람으로 살게 한 것 또한 운명이다. 곧 운명은 인간에게 상실만 안겨 주는 것이 결코 아니었다. 죽음을 준 것처럼 삶도 주었으니 어느 한 면만 보고 운명을 통짜로 탓할 수는 없음이다. 나에게 유리한 것은 운명과 무관하다 하고, 불리한 것은 운명 탓이라고 할 순 없다는 것이다. 다만 이는 어디까지나 경공 같은 '금수저'에게나 활용될 수 있는 논리다.

삶이 선물이고 축복인 이들이나 그런 풍족한 삶을 준 운명을 부인하지 못한다. 운명이 원망스러워지는 대다수의 맥락, 가령 태어날 때 이미 운동장이 기울어져 있거나 열심히 진리를 따르며 살았음에도 결과가 신통치 못할 때, 아니 참담할 때 열어구의 말은 그다지 힘차지 못하다.

'노력 대 이치'라는 회로

그래서 묵자는 운명론을 통렬하게 공박했다. 그는 제자 백가 중 유일하게 기층 민중을 대변하는 서민의 사상가였다. 그런 그에게 열어구의 언설은 말 그대로 귀신 씨 나락 까먹는 소리 였다. '운명론을 비판하다.'라는 뜻의 '비명(非命)'론이 그의 핵심 주장이 된 저간의 사정이다.

운명이 있다고 고집하는 사람들은 말한다. "운명이 부유케 하면 부유해지고, 가난케 하면 가난해지며, 인민이 많 아라 하면 많아지고 적어라 하면 적어진다. 잘 다스려지게 하 면 치세를 이루고 어지럽히면 난세가 되며, 오래 살게 하면 장수하고 단명케 하면 요절한다. 그러니 굳세고 강하다고 하 여 무슨 도움이 되겠는가?" 이런 말로 위로는 군주와 대신을 설득하고 아래로는 인민들이 충실하게 일하는 것을 방해한다. 그러므로 운명을 고집하는 이들은 인간답지 못하다(不仁). (⋯⋯) 운명론은 위로는 하늘에 이롭지 못하고 중간에는 귀신에게 이롭지 못하며 아래로는 백성들에게 이롭지 못한 것이다.

──『묵자』, 「비명」에서

묵자는, 운명론은 옛적 폭군들이 기득권을 지키기 위해 날조한 허위에 불과하다고 단언했다. 운명 대신 신분의 고하나 남녀를 불문하고 노동과 학습을 통해 자기 미래를 개척해 갈 수 있음을 강조했다. 그는 운명이 정말로 있다면 세상은 벌써 망해 없어졌을 것이라고 잘라 말했다. 치자는 치자대로, 피치자는 피치자대로 노력할 이유가 없어지므로 각자 자신이 선 자리에서 그저 편한 대로 방종하게 굴 터, 그 끝이 공멸임은 명약관화라는 것이다. 그래서 옛적 성군들 가운데는 운명을 운운한 이가 없었다며 운명론에 현혹되지 말라고 경계했다. 운명 옹호가 주로 치자의 이익을 보장해 주다가 결국에는 국가사회의 붕괴를 초래하게 되니, 운명 부정은 서민에게 이익이 되기에 앞서 치자들에게 더 큰 이익이 된다는 논리이기도 하다.

문제는 인간인 이상 잘살든 못살든 간에 결코 죽을 운명에서 벗어날 수 없다는 점이다. 묵자의 경고에 아직은 마음이 선뜻 가지 않는 까닭이다. 그런데 나에게 주어진 운명이 어떤 내용인지를 우리는 어떻게 알 수 있을까? 다시 진시황의 이야기로 돌아가 보자. 신탁이 없었으면 진시황이 흉노를 내쫓고 장성 쌓는 일을 하지 않았을까? 당시 상황을 보면, 흉노 축출과 장성 수축은 통일 제국을 건설하려 한 진시황에게는 선택이 아니라 필수였다. 만약 황제 자리가 호해가 아닌 만형 부소에게로 돌아가 진 제국이 승승장구했다면 흉노 축출과 장성 수축은 멸망이 아닌 번영의 원인으로 상찬됐을 수도 있다.

결국 멸망의 원인이 오랑캐이든 호해이든 간에 그들이 그렇게 지목된 것은 진시황 사후 진이 금방 멸망했기 때문이다. 연관된 사태가 종료됐기에 비로소 그것이 운명이었음을 알게 된다. 신이 아닌 한 그 끝을 보지 않고서도 한 사람이나 사회의 운명을 정확히 안다는 것은 불가능하다. 따라서 '인간 대 운명' 식으로 구도를 짜면 인간은 운명 앞에 필패일 수밖에 없게 된다. 묵자가 대다수의 사람이 빠져 있던 '운명 대 노력'의 대결 구도에서 탈피, 운명 자체를 부정하면서 '노력 대 진리'의 상생 구도를 짠 이유가 이 때문이었다.

지금 천하의 식자들이 진정으로 천하의 이로움을 진작하고 천하의 해로움을 없애고자 한다면 마땅히 운명이 있다는 언설을 힘껏 부정하지 않으면 안 된다. 운명이란 것은 폭군들이 지어낸 것이고 노력하지 않아 궁색해진 자들이 둘러댄 것으로 사람다운 사람의 말이 아니다.

—『묵자』, 「비명」에서

묵자가 보기에 옛 성왕들이 입증한 바는 노력하면 잘 살게 된다는 진리였다. 그렇기에 그들 중 어느 누구도 운명을 언급한 적이 없었다는 것이다. 운명이란 없고, 노력하면 잘살게 됨이 성현들이 입증한 진리라면 노력을 하면 잘살게 돼야 한다. 그럼에도 잘살지 못한다면 이는 운명이 그러해서가 아니라 진리가 온전히 작동될 수 있는 조건이 충족되지 못했기 때문이다. 따라서 진리가 온전히 작동될 수 있도록 조건을 고쳐 나가는 노력을 하면 되는 것이지 운명을 탓하고 있으면 영원히 질 수밖에 없다는 것이다. 그저 무엇을 하지 말라고 주문하는 데서 그친 것이 아니라 이렇게 해 가자는 대안을 함께 제시한 셈이었다. 그래서 힘이 실릴 수 있는, 공명될 수 있는 논의일 수 있었다.

나날이 변이하는 운명

앞서 든 일화에서 서문자에게 무안당한 북궁자는 돌아가는 길에 동곽 선생이란 현자와 마주친다. 선생은 북궁자의 안색이 썩 좋지 않았던지라 그 까닭을 물었고, 북궁자는 자초지종을 털어놓았다. 그러자 선생은 북궁자를 앞세워 서문자를 찾아가 그를 일깨웠다. 핵심 논지는 '노력 대 운명'이란 구도 안에서 얼른 벗어나라, 영원 전부터 본디 그러했던 이치를 따르라는 것이었다. 노력 대 운명이란 구도는 인간이 어찌해도 승자는 변함없이 운명일 수밖에 없는 잘못된 회로라는 일깨움이었다. 태곳적부터 원래 그러한 이치, 곧 하늘의 섭리는 진리이지 운명이 아니라는 가르침이었다.

이는 운명이란 '필패의 회로' 바깥에서 삶을 꾸려 가고 바라봄에 쏠쏠한 토대가 된다. 진리는 사람을 자유롭게 할 수 있지만 운명은 그러지 못한다. 진리를 따르는 삶은 열려 있지만 운명을 따르는 삶은 닫혀 있다. 묵자의 통찰처럼, 진리 안에서 노력은 참으로 값지고 힘차지만 운명 안에서 노력은 할수록 사람을 더욱 피폐케 한다. 맹자가 도리를 다하고 죽음을 '정명(正命)'(올바른 운명)이라 규정하고, 예컨대 형벌로 인한 죽음을 정명이 아니라고 잘라 말한 것도 같은 맥락이었다. 그가 보기에 운명은 인간과 무관한 차원에서 미리 정해져 있는 것이 아니라 오직 사람이 노력함으로써 비로소 완수되는 것이었다. 더 나아가 왕부지(王夫之, 1619-1692)가 통찰했듯이, 명 자체가 날마다 갱신되는 것일 수도 있다. 그렇게 보면 사람은, 하늘이 매일같이 새롭게 주는 명을 받아 그것을 그날그날 이뤄 갈 줄 아는 존재로 설명된다.

운명이 평생에 딱 한 번, 곧 태어날 때 정해지는 것이 아닐 수 있다는 얘기다. 그래서 사람들은 앞길 곳곳에 뒤집힌 수레들이 눈에 들어와도, 그 길을 걸으면 자기 수레도 그리될 수밖에 없음을 잘 알면서도 그 길로 가야 한다고 판단되면 그 길로 연신 걸어가기도 한다. 나날이 새로운 운명을 하루하루 살아감을 통해 완수해야 했기에 그렇다. 따라서 매번 같은 것을 똑같이 복제하는 반복이 아니다. 어제 생생하게 일궈낸 운명은 오늘 변이

되는 운명의 씨앗이다. 매일같이 갱신되는 운명을 받아 살아냄으로써 이를 완수해 가는 삶이 매일 서로 다른 이유다.

　변이되는 운명에 충실한 매일의 삶은 언뜻 반복처럼 보이지만, 오늘은 분명 어제와 또 다른 하루라는 점에서 그렇게 차이를 빚어내기에 삶은 그 자체로 유의미하다. 이렇게 차이를 생성하는, 살아 움직이는 '낳고 또 낳는〔生生〕' 나날의 삶, 그것이 바로 운명의 바깥을 일궈낼 수 있는 터전이다.

행복,

삶의 목적이
다르다면

인간다움에서
찾아라

5

김헌

둘째 딸이 나와 가장 많이 닮았다는 말을 자주 듣는다. 그러나 둘째는 외모만큼 나의 생각이나 행동, 가치관을 닮지는 않았다. 가장 큰 차이는 책에 대한 태도에서 나타난다. 나는 책을 읽고 쓰는 직업을 가지고 있고, "일일부독서 구중생형극(一日 不讀書 口中生荊棘)", 즉 "하루라도 책을 읽지 않으면 입안에 가시가 돋는다."는 자세로 사는데 둘째는 책을 읽을 때 오히려 입에 가시가 돋는 것은 아닌가 싶다. 내가 밤잠 설쳐 가며 논문을 쓰는 것처럼, 서양화를 전공하는 둘째는 학교에 남아 밤새 그림을 그리고는 한다. 내가 이성적이라면 둘째는 감성적이라고 할 수 있을까? 내가 혼자 지내는 것을 좋아하는 만큼이나 둘째는 친구들과 어울려 놀기를 좋아한다. 맛있는 음식을 찾아다니면서 신나게 사는 것 같다. 가장 열정적인 취미는 e스포츠다. 친구들과 어울려 PC방도 가고, 프로게이머들의 경기가 열리는 곳을 찾아가 응원도 하며 중계방송도 열심히 챙겨 본다. 공부하겠다며 졸라 대는 통에 사 준 노트북은 그냥 게임기가 된 것 같다.

가끔 둘째의 모습이 한심해 보이기도 하지만, 어쩌면 둘째의 눈에는 만날 책상에 앉아 책을 읽고 글을 쓰는 내가 더 한심해 보일지도 모르겠다. 며칠 전 둘째에게 물었다. "너는 행복이 뭐라고 생각하니?" 나는 이 글을 쓰기 위해 아리스토텔레스의 『니코마코스 윤리학』을 읽고 있던 중이었다. 이 책은 행복의 문제를 다루는데, 둘째는 과연 무엇을 행복이라고 생각하는지 새삼 궁금했던 것이다. 나는 아리스토텔레스 전공자로서 그의 생각의 많은 부분에 공감하는데, '행복'에 관해서는 특히 그렇다. 그러나 둘째는 생각이 많이 달랐다.

가장 좋은 것이 행복인가

아리스토텔레스는 『니코마코스 윤리학』에서 '행복'을 '덕'과 짝짓는다. '유덕하면 행복하다!' 덕이 행복을 보장한다는 것이다. 그래서 그의 윤리학을 '덕의 윤리학' 또는 '행복의 윤리학'이라고 말한다. 이 책은 아주 상식적인 말로 시작한다. "모든 기술과 탐구, 행위와 선택은 '좋은 것(τό ἀγαθόν)'을 겨냥하는 것 같다." 공감할 수 있는 말이다. 좋은 것은 갖고 싶어 하지만 나쁜 것은 피하려는 것이 인간의 본능이니까. 사람들은 어떤 경우에도 절대로 손해를 보려고 하지 않고, 어떻게 해서든지 이익을 얻으려고 한다. 추하고 못나기를 거부하고 멋지고 아름답게 살고 싶어 하는 것도 같은 까닭이다.

나쁜 짓을 하는 사람도 그 속내를 헤아려 보면 자기 나름대로 좋은 것을 얻겠다고 그 짓을 하는 것이다. 찌질한 놈도 사실 그 찌질함을 통해 좋은 것을 얻겠다는 심산이다. 계산을 잘못해서 엉뚱한 짓을 할지언정 좋은 것을 얻겠다는 그 속내와 의도, 욕망은 분명하다. 내가 볼 때는 시간 낭비에 불과한 컴퓨터 게임에 돈과 시간을 투자하는 사람들도 나름 그것에서 얻는 쾌락이 다른 무엇보다 '좋다'고 생각하기 때문에 하는 것 아니겠는가? 문제는 '좋다는 것이 무엇인가'이다.

그런데 사람마다 이 물음에 대한 답이 다르다. 나는 책을 좋아하고 둘째는 그림을 좋아한다. 어떤 사람은 돈을 좋아하고, 어떤 사람은 권력을 좋아한다. 어떤 사람은 그냥 조용히 살기를, 어떤 사람은 어울려 놀기를 좋아한다. 산을 좋아하는 사람이 있는가 하면, 바다를 좋아하는 사람도 있다. 사정이 이런데 과연 모든 사람들이 동의할 수 있는 '최고로 좋은 것'이 있을까? 없을 것 같은데 아리스토텔레스는 있다고 한다. 예컨대 추위를 이기기 위해 옷을 입는 것이 좋지만, 이왕이면 좀 더 예쁘고 멋지며 편한 옷을 입는 것이 더 좋다. 추위를 피하려면 옷보다는 집이 더 좋은데, 더 아름답고 쾌적하고 실용적인 집이라면 더 좋다. 이런 식으로 좋은 것들 사이에서도 비교를 통해 더 좋은 것을 생각할 수 있다.

그렇다면 사람들이 좋아하는 모든 것들을 다 모아서 서열을 매길 때, 정상에 우뚝 선 '가장 좋은 것'은 무엇일까? 아리스토텔레스는 그것을 '행복(eudaimonia)'이라고 했다. 그에 따르면, 사람들은 각자의 취향과 욕망에 따라 돈과 권력과 명예, 건강과 장수, 쾌락과 경건함 등을 목표로 열심히 노력하지만 그것들은 그 자체가 목적이 아니란다. 그것들은 모두 궁극적으로는 행복을 얻기 위한 수단일 뿐이다. 그것들을 얻고도 행복하지 않다면 쓸데가 없으니 말이다. 명예와 권력과 부를 얻었는데도 불행하다면 그게 다 무슨 소용인가? 거꾸로 행복하다면 다른 모든 것을 포기할 수도 있는 법이다. 이렇듯 인간의 모든 행위와 추구와 그것의 결과물들(명예, 쾌락, 건강, 부, 권력 등)이 행복에 이르는 길이 될 때에만 가치가 있는 것이며, 그것이 행복과 연결되지 못한다면 그 자체로는 아무 소용이 없단다.

행복이란 인간다움의 덕에서 비롯된다

"인간에게 가장 좋은 것은 행복이다." 이것이 아리스토텔레스의 대답이다. 그러나 모든 문제가 말끔하게 해결되는 것은 아니다. 또 다른 질문이 이어지기 때문이다. '그렇다면 행복은 무엇인가?' 좋은 것이 사람마다 다른 것처럼 행복도 사람마다 다른 것일까? 설령 행복에 대한 생각이 모든 사람들에게 같다고 해도 '행복에 이르기 위해 가장 좋은 것은 무엇이냐?'라는 물음이 또다시 던져지고, 좋은 것들의 순위에서 밀려났던 다른 모든 것들이 행복으로 향하는 길목에서 또다시 문제가 될 수 있다. 돈과 명예, 권력과 건강, 쾌락 등이 모두 행복에 이르기 위해 필요한 것들이라면, 이것들 가운데 행복에 도달하기 위해 가장 좋은 것은 무엇인가? 그러나 아리스토텔레스는 그런 것들이 인간의 참된 행복을 보장하지 못한다고 단언한다. 사람이 행복할 수 있는 것은 돈이나 권력, 명예, 건강, 쾌락 때문이 아니다. 흔히 우리는 그런 것들이 충분하면 행복하고 없으면 불행하다고 생각하는데, 그런 게 아니라니?

그렇다면 도대체 행복을 보장하는 것은 무엇인가? '인간의 행복을 보장하는 것은 인간이 인간으로서 자기의 기능을 다하는 것이다.'가 아리스토텔레스의 대답이다. 사람이 사람다울 때 가장 행복하다는 말인데 또 막막하다. 도대체 사람답다는 것이 무엇인가? 전사는 전사다울 때 가장 행복하다는 것은 이해할 만하다. 용감하게 전쟁터에 나가 탁월한 힘을 발휘하여 적과 싸워 승리를 거둘 때 가장 행복할 테니 말이다. 마찬가지로 농부는 열심히 씨를 뿌리고 싹을 돌보아 풍성한 열매를 수확할 때 가장 농부다운 것이며, 그때 농부는 가장 행복할 것이다. 교사는 교사답고 학생은 학생다울 때, 의사는 의사답고 통치자는 통치자다울 때, 그래서 그 명칭에 맞게 자신의 기능을 가장 잘 발휘하여 그 소임을 다할 때, 그때 가장 큰 결실을 맺으며 그 결실 때문에 행복할 수 있을 것 같다. 그런 식으로 인간이 행복하기 위해서는 '인간다워야' 하며, 인간'다움'이 인간 '행복'의 원천이

아리스토텔레스

란다.

　　그런데 도대체 인간답다는 게 무엇이란 말인가? 이때 문제가 되는 개념이 바로 '덕(德)'이다. '덕'으로 옮겨진 그리스 말은 '아레테(ἀρέτη)'이고, 이것은 라틴어로는 '비루투스(virtus)'이며 영어에서는 'virtue'가 되는데, 이것은 단순히 도덕적이고 윤리적인 개념만은 아니다. 그것은 원래 특정한 기능과 관련되며, 특정한 기능을 탁월하게 수행하는 기량과 직결된다. 즉 '-다움'이 그 개념의 핵심이 된다는 말이다. 예를 들어 눈의 아레테는 '잘 보는 것'이고, 발의 아레테는 '잘 달리는 것'이다. 눈이 잘 봐야 눈'다운' 것이고, 발이 잘 달려야 발'다운' 것 아닌가.

　　이 단어를 '덕'(德, virtue)이라고 옮기는 것을 놓고 학자들 사이에는 논쟁이 있다. 이 번역에 반대하는 쪽은 '덕'이라는 말이 도덕과 윤리적인 느낌을 주기 때문에 부적절하다고 주장한다. 우리말에 '눈의 덕'이라는 말은 없으니 그들의 주장도 일리는 있다. 그들은 '덕' 대신에 '탁월함(excellence)' 또는 '훌륭함'을 아레테의 번역어로 내놓고는 한다.

그러나 꼭 그럴 필요는 없다. '덕'을 도덕적이고 윤리적인 뜻으로만 보는 것도 일종의 편견이며 오해이기 때문이다. 한자어 '德'도 '아레테'처럼 특정한 기능에서의 탁월함을 뜻한다고 한다. 아리스토텔레스는 덕을, 즉 아레테를 행복과 연결시킨다. 행복이란 "완전한 아레테에 따라 이루어지는 영혼의 어떤 활동"이며(『니코마코스 윤리학』 1098a17) "아레테를 완전하게 사용(χρῆσις)하고 실현(ἐνέργεια)할 때 성취되는 것"(『정치학』 1328a37, 1332a9-10)이라고 규정하기 때문이다.

인간다움의 덕은 이성에서 발휘되는가

그렇다면 행복을 보장하는 아레테, 즉 인간이 인간으로서의 역할을 다하여 인간'다움'에서 드러나는 탁월함과 덕은 무엇인가? 모든 사람은 자신이 맡은 역할과 직업에 따라 전사나 농부, 교사, 학생, 학자, 축구선수로 살아가지만 이들 모두는 하나같이 '인간'이다. 특정한 역할과 직업, 기능의 차이를 넘어서 그들 모두가 인간인 한, 그들 모두에게 공통적으로 적용되는 '인간'

행복, 삶의 목적이 다르다면

으로서의 덕, 곧 아레테가 있을 것이다. 아리스토텔레스는 인간을 진정 인간답게 하는 것, 누구라도 그것에 충실하고 탁월할 때 단순히 '전사'나 '농부', '학자'나 '축구선수'로서가 아니라 '인간'으로서의 탁월성을 보여 주는 덕이 있는데, 바로 그 덕이 인간을 행복하게 만든다고 생각했다. 그리고 아리스토텔레스는 그 덕을 인간의 정신, 영혼(ψυχή)에서 찾았다.

아리스토텔레스에 따르면, 인간은 몸과 영혼으로 구성된다. 그 가운데 영혼이 인간의 본성에 결정적인 부분이다. 영혼은 다시 (1) '이성을 가진 부분(λόγον ἔχων)'과 (2) '이성이 없는 부분(ἄλογος)'으로 나뉜다. 이성이 없는 부분은 영양과 성장의 원인이 되는 '식물 같은 부분'이며, 생존의 본능, 생존을 위한 무의식적인 의지와도 같다. 이 둘에 걸쳐 있으면서 둘을 연결해 주는 것이 (3) '욕구(ὀρεκτῐκόν)' 또는 '욕망(ἐπιθυμητικόν)' 부분이다. 이 세 부분 가운데 인간을 인간답게 하는 본성은 바로 '이성', 즉 '로고스(logos)'다. "이성(λόγος)에 따른 영혼(ψυχή)의 활동, 혹은 이성이 없지 않은 영혼의 활동"(『니코마코스 윤리학』 1권 7장 1098a7-8)이 인간을 다른 생명체와 구별되게 만들고 인간답게 만들어 준다. 이성을 가장 잘 써먹을 때 인간의 덕, 즉 인간의 아레테가 발휘된다.

그러니까 인간다운 인간은 이성적인 인간이며, 합리적인 말(logos)이 통하는 인간이다. 이성이 마치 지도자가 되어 욕망과 욕구의 본능을 적절하게 다스릴 수 있다면 인간은 흔들림 없이 인간다운 삶을 살 수 있다. 행복은 바로 그때 가능하다. '무슨 일을 하든지, 어떤 상황에서든 이성적으로 생각하고 합리적으로 판단하며 논리적으로 말하라, 그대는 행복하리라.' 아리스토텔레스의 행복 메시지다. 거꾸로 욕망과 욕구가 반란을 일으켜 이성을 제압하고 식물과 같은 생존의 본능과 결탁하면 인간은 인간다움을 잃는다. 야수처럼 탐욕스럽고 야만적으로 행동한다. 합리성은 욕망에 짓밟히고 철저히 무시되며, 이성은 짐승처럼 껄떡대는 욕망을 효과적으로 충족시키는 한편, 무례한 탐욕을 정당화하는 수단과 도구, 노예로 전락할 것이다.

교육을 잘 받은 사람들이 똑똑한 머리로 법을 악용하여 다른 사람을 짓밟고, 자신의 이기적인 욕망을 채우면서도 사람들에게 들키지 않은 채로 선량한 사람처럼 위선적인 모습을 보일 수 있는 것은 바로 이런 비합리적이고 사악한 경우일 것이다. 그런 사람이 영악한 술수를 써서 다른 사람들을 함정에 빠뜨리고 정상에 우뚝 설 수도 있고, 성공한 사람으로 칭송될 수도 있다. 그러나 그런 사람이 과연 행복할까? 아리스토텔레스는 결코 그럴 수 없다고 생각한다. 그런 사람은 인간다운 삶을 산 사람이 아니며, 인간다움의 탁월성을 제대로 발휘한 것이 아니기 때문이다. 이성이 욕망과 의지, 생존 본능을 통제할 수 있어야만 한다는 아리스토텔레스의 신념은 서구의 전통이 되었다. 기독교가 지배하던 중세에도 이성과 논리를 표방하는 철학은 기꺼이 신앙의 시녀가 되어 종교를 체계화하는 데 전력하였다.

그러나 인간의 경건한 영성도, 인간의 합리적인 이성도 인간의 탐욕을 제대로 다스리지 못했다. 기독교 성직자들은 탐욕으로 부패했고 돈을 구하기 위해 죄를 씻어 주는 티켓을 판매했다. 종교개혁과 철학의 반란은 다분히 합리적인 집단이성의 반발이었다. 인간 이성에 대한 새로운 각성으로 근대가 시작되었다. 개혁과 계몽, 문명의 이름으로 이성이 절대시되었고, 중세 기독교 세계에 신이 앉아 있던 자리에서 신을 밀어내고 서구 정신세계의 패권을 차지했다.

그러나 그 이후 이성은 과연 인간의 욕망을 다스리며 합리적인 세계를 건설했는가? 아니다. 과학기술의 발전은 양차 세계대전을 통해 수많은 사람들을 죽음으로 몰아넣었다. 강대국은 지구를 수십 번도 넘게 파괴할 수 있는 핵무기를 개발하여 지구 곳곳에 심어 놓았고, 세계의 무기상들은 끊임없이 크고 작은 전쟁을 일으키며 자신들의 매출액을 늘리고 있다. 그 탐욕스러운 광기에는 평화를 수호하는 천사의 가면이 씌워져 있다. 자본주의는 부와 편익에 대한 인간의 욕망을 채워 주며 세계 각국의 경제체제를 정착시켜 가면서 기형적인 사회적 불평등을 증폭시켜 나가고 있다. 현재 1퍼센트의 부자가 99퍼센트의 인구가 가진 돈보다 더 많은 돈을 가지고 있다. 인간들 참 똑똑하다. 인간 이성의 극치를 보여 주고 있다.

그러나 그것은 인간의 본성이 이성적임을 보여 주는 징표인가? 과연 인간은 이성적인 존재인가? 인간은 이성을 통해 자신의 욕망을 선하고 아름답게 다스릴 수 있는가? 아니면 인간은 욕망의 존재이며, 욕망을 극대화하고 효율적으로 충족시키는 데 이성을 써먹는 한에서만 이성적인 존재인가? 인간다움에 이성의 역할을 역설했던 아리스토텔레스의 눈에 우리의 풍요로운 현대는 지극히 불행하게 보일지도 모른다.

둘째는 내게 대답했다. "행복이 따로 있는 건 아닌 것 같아요. 순간순간 행복하다고 느끼면서 살면 되는 것 아닌가요? 저는 항상 행복하려고 노력해요." 요즘 말로 '심쿵', 언뜻 슬기로운 대답 같았다. '행복론'을 강의하는 '불행한' 철학자임을 고백하던 선배의 얼굴이 갑자기 떠올랐다. 솔직히 나는 둘째가 부러울 때가 한두 번이 아니다. 나는 불행에 예민한 반면, 둘째는 오히려 행복에 대한 감수성이 더 발달한 것 같다는 생각이 드는 것이다.

'그런데 네 말대로 모든 순간을 행복으로 느끼려고만 한다면 우리는 삶에 내재된 수많은 모순들에 순응하게 되고, 더 나은 사회를 만들어 나가려는 노력을 소홀히 하게 되지 않겠니?' 이 말을 할까 했지만, 왜 그런지 설명하기가 어려워서 나는 섣불리 말을 꺼내지 않았다. 또한 내가, 아니 아리스토텔레스가 말하는 행복을 둘째가 행복이라고 느끼지 못한다면, 그는 그만이 느끼는 행복이 따로 있다면 내 이야기가 무슨 소용이 있을까 하는 생각도 주저함의 한 이유였다. 내가 나의 삶의 기반을 다져 나가듯, 나의 둘째도 자신만의 행복을 단단하게 지어 나가고 있다는 믿음. 불현듯 헤로도토스가 전해 주는 솔론의 말이 떠올랐다.

"누군가 죽기 전에는 그를 행복하다고 부르지 마소서. (……) 무슨 일이든 그 결말이 어떻게 되는지 눈여겨보아야 하

행복, 삶의 목적이 다르다면

옵니다. 신께서는 행복의 그림자를 언뜻 보여 주시다가 파멸의 구렁텅이에 빠뜨리시는 경우가 비일비재하니까요."

— **헤로도토스, 『역사』(1권 34절)에서**

"행복의 근원은,
인간을 인간답게 하는 것,
즉 인간으로서의 탁월함이다."

김헌

"행복한 사람,
즉 하늘의 빛을 따르는 사람은,
그 빛의 발함을 막는 갖은 욕망과
허위를 비워내는 사람이다."

김월회

안팎의 일치를 이뤄라

6

김월회

"인간은 위기에 처했을 때 비로소 자신이 고귀한 존재임을 깨닫게 된다." 고전이나 영화 등에서 종종 접하는 통찰이다. 지구를 좀먹는 악성 바이러스나 타자를 파괴하는 암세포에 비유된 지 꽤 됐음을 감안할 때 이 말은 그나마 위안은 되는 듯싶다. 그런데 이 정도만으로 사람이 만물의 영장이라고 자부할 수 있을까?

사람, 하늘과 같은 길을 걷는 피조물

사람이 만물의 영장임이 입증되려면 사람만이 지니는 추종을 불허하는 특출함이 있어야 한다. 고대 중국인들은 그러한 특출함으로 사람만이 하늘의 본성을 닮은 존재라는 주장을 내놓았다.

이를테면 이러한 식이다. "성(誠)은 하늘의 길〔道〕이요, 성(誠)하고자 함은 사람의 길이다."(『중용』) 성(誠)은 정성됨을 뜻하고 도(道)는 늘 다니는 길을 말한다. 여기서 지구상에 인류가 나타나기 전부터 하늘은 그 길로만 운행됐기에, 가령 "왜 하늘은 늘 그 길로만 다니게 됐는가?" 유의 물음은 던져지질 않았다. 하늘이 그 길로만 다닌 지 꽤 오랜 후에 인류가 지구상에 출현했기에 이를 당연하다고 여겼다. 길, 한자로 '道'가 불변의 이치나 진리의 뜻으로 쓰이게 된 이유다.

따라서 이치대로라면 하늘은 하늘의 길에서 벗어나지 않는다. 마찬가지로 사람도 사람의 길에서 벗어나지 않는다. 『중용』의 다른 언급을 참조하면 이렇게 하늘과 사람이 자기 길에서 벗어나지 않음이 바로 성(誠)이다. 성을 '참되고 성실하다.'는 뜻의 준말로 '정성됨'이라고 풀 때, 그 실상은 이렇게 자기가 다니던 길로 한결같이 다님을 가리킨다. 하여 사람과 하늘이 자기 길에서 벗어남이 없다면 이 둘은 정성되다는 점에서는 동질적이게 된다. 다만 하나는 '성 자체'이고 남은 하나는 '성하고자 함'이라는 차이가 있을 따름이다.

이 차이는, 성 자체는 성의 본질이고 성하고자 함은 성의 활동이라는 식으로 치환될 수 있다. 곧 하늘은 본질이고 사람은 그것의 활동이라고 할 수 있다는 것이다. 여기서 잠깐 내가 그를 사랑함을 그가 어떻게 알게 되는지를 짚어 보자. 아무리 내

안에 그에 대한 참된 사랑이 있다고 해도 그 사랑을 적절한 활동을 통해 그에게 드러내지 않는다면 그 사람은 나의 사랑을 모를 것이다. 참된 사랑이라는 본질과 그것의 활동이 연동돼야 비로소 사랑이 존재함을 알게 된다. 성, 그러니까 정성됨도 마찬가지다. 그것의 본질과 활동이 연동됐을 때 우리는 비로소 그것이 있음을 알게 된다.

한마디로 본질과 활동은 동전 하나의 양면인 셈이다. 보는 방향에 따라 두 가지 면이 있지만 실체는 하나인 관계, 『중용』의 저자는 하늘의 길과 사람의 길을 이러한 관계로 본 것이다. 그렇게 하늘의 길이 사람의 길이고 사람의 길이 바로 하늘의 길임을 환기함으로써 하늘과 사람은 결국 하나임을 말했음이다. 그러니 사람이 만물의 영장이라고 주장해도 결코 부끄러워할 바가 없게 된다.

사람, 하늘의 밝음이 깃든 존재

『중용』뿐만이 아니었다. 사람을 하늘과 본질적으로 이어진 존재로 설정, 이를 토대로 사람을 존귀하다고 여긴 시각은 학파 불문하고 다수가 지지했던 공통의 토대였다. 물론 그렇게 볼 수 있는 근거는 서로 달랐다. 가령 유가가 주로 사회적 도덕 차원에서 근거를 찾았다면, 도가는 '저절로 그러한〔自然而然〕' 섭리에서 근거를 찾는 방식이었다.

행복, 삶의 목적이 다르다면

유가는 맹자를 대표적 예로 들 수 있다. 그는 사람의 본성은 하늘로부터 비롯되며 하늘이 선 자체인 만큼 사람의 본성도 선할 수밖에 없다는 성선설을 주창했다. 하늘의 길이 불변하는 것처럼 사람의 선한 본성도 결코 변하지 않는다고도 했다. 다만 선한 본성을 지키고자 노력하지 않으면 악이 끼게 된다고 경고했다. 물론 악하다고 하여 선한 본성 자체가 훼손된 것은 아니라고 보았다. 덕지덕지 때가 낀 거울과 같아 때를 말끔히 닦아 내면 다시 선한 본성이 밝히 드러난다고 했다. 『대학』에서는 이러한 활동을 일러 "명명덕(明明德)"이라고 했다. "밝은 덕을 밝히다."는 뜻으로 대학, 그러니까 큰 학문을 하는 목표의 하나다. 여기서 '밝은 덕'은 이를테면 공자 같은 성인군자가 삶을 통해 밝히 드러낸 하늘의 본성을 가리키며, 유가들은 이를 신분 고하를 막론하고 모두가 타고났다고 보았다. 맹자가 하늘의 선함이라고 표현한 하늘의 본성이 여기서는 밝은 덕이라고 표현된 것이다.

한마디로 사람은 본질적으로 밝은 존재라는 규정이다. 그러면 그 밝음은 어디로부터 기원하는 것일까? 여기서 유가는 도가와 만난다. 노자나 장자로 대변되는 도가도 사람과 빛을 즐겨 연결 지었기 때문이다. 가령 화광동진(和光同塵)과 같은 표현이 대표적 예다. 『노자』에서 비롯된 이 구절의 원문은 "화기광동기진(和其光同其塵)"이다. 자신의 빛을 온화하게 하여 세속과 함께한다는 뜻으로, 여기에는 사람을 빛을 품은 존재로 규정한 노자의 시선이 깔려 있다. 장자는 이러한 빛을 '하늘의 빛', 곧 천광(天光)이라고 불렀다. 그는 마음이 태연하고 안정되어 있으면 하늘의 빛을 발하게 된다고 하였다. 그렇게 하늘의 빛을 발하는 자에게는 사람들이 모여들고 하늘도 그를 돕는다고 했다. 장자는 그러한 이를 가리켜 '하늘의 사람〔天人〕'이라고 불렀다. 이를 노자의 표현으로 바꾸면 하늘의 빛을 따르는 사람으로, 일상을 살아가며 그 빛의 발함을 막는 갖은 욕망과 허위를 비워낼 줄 아는 사람이다.

이러한 관점은 훗날 "하늘과 사람은 하나다.〔天人合一〕", "하늘과 사람은 덕성을 같이한다.〔天人合德〕" 등의 명제로 정식화됐다. 이에 따르면 사람이 선한 본성만 잘 닦으면 하늘과 동등한 자격으로 천지자연의 운영에 참여함은 당연한 일이었다. 실제로 유가에서는 요나 순 같은 성인들이 바로 그러한 사람이라고 여겼다. 그리고 누구나 하늘의 밝은 본성을 타고났듯이 정성되고자 하는 활동을 꾸준히 하면 모두가 성인이 될 수 있다고 보았다.

선하지도 악하지도 않은 사람의 본성

그런데 이처럼 사람을 하늘과 연동시킴으로써 적어도 다음 두 가지의 문제가 야기된다. 하나는 하늘이 선한 줄을 사람은 어떻게 알았는가, 다시 말해 하늘의 선함을 무엇으로 보증할 수 있냐는 물음이다. 다른 하나는 사람과 하늘이 하나라면 사람의 악함도 하늘로부터 비롯된 것인가 하는 의문이다.

행복, 삶의 목적이 다르다면

이 둘은 결코 쉽게 대답할 수 있는 문제가 아니었다. 우리의 하늘은 선하고 의로운 이들에게만 빛을 비추고 비를 내려 주는 것이 아니라 악인과 불의한 자에게도 그리해 왔기 때문이다. 요새 들어서만 그러한 것도 아니다. 예수는 "하나님이 그 해를 악인과 선인에게 비추시며 비를 의로운 자와 불의한 자에게 내려 주심이라."(「마태복음」)고 언급한 바 있고, 한자권 불후의 역사서인 『사기』를 집필한 사마천도 정색하고 이를 문제 삼은 적이 있었다.

특히 사마천은 『사기』의 서문 역할을 겸하는 「백이열전」을 집필하며 하늘이 정녕 옳은지를 묻고 또 물었다. 역사를 보니, 공자나 안회같이 선하고 의로운 이들은 외면받고 궁핍한 삶을 살다 요절하기 일쑤인 반면, 무도하고 포악하기 그지없는 이들은 넘치는 일락 속에 천수를 누리며 떵떵거리며 살았다. 그가 더욱 절규했던 바는 그러한 불의가 당대에 끝나지 않고 대를 이어 가며 지속됐다는 점이었다. 지금 여기의 이야기가 아니라 2100여 년 전 사마천이 본 그 전의 역사 이야기다. 게다가 "힘써 농사지음은 풍년을 맞이함만 못하고, 빼어난 직무 수행은 윗사람의 마음에 듦만 못하다."(「영행열전」)는 속담처럼, 하늘은 종종 노력이 아니라 흔히 '요행'이라고 지칭되는, 사람의 능력으로는 헤아리기 어려운 그 무엇에 의해 더 큰 이익을 꾸준히 안겨 주기도 했다.

사정이 이렇다 보니 하늘의 선함에 대한 문제 제기가 예나 지금 가릴 것 없이 늘 있을 수밖에 없었다. 사마천급이 아닐지라도 외견상 악과 불의를 용납하는 하늘을 보며 그것이 선함 자체라고 여기기는 어려웠다. 백 보 양보하여 하늘이 선함 자체라 믿어졌다고 해도 문제는 여전했다. 그러한 하늘이 사람을 낳았다면 대체 사람 안에 있는 악함도 하늘에서 나왔다는 것인지, 그러지 않았다면 악함은 어디서 생겨났는지, 하늘은 사람뿐 아니라 만사만물을 창조했다고 하던데 그러면 악의 근원도 하늘이 만들었다는 것인지 등등, 난감한 물음이 꼬리를 물고 제기될 수밖에 없었다.

같은 유가이면서도 순자는 그래서 맹자와 달리 사람의 본성은 자연 상태에서는 악하다고 정리하였다. 다만 사람이 만물의 영장인 까닭은 사회 상태에서 교육을 통해 하늘의 선함을 자기 덕성으로 체화할 수 있기 때문이라고 보았다. 순자의 제자였지만 유가를 버리고 법가 사상을 집대성한 한비자는 아예 선악의 구도에서 벗어나 사람 본성을 규정하였다. 사람은 태어날 때부터 이익을 탐하는 존재인데 이익 추구 자체를 본질적으로 악하다고 지목할 하등의 이유가 없었다.

이는 사람의 본성을 두고 맹자와 논전을 벌였던 고자(告子)의 "사람 본성 자체는 선하지도 악하지도 않다."는 성무선악설(性無善惡說)과 궤를 같이하는 관점이었다. 이들의 관점을 취하면 피조물 가운데 사람만이 존귀한 까닭은 본성이 하늘을 닮았기 때문이 아니라 후천적 노력을 통해 하늘을 닮아 갔기 때문이었다.

성(誠), 안과 밖을 같게 하는 것

흥미로운 점은 선천적으로 사람을 하늘과 하나라고 본 쪽도 후천적으로 하늘을 닮아 갈 수 있다고 본 쪽만큼이나 도덕적 활동을 중시했다는 점이다. 맹자는 폭넓은 독서와 호연지기의 배양을 통해 수기치인(修己治人, 나를 수양하고 남을 다스리다.)할 것을 주문했고, 『중용』에서는 성(誠)하고자 함, 곧 참되고 성실한 삶을 강조하였다.

이유는 그래야 먹고살기에 치이는 일상에서도 자신의 본성이 하늘에서 왔음을, 그렇기에 자신은 하늘과 같은 존재임을 망각하지 않고 그에 걸맞은 삶을 도모할 수 있게 된다고 보았기 때문이다. 그래서 공자는 태어날 때 이미 모든 것을 다 깨우친[生而知之] 이였건만, 열다섯에 배움에 뜻을 두고[志學], 서른에는 우뚝 서야 하며[而立], 마흔에는 미혹되지 않고[不惑], 쉰에는 천명을 알아야 하고[知天命], 예순에는 들음이 순조로워야 하며[耳順], 일흔에는 마음이 원하는 대로 행해도 이치에서 벗어남이 없어야 한다[從心]고 당부했다. 아무리 밝고 맑은 거울일지라도 닦지 않으면 때가 끼어 혼암(昏暗)에 지배되듯이 일상에서 깨어 노력하지 않으면 하늘을 닮은 성품도 결국 가려지게 된다는 사유였다. 맹자가 "진기성(盡其性)", 곧 자신의 본성을 정확히 깨달아 온전히 실현하면 하늘을 알게 된다고 한 것도 같은 맥락이었다.

『중용』의 저자는 이를 받아 천명, 곧 천도가 성(誠, 정성됨)이며 이를 삶을 통해 구현하고자 노력하는 정성된 삶이 자기 본성을 온전히 실현하는 삶이라고 보았다. 나아가 그는 이렇게 자기 본성을 온전히 실현하는 활동을 일러 자기의 내면을 정성되게 한다고 하였다. 그리고 자기 내면이 정성되게 되면 하늘이 하늘의 길을 통해 자신의 정성됨을 밝히 드러내듯이 자기 내면의 정성됨이 바깥으로 드러난다고 하였다. 이때 정성됨이 바깥으로 드러나는 통로는 앞서 서술했듯이 정성되고자 하는 활동이다. 그것이 "수기치인"이든 "진기성"이든 간에 사람은 이러한 활동을 통해 안팎이 다르지 않게 된다. 결국 정성됨은 사람이 자기의 안과 밖이 일치된 상태, 정성되고자 함은 그 둘을 일치시키는 활동인 것이다.

이는, 하늘이 항상 안팎이 동일하기에 사람도 그러해야 한다는 인식의 소산이었다. 이를 맹자나 『중용』의 저자는 선이라고 규정했다. 따라서 악은 이 둘이 일치하지 않는 것이 된다. 그렇다면 하늘과 하나인 사람에게는 왜 하늘과 달리 그 둘의 불일치가 생기는 걸까? 이유는 비유컨대 '오작동' 때문이다. 하늘이 자율적이고 이지적이며 감성적이기에 사람에게도 자율적 역량과 이성, 감성이 태어날 때부터 내장된다. 그래서 사람은 자신의 본질이 하늘과 같은 정성됨을 알게 되고 정성되고자 하는 활동도 할 줄 알게 된다.

다만 이 과정에서 사람은 하늘처럼 생성되는 순간에 이미 정성된 존재가 아니기에, 다시 말해 자율과 이성, 감성이 이미 정성된 존재가 아니기에 능히 오도될 수 있다. 예컨대 기쁨·

행복, 삶의 목적이 다르다면

노여움·슬픔·즐거움 같은 감정이 과하거나 부족할 수도, 또 치우치거나 왜곡될 수도 있게 된다. 하늘로부터 비롯되었어도 자율과 이성, 감성도 정성된 상태에 이르지 못하면 마찬가지로 균형을 잃을 수 있다. 하여 『중용』의 저자는 균형을 거듭거듭 강조하였다. 중용을 달리 불러 중화(中和)라고도 하는데, 중은 타고난 것들이 발현되기 전의 균형을, 화는 그들이 밖으로 드러난 후의 균형을 이룬 상태를 가리키기 때문이다.

결국 정성되고자 함은 중화의 상태에 이르러 이를 항상 유지하기 위한 활동과 다르지 않다. 중화(中和)는 『중용』의 핵심인 성(誠), 곧 안팎의 일치가 실현됐음을 뜻하기 때문이다. 그리고 이렇게 했을 때 비로소 하늘로부터 받은 바들이 '오작동'될 가능성을 봉쇄하여 악이 낄 여지를 없앨 수 있게 된다.

'선(善)-복(福)-행복'이란 회로

문제는 정성되고자 하는 활동이 말처럼 쉽지는 않다는 점이다. 아무리 하늘이 내려 준 선한 본성을 타고났다고 해도 먹고사는 일은 주지하듯 결코 녹록지 않다. 정성된 삶을 산다는 것은 물론 그러한 삶을 지향한다는 것조차 이상적이라 여김은 별로 이상할 바가 못 된다. 게다가 우리 사람은 고(故) 신영복 선생께서 통찰하신 바처럼 머리와 가슴, 발 사이의 거리가 엄청 멀기까지 하다.

우리만 이러한 것은 아니다.『중용』의 저자도 사람이 대체로 이러함을 익히 알고 있었다. 그렇다고 정성된 삶을 포기한다면 사람은 악성 바이러스나 암세포급으로 처지진 않아도 만물의 영장이라 운운할 수는 없게 된다.『중용』의 저자 같은 이들은 사람이 하늘을 닮은 존재임을 깨우쳤음에도 이를 외면한다면 그건 하늘의 길에서 벗어나 의롭지 못한 길을 걷는 것이라고 여겼다. 그래서 그들은 누가 시키지 않았음에도 자신을 또 사람을 하늘의 길로 인도할 적절한 방도를 능동적으로 모색하였다.

고대 중국인들은 사람을 인도함에 상벌만큼 효과적이고 확실한 방도는 없다고 생각했다. 오랜 경험을 기반으로 내린 결론이었다. 그래서 정성되고자 하면 하늘이 주는 상을 받을 것이고 그렇게 하지 않으면 하늘이 내리는 벌을 받을 것이라며 을러 댔다. '하늘이 눈에 보이기는 하지만 그것이 어떻게 움직여 사람을 혼낸다는 말이냐.' 틀림없이 이렇게 비아냥댈 이가 있을 것이기에『중용』의 저자는 귀신을 들고 나왔다. 하늘이 귀신을 부려 정성되고자 노력하는 이에게는 복을, 그리하지 않는 자에게는 화를 내린다고 하였다.

그러자 사람들이 이를 믿기 시작했다. 비록 여전히 하늘은 악한 이에게도 은택을 베풀고 있었지만 하늘은 선하기에 정성되고자 하는 이에겐 언젠가 반드시 복을 내려 줄 것이라고 철석같이 믿었다. 복 받기 위해 정성되고자 한다니 실소가 절로 나오는가? 하늘이 복을 내린다느니, 귀신을 부려 사람들을 혼내 준다고 하니 유치하기 짝이 없는가? 그러면 이는 어떠한가? 복을 돈으로 바꿔 보자. 돈만 벌 수 있다면 무슨 일이든 못하겠냐는 것이 우리네 자화상이다. 우리는 이러면서 옛 사람이 복 받기 위해 귀신을 믿었다는 것을 뭐라 탓하기가 심히 민망하지는 않은가?

내친 김에 하나만 더 묻자. 돈을 벌면 행복한가? 행복하다고 하자. 그런데 만약 돈을 못 벌게 되어도 그 행복이 지속될 수 있을까? 선을 행하여 돈을 벌게 되면 분명 행복하다. 그러나 돈이 사라진다고 하여 행복도 사라지는 건 아니다. 정성되고자 함은 하늘의 선을 닮는다는 것, 곧 선해진다는 것이기에 돈 벎의 여부와 무관하게 그 자체로 행복의 원인이 된다.

물론 근자의 우리 사회에서는 선을 행함으로 행복해질 수 있다는 말이 '루저(loser)'들의 자기 합리화에 불과하다며 조롱받는다. 그러나 돈을 벌기 위해 불법도 마다 않고, 그렇게 번 돈을 지키기 위해 인류가 수천 년간 쌓아 온 제반 가치를 짓밟는 것보다는 선을 쌓음이 한층 만물의 영장다움은 부인할 수 없으리라. 하늘을 닮은 사람이라면 말이다.

부(富),

포기할 수 없다면

공정한 삶의
터전을 꿈꾸자

7

김헌

"정직하고 성실하게 살아라!" 어려서부터 참 많이 듣던 말이다. 그렇게 살면 성공하고 잘사는 줄 알았다. 이 말을 가장 많이 하신 분은 학교 선생님들이셨다. 의심의 여지 없는 절대적인 진리처럼 말씀하셨고, 그래서 그분들은 다 그렇게 사시는 줄 알았다. 어릴 적 내 눈에 선생님들은 그렇게 사시면서 성공을 누리고, 경제적으로 넉넉하게 사시는 것처럼 보였다. 한편 목사님이나 스님들도 사람이라면 마땅히 지켜야 할 도리라고 정직과 성실을 역설하셨다. 그분들은 정직과 성실 덕택에 부자가 된 것은 아니지만, 자신들에게 주어진 부를 가난한 사람들과 좋은 일을 위해 아낌없이 내놓고, 그렇게 세속적인 욕심을 다 털어내고는 허허롭고 고고하게 사시는 줄 알았다. 부모님도 역시 그렇게 말씀하시고는 했다.

96   부(富), 포기할 수 없다면

나중에 알고 보니, 그렇게 사는 것이 꼭 성공과 부를 약속하는 건 아니었다. 오히려 그렇게 사는 것은 성공과 부를 포기할 수도 있는 결단을 필요로 했다. 그것을 나는 학교 문을 나서고도 한참이 지난 후에야 깨달았다. 정직하고 성실하게 살면 그게 잘 사는 것이고 행복한 삶이라고 믿으려고 애쓰지만 행여 그러지 못할까 봐 걱정도 되고, 자칫 무능하고 순진하다는 놀림을 받으며 손해 보고 살 것 같은 생각을 완전히 떨쳐 버리지 못하는 것이 사실이다.

정직과 성실이 성공의 걸림돌일까

'정직'과 '성실'이 반드시 성공을 보장하는 믿을 만한 단어들은 아닌 것 같다. 그 단어에 걸맞은 사람들은 힘겨운 노동 현장이나 복잡한 시장에서나 볼 수 있다. 큰돈을 벌고 부자가 되어 그것으로 권력을 얻거나 그 비호를 받아 가며 아무것에도 꿀릴 것 없이 떵떵거리며 사는 사람들은 왠지 정직과 성실과는 멀리 떨어진 어디쯤에 있는 것처럼 보인다. 심지어 정직하고 성실한 사람들이 그 깨끗함으로 인해 손해를 보고 억울하게 모함을 당하며 낭패를 보기 일쑤인 게 우리가 사는 세상인 것 같다. 정직과 성실은, 그렇지 못하면서 불순한 이익을 챙기는 사람들이 건실한 사람들의 발을 묶고 더 많은 이익을 손쉽게 챙기기 위해 외치는 것처럼 보인다. 설령 그들이 정직과 성실을 자신에게 적용한다 하더라도, 그것은 대체로 자신들의 비리와 나태함을 감추며 그럴듯하게 꾸미는 포장지일 경우가 많다. 그들의 고상해 보이는 포장지를 까 보면 그 속에는 탐욕스러운 욕망과 나태하고 놀기 좋아하는 본성이 음흉하게 똬리를 틀고 있다. 이렇게 세상을 본다면 너무 삐뚤어진 시각인가?

플라톤이 쓴 『국가』에는 '트라쉬마코스'라는 소피스트가 소크라테스와 대화를 하는데, 공자님 말씀처럼 지당하신, 그러나 고리타분한 말만 하는 소크라테스를 답답하게 여기면서 정의(正義)에 관해 직언한다. "정의는 강자의 이익입니다." 법은 강자가 자기 입맛에 맞게 만든 것인데 그것이 정의로서 군림한다. 따라서 법을 지키면 법을 세운 강자는 이익을 얻는 반면, 가난하고 힘없는 사람들은 손해를 볼 수밖에 없다. 더군다나 강자는 권세를 이용하여 자기가 만든 법을 어기더라도 아무런 처벌을 받지 않는다. 법 위에 군림하며 움직이기 때문이다. 그래서 법을 어긴 그들을 제지하고 처벌할 수 있는 사람이 따로 없다. 법의 지배를 받는 것은 권력에서 배제되어 있는 약자들뿐이다.

그러면 약자들은 어떻게 살아야 하나? 법을 지키면 강자에게 이익을 주고 자기는 손해를 보고, 법을 지키지 않으면 범법자로 내몰려 강자들의 처벌을 받아 큰 손해를 입으니 말이다. 하지만 살길은 있다. 그들의 생존 전략은 이렇다. 들키지 않고 법을 어길 수만 있다면 법을 어겨서 최대의 이익을 챙길 것. 어리숙하게 법을 어기다 걸려서 벌을 받아 손해를 입는 일이 없도록 치밀하게 은폐할 것. 만약 재수 없이 걸리면 능숙한 말솜씨로 요리

　　　　　　　　　　　　　　　　　　부(富), 포기할 수 없다면

조리 법망을 빠져나가거나, 아니면 죽는 시늉을 해서라도 동정과 용서를 받아낼 것. 그럴 자신이 없으면 차라리 그냥 정직하고 성실하게 살면서 사람들의 칭찬이라도 받고 최소한의 이익이라도 제대로 챙길 것.

그러니까 정직과 성실은 큰 이익으로 가는 지름길이 아니고, 피해를 피하는 가장 소극적인 방법일 뿐이다. 아니, 아예 그곳으로 가는 길이 아닐지도 모른다. 고통과 핍박의 길이며 많은 사람들로부터 질시와 비웃음을 받는 길일지도 모른다. 다른 사람들은 다 그 길을 피하려고 하는데 대놓고 그 길을 가겠다고 고집하는 사람들은 바보이며, 다른 사람들을 몹시 불편하게 만드는 골칫덩어리다. 그 길로 가 봐야 별 재미를 못 본다는 것을 대부분의 사람들이 알고 있기 때문이다.

"너에게 내가 비밀을 알려 주지. 나는 신을 두려워하는 정직한 사람이지만, 늘 못살았고 실패만 했지!" 기원전 408년에 창작된 후 다시 손질되어 388년에 무대에 올려진, 아테네의 희극 작가 아리스토파네스의 작품 『부의 신』에 나오는 말이다. 주인공은 아테네의 농부 크레밀로스다. 그는 마땅히 지켜야 할 바를 성실하게 지키며 살았던 올바르고 정의로운 사람이었다. 그런데 사람들이 보지 않아도 보이지 않는 신을 두려워하는 마음으로 언제나 옳은 길을 걸었으며, 정직하고 성실하게 일하며 살아온 경건한 크레밀로스는 왜 늘 가난해야 했고 세상에서 성공하지 못했을까?

그는 살아온 삶에 대해 부끄러움은 없지만, 보상이 없

는 삶에 대한 억울함을 떨쳐 버릴 수가 없다. "다른 놈들은 다 부자가 되었지. 신전을 털고, 말로 사람들을 휘어잡고, 남의 잘못을 밀고하는 사악한 놈들은 다 돈을 벌었단 말이야." 크레밀로스는 지금 잔뜩 화가 나 있다. 그래 그런 놈들, 잘 먹고 잘살라고 그래. 내 고통이야 참아내면 그만이다. 하늘을 우러러 한 점 부끄러움 없음이 내게는 돈보다 더 귀한 재산이다. 공자님 가라사대, 부와 권력을 인간 도리 제대로 지켜서 얻지 못한다면 그런 따위들을 마음에 두지 말라. 올바른 길을 걸어가는데도 가난하고 천대를 받는다면 그것을 피하려고 하지 말고 달게 받아라. 정의롭지 못한 세상에서 부자가 되는 것은 수치스러운 일이니까. 그런 곳에서의 가난은 오히려 명예다. 그래, 마음을 추슬러서 옳고 의로운 것은 군자가 깨닫는 바이며, 소인은 오직 이익만을 밝히는 세상이지만, 나는 군자처럼 '내 갈 길을 묵묵히 가련다.' 크레밀로스는 그런 식으로 마음을 단단히 다져 보지만 여전히 걱정이 있다.

그런데 나는 그렇다 치고, 내 자식은 어쩌지? 내 자식도 나처럼 정직하고 성실하게 살라고 해야 하나? 그러다 나처럼 손해만 보고 가난하고 힘없이 고단한 삶을 살 수도 있는데, 그렇게 살도록 내버려 두는 게 옳은 일인가? 그래도 그렇게 사는 네가 정말 잘 사는 거라고 격려하고 칭찬하면 그게 그 힘든 삶에 대한 보상이 될까? 고민에 고민을 거듭하던 그는 마침내 신을 찾아가서 물어보기로 했다. 자신의 삶이야 이제 막바지이니 남은 삶을 지금처럼 견디면 그만이지만, 앞날 창창한 하나밖에 없는 아들

부(富), 포기할 수 없다면

은 어떻게 살아야 잘 사는 건지 물어보고 싶었다. 자기처럼 착하게 살다 고생해야 하나, 아니면 다른 삶을 살아야 하나?

　　"내 아들은 나와 달리 삶의 방식을 바꾸어서 죄를 짓고, 부정의하고, 깨끗하지 않은 존재가 되어야만 하는 것은 아닌지 알아보려는 거야. 그런 게 인생에 유익한 것 같다는 생각이 불현듯 이 나이에 들어서 말이지."

　　이 노인 양반, 정직하고 성실했던, 그래서 가난하고 초라했던 자신의 삶을 자식에게는 유산으로 물려주고 싶지 않았던 것이다. 그래서 예언의 신 아폴론을 찾아가 물었다. 신은 신전에서 나가자마자 맨 처음 만나는 자를 집으로 데려가라고 지시했다. 그런데 그가 맞닥뜨린 자는 허름한 옷차림의 장님이었다. 아폴론이 실수한 것 같다. 이런 누추하기 그지없는 맹인 거지가 대체 무슨 복을 가져다줄 수 있단 말인가? 그러나 그 장님의 정체를 알고 깜짝 놀랐다.

부의 신, 마음속 희망의 신 일깨우기

　　"그러니까 당신이 부의 신, 플루토스라고요? 그 모양 그 꼴에? 당신이 정말로 그란 말이오?" 원래 플루토스는 인간에게 풍요로운 먹거리를 제공하는 대지의 여신 데메테르의 아들이었다. 그런데 왜 이렇게 거지꼴로 헤매고 있는 것일까? 신이 말한다. "제우스가 나를 이 모양 이 꼴로 만들었어. 인간에게 화가 나있었거든. 나는 소년 시절에 이렇게 서약했었지. 정의롭고 지혜롭고 생활이 반듯한 사람들만을 찾아갈 것이다. 그러자 제우스가 나를 장님으로 만들었지. 내가 그런 사람들을 알아보지 못하게 말이야."

마침내 크레뮐로스의 해묵은 의문이 풀렸다. 왜 정직하고 성실한 사람이 부자가 되지 못하는지. 왜 막돼먹은 사람들이 부자가 되는 것인지. 부의 신이 눈이 멀었으니 그럴 수밖에. 정직하고 성실한 사람들을 찾아가지 못하니 그럴 수밖에. 크레뮐로스는 불합리한 세상을 새롭게 바꾸고 싶었다. "그렇다면 당신이 예전처럼 볼 수 있게 된다면, 사악한 자들을 멀리하고 정의로운 사람들에게 가시겠소?" "그야 물론이지. 내가 그들을 못 본 지가 꽤 오래니까."

이제야 됐다! 부의 신이 시력을 되찾는다면 그는 정직하고 성실하며 건전하고 깨끗하게 살아가는 사람들을 찾아가 부자로 만들어 줄 것이다. 그러면 사악한 자들은 가난해진다. 그리고 모든 사람들이 부자가 되고 싶어 할 테니, 모든 사람들이 정직하고 성실해질 것이다. 이제야 비로소 세상은 정의가 강물처럼 흐르고 모두가 풍요롭게 살 것이다. 왜? "인생에 찬란하고 아름답고 우아한 것이 있다면, 제우스께 맹세코, 그것은 다 당신, 부의 신 때문이오. 어디서나 돈이 판치는 세상이니까 말이오." "만사가 당신 때문이 아닌가요? 당신이, 당신만이 나쁜 일이든

부(富), 포기할 수 없다면

좋은 일이든 만사의 원인이오." 돈이 최고인 세상, 그러나 정직하고 성실한 사람만이 돈의 주인이 될 수 있다면, 인간의 탐리적 본성과 정의에 대한 이상이 기가 막히게 딱 맞아떨어진다! 크레밀로스는 꿈에 부풀었다.

부의 신을 집으로 들여 거부가 된 그는 자신이 부자가 된 것에 만족하지 않고 온 세상을 아름답게 만들고 싶었다. 그의 뜻을 의심하는 친구가 이렇게 직언한다. "세상에 깨끗한 사람은 하나도 없어. 너나없이 모두 이익만 추구한단 말이야!" 그래 맞다. 그러나 절반만 맞다. 모두 이익만 추구하니 깨끗한 사람이 부자가 되게 한다면, 세상 사람들은 이익을 극대화하기 위해 모두 깨끗해질 것이다. 세상은 정의로 찬란하게 빛날 것이다. "나는 착하고 정의롭고 슬기로운 사람들을, 오직 그들만을 부자로 만들려는 거야."

크레밀로스는 친구와 함께 눈먼 부의 신을 이끌고 의학의 신 아스클레피오스를 찾아간다. 마침내 심 봉사 눈 뜨듯 시력을 회복한 부의 신은 감격하며 외친다. "아아, 그동안 나는 도대체 어떤 사람들과 함께했던가! 생각만 해도 부끄럽구나. 나는 아무것도 모르고 나와 함께할 자격이 있는 사람들을 피했으니." 크레밀로스의 노예 카리온은 환영의 노래를 부른다. "잘산다는 것은 참으로 즐거운 일입니다. 우리 집에는 복이 넝쿨째 굴러 들어왔어요. 부정 축재라고는 전혀 하지 않았는데도요."

정직하고 성실하게 노력하기만 하면 성공하고 부자가 되는 세상이 되자, 상업과 도적의 신 헤르메스가 내려와 한숨을 내쉰다. "부의 신이 다시 눈을 뜬 뒤로 우리 신들에게 제물을 바치는 자가 아무도 없어." 신전을 지키는 사제도 달려와 죽는 소리다. "부의 신이 시력을 회복한 뒤로 내가 굶어 죽게 생겼소. 나는 이제 먹을 것이 아무것도 없소." 부를 갈망하는 사람들은 신을 찾기 마련이다. 아무리 정직하고 성실하게 일을 해도 실패할 수 있는 것이 인생이니, 인간의 힘으로는 불가항력적인 재앙에서 벗어나게 해 달라고 신에게 가호를 부탁하는 것이다.

심지어 정직하지도 성실하지도 않으면서 달콤한 열매만은 내려주십사 은총을 요구하는 사람들도 너무 많다. 뻔뻔한 요구이지만 초월적인 신에 대한 연민의 호소는 일면 인간적이다. 자신의 부정의와 불성실에 값하는 정당한 징벌을 요구하지 않고, 그것을 당연한 것으로 여기며 감사하지 않는 것이 인지상정이니까. 그래서 모든 사람들은 종교를 필요로 한다. 그러나 부의 신이 눈을 뜨자 다른 종교가 필요 없어졌다. 정직하고 성실하기만 하면 모두 부자가 되는데 누가 따로 신에게 제물을 바치며 기도하겠는가?

약 2400여 년 전에 그리스 아테네의 극장에서 펼쳐진 공연에서 우리는 우리 시대를 비추어 본다. 정직하고 성실하게 일해도 넉넉하게 부자가 될 수 없는 사회에서 허리가 휘어져라 일하며 느끼는 억울함과 절망감을 씻어 낼 희망의 빛도 함께 본다. 돈을 벌어 가족과 여유롭게 생활하며, 자녀들을 넉넉하게 키우고, 병들어도 걱정이 없고, 열심히 일한 뒤에는 돌아가 편안하게 쉴 수 있는 보금자리가 있는 삶을 살기 위해 그저 정직하고 성실하기만 하면 충분한 사회를 꿈꾼다. 남을 속이고 짓밟을 필요도 없다. 법을 어기지 않아도 된다. 맡은 일만 열심히 하면 된다. 탐욕이 극심해져 눈에 뵈는 것이 없는 사람들을 부의 신이 외면하고, 정직하고 성실한 사람들에게 따뜻한 눈길을 던지는 그런 아름다운 세상을 그려 본다.

　　부의 신의 눈을 뜨게 하는 일이 우리 시대에도 숙제라면, 그 꿈은 반드시 이루어지리라는 믿음을 굳게 지키는 일이 가장 먼저다. 가난해도 정직과 성실의 원리를 지키라고 하기보다는, 부와 재산보다 더 중요한 것은 세상과 인간에 대한 정직과 성실 그 자체라는 믿음을 갖자고 외치는 것보다는, 정직하고 성실한 사람이 풍요를 자유롭게 누리는 사회를 만드는 것이 더 먼저다. 한 번 살다 죽어 버릴 단 한 번의 삶에서는 무엇을 가졌고 무엇이 되었느냐는 것보다도 그것을 위해 어떻게 살아왔는가가 더 중요할 것이다. 그러나 그렇게만 말하지 말고 부가 공정하게 분배되고 그로 인해 누구도 아파하지 않고 고통당하지 않는 삶의 터전을 만드는 것이 더 중요할 것이다. 부는 아무 잘못이 없을뿐더러, 사람의 삶을 풍요롭게 할 뿐만 아니라 사람의 심성을 넉넉하게 한다. "곡간에서 인심 난다." 하지 않던가.

"정직하고 성실한 사람이
풍요를 자유롭게
누리는 사회를 만드는 것이
더 먼저다."

김헌

"부(富)를 물질적으로
소유하되, 마음으로는
거리를 둬야
진정 '나'의 부가 된다."
김월회

'비판적 거리 두기'로 누려라

8

기원전 500년 무렵 중원에 도척이란 희대의 조폭 두목이 있었다. 『사기』에 따르면 그는 늘 휘하에 졸개 3000여 명을 거느리고 천하를 횡행하며 갖은 악행을 일삼았고, 허구한 날 무고한 이의 생간을 꺼내 먹었음에도 천수를 누리다가 세상을 떠났다. 한마디로 욕망하는 대로 사는 데 아무런 거리낌이 없었다.

조폭 두목에게 완패한 공자

장자 학파에 따르면 도척은 유하혜의 친동생이었다고 한다. 유하혜는 당시 평판이 자자했던 현인으로 공자의 벗이기도 했다. 그래서 공자는 도척을 교화하고자 마음먹었다. 한 부모

아래에서 난 형제가 그렇게 다를 수는 없으니, 제대로 된 교화를 접한다면 도척도 형처럼 될 것이라고 믿었다. 공자는 서둘러 도척을 만나러 가려 했다. 그러자 유하혜가 말렸다. 결코 설복당할 위인이 아니라며 가지 말라고 했다.

> 공자 선생, 제게 이렇게 말씀하셨지요. "아버지라면 반드시 아들을 훈도할 수 있어야 하고 형이라면 반드시 동생을 가르칠 수 있어야 합니다." 그런데 만약 아들이 아버지의 훈도를 따르지 않고 동생이 형의 가르침을 받지 않는다면 선생의 명석한 논변이라도 그를 어쩔할 수는 없을 것입니다.
>
> ──『장자』, 「도척」에서

그러나 공자가 누구던가? 성문지기로부터도 "안 되는 줄 알면서도 굳이 하려는 사람"이라는 소리를 들었던 이 아니던가. 그는 기어이 도척 소굴로 찾아갔다. 결과는 유하혜의 예상대로였다. 그는 도척에게 몇 마디 말을 꺼냈다가 도리어 된통 훈계를 듣고는 도망치듯 빠져나왔다. 장자 학파의 증언에 의하면, 공자는 얼굴이 잿빛이 된 채 숨도 제대로 못 쉬었고 수레를 몰다가 말고삐를 세 번이나 놓쳤다고 한다. 한마디로 혼비백산 그 자체였다.

각도를 달리해 보면 도척이 마냥 포악하기만 한 인물이 아니었던 셈이다. 그는 "네가 말하는 정도는 나도 익히 알고 있다."며 공자를 윽박지른 후, "너는 천하의 군주를 현혹하여 부귀를 거머쥐고자 한 자다. 세상에서 너만 한 도적이 없음에도 왜 세상 사람들은 너더러 '도적 공구〔盜丘〕'라 부르지 않고 내게만 '도적 척〔盜跖〕'이라고 하는지 모르겠다."고 을렀다. '구'는 공자의 이름이었다. 그러고는 문명의 전개 과정을 구체적으로 예시하며 공자가 내세우는 진리가 얼마나 허황된지를 날카롭게 헤집었다. 당대를 지배하던 윤리가, 또 역사를 지탱해 온 진리가 도척의 세 치 혀에 의해 한껏 조롱당했다. 악행으로 막대한 부를 쌓았고 부 하 3000명이란 물리력을 소유했으며, 공자를 대꾸 못 하게 할 정 도의 지력을 갖췄으니 누가 그를 대적할 수 있었을까. 게다가 천 수를 누리는 복까지 타고났으니 하늘이 낸 자가 아니라면 누가 또 이럴 수 있었을까.

하여 사마천은 『사기』를 저술하며 절규하고 또 절규했 다. 엄청난 악행을 자행했음에도 도척이 힘과 부를 거머쥔 채 온 갖 향락을 누렸기 때문만은 아니었다. 하늘이 그에게 넉넉한 수 명마저 허락해 요절하지 않고 장수했기 때문만도 아니었다. 역 사를 쓰다 보니 도척 같은 이가 오히려 헤아릴 수 없을 정도로 많았다는 사실, 올곧고 선하게 산 이는 도리어 궁핍하고 요절한 경우가 많았다는 사실이 더욱 가슴을 아리게 했다. 여기에 부귀 와 권력은 대를 거듭하여 이어져 함량 한참 미달의 후손들도 그 러한 삶을 산다는 사실에 울부짖을 수밖에 없었다.

부(富), 포기할 수 없다면

부와 '비판적 거리 두기'

그래서 저 옛날부터 학파 불문하고 부에 대해서는 여러 가지 모양새로 경계하고 제어하고자 했다. 아무리 악행의 결과로 얻은 부일지라도 일단 부를 형성하면 현실적으로 못 할 바가 거의 없게 되고, 악행을 오히려 더 보란 듯이 꾸준히 행할 수도 있게 되며, 그러한 부와 힘을 자식 대까지 전할 수도 있으니 그에 대한 지적, 윤리적 차원의 대응은 당연한 귀결이었다.

사마천보다 앞선 시대의 지식인들, 그러니까 제자백가라 불리는 이들이 부를 적극 담론한 까닭이다. 그들의 대응은 주로 인간의 본성과 사회적·자연적 조건 그리고 부 자체의 속성이란 세 축을 기틀 삼아 전개됐다. 부가 경계나 제어 대상이 된 까닭이 이 셋의 연관으로부터 비롯된다고 보았기 때문이다.

가령 사람은 본성적으로 자기에게 이롭게 도모하고 행동하기 마련인 데 비해 사회를 이루고 사는 한 모든 사람이 다 그렇게 할 수 있는 길은 없다. 그래서 이익을 두고 다툼이 필연적으로 야기될 수밖에 없다. 순자의 증언을 들어 보자.

사람의 본성은 날 때부터 이익을 좋아한다는 것이다. 이런 본성을 따랐기에 쟁탈이 생겨나고 사양이 사라졌다. 사람은 나면서부터 추함을 싫어한다. 이런 본성을 따랐기에 해침과 거짓이 생겨나고 성실과 미더움이 사라졌다. 사람은 나면서부터 귀와 눈의 욕망을 지녀 아름다운 소리와 빛깔을 좋아하는데 이를 따랐기에 음란이 생겨나고 예의와 이치가 사라졌다. 그러므로 사람의 본성을 따르고 사람의 감정을 좇으면 반드시 쟁탈이 발생하고 질서를 범하고 이치를 어지럽힘에 부합케 되어 폭력으로 귀결된다.

—『순자』, 「성악(性惡)」에서

사람은 본성적으로 '탐리(貪利)', 곧 이익을 탐하는 존재이기 때문에 쟁탈과 거짓, 해침, 음란함 등의 발생은 피할 수 없다는 말이다. 게다가 "하고 싶은 것과 싫어하는 것도 같으면 물자가 충분할 수가 없게 되기에 반드시 다투게 된다."(『순자』, 「왕제」)는 통찰처럼, 사람들의 욕망은 끝이 없는데 자연이 허여하는 물자는 한정되어 있다. 그렇다 보니 사람에게는 이로움을 취할 수 있을 때엔 최대한으로 취하는 경향이 배게 되었다. 언제 자연 조건이 악화되어 삶이 팍팍하게 될지, 사회 환경이 바뀌어 이익 창출이 어려워질지 모르기 때문에 가능할 때 최대치로 이익을 보려 하게 됐다. 그래서 신분 고하를 막론하고 부를 좇을 수밖에 없었다는 것이다. 여기에 자기 증식을 한도 끝도 없이 추구케 하는 부의 속성이 더해지면서 부가 인간과 사회의 뜨거운 감자가 됐다고 보았다.

환공이 관중에게 물었다. "부에는 끝이 있습니까?" 관중이 답했다. "물이 끝난 데, 곧 물가에는 물이 없습니다. 부가 끝에 도달했다는 것은 부가 이미 족함에 이르렀다는 것입니다.

부(富), 포기할 수 없다면

사람이 스스로 족함에서 멈출 수 없다면 부의 끝이란 없는 것입니다."

— 『한비자』, 「설림하(說林下)」에서

환공과 관중은 2600여 년 전에 국부(國富)를 본격적으로 추구하여 달성함으로써 제나라를 중원 최고의 패권국으로 거듭나게 한 장본인이었다. 이들 이후로 '부국(富國)'은 춘추시대뿐 아니라 지금에 이르기까지도 거의 모든 나라의 국정 최대 목표가 되었다. 이 미증유의 사적을 일궈낸 당사자들이 부를 논의한 결론은 '스스로 족함'에서 멈출 줄 알아야 비로소 '부의 끝'이 있게 된다는 것이었다.

관중의 보필을 받으며 엄청난 국부를 창출한 환공은 어느 순간 '부의 끝', 그러니까 부에 대한 희구가 소멸될 수 있는지에 대한 의문이 들었다. 부란 것은 적어도 기존의 부를 누리거나 지키기 위해서라도 새로운 부를 계속 쌓아 가게끔 한다. 그렇기에 부는 소유하면 할수록 더 큰 소유를 지향하게 한다는 점을 문득 느꼈던 것이다. 필요했기에 부를 쌓았는데 그렇게 쌓인 부가 더 큰 부로 나를 이끌어 부만 좇게 된 자기 모습을 새삼스레 마주했음이다. '내가 부를 누리는 것인지, 아니면 부가 나를 부리는 것인지', 이러한 물음이 익히 던져질 법한 순간이었다.

이에 관중은 스스로 족할 줄 알게 되는 순간이 '부의 끝', 곧 부를 향한 욕망이 그치는 순간이라고 답했다. '부의 끝'은 실제 모아둔 재화가 없어지는 시점이 아니라 부를 향한 욕망이 사라질 때라는 것이다. 결국 부란 재물에 속하지 않고 마음에 속한다는 뜻이다. 추구하지 않으면 당연히 소유할 수 없고, 추구하다 보면 누릴 수 없게 되어 결과적으로 부유하지 못함과 별반 다를 바 없어지는 역설. 관중의 대답은 그래서 부를 누리려면 부를 추구하지 않는 일종의 '끝냄', 다른 말로 부에 '비판적 거리 두기'를 의식적으로 일궈내야 한다는 통찰이었다. 결국 부를 물질적으로 소유하되 마음으로는 거리를 둬야 진정으로 '나'의 부가 된다. 부의 일부로 '나'가 매몰되지 않게 된다는 것이다.

배부른 다음에야 인문이다

문제는 그러한 비판적 거리 두기가 말처럼 쉽지 않다는 점이다. 아무리 맹자 같은 현인이, 저마다 이익을 추구하면 모든 윤리가 부정되어 급기야 만인의 만인에 대한 투쟁 상태로 접어든다고 강조해도 별무신통이었다. 손만 뻗으면 취할 수 있는 이득을 윤리적 가치를 지키기 위해 포기한다는 것은 쉽지 않기 때문이다.

더구나 인의(仁義) 같은 도덕이 부를 포기하는 대가는 될 수 있어도 그것의 실천이 부유함을 직접적으로 초래하지는 않았다. 유가의 도덕을 편협하다고 비판했던 노자나 장자의 제안도 마찬가지였다. 그들의 설득처럼 "무위를 행하는 이는 산에 황금을 저장해 두고 못에 진주를 재어 놓는 것"(『장자』, 「천지」)

과 같다고 해도, 자연보다 더 나은 지속 가능한 부는 없다는 신념 아래 모든 인위적 욕망을 비우고 자연을 닮아 가며 살아가도, 도척 같은 이들이 거머쥐었던 부가 손에 들어오는 것은 아니었기 때문이다. 게다가 부에 비판적 거리 두기가 늘 긍정적이기만 한 것도 아니다. 이로움을 탐하는 인간의 본성은 극단으로 흐르면 남을 해쳐서라도 자신의 이익을 꾀하지만, 그 역의 극단으로 흐르면 결국 일상적 결여를 야기하여 생명과 문명의 훼손으로 이어질 수도 있다.

탐리적 본성의 발현 끝에는 다툼으로 인한 손상이 있지만, 그것의 억제 끝에는 만성적 결여로 인한 생존의 위협이 존재하기에 그렇다. 그 결과 생명의 문명적 전개 자체가 불가능할 수도 있다. 이는 결코 관념적 가능성에 불과하지 않았다. 전국시대에 평민의 평민을 위한 학설을 펼쳤던 묵자는 소규모 공동체를 이루고 살면서 '교리(交利)', 그러니까 이익을 서로 나눈다는 '부의 공동 소유'를 실천하였다. 그런데 이들 묵가 공동체가 비판받는 핵심 근거의 하나가 '비(非)문명'이었다. 이는 '반(反)문명'과는 엄연히 다르다. 반문명은 이를테면 주류 문명에 대립각을 세움을 가리키는 것으로 여전히 문명 범주 내의 일이다. 반면에 비문명은 사람들을 이끌어 금수가 되게 한다는 맹자의 비판이 환기하듯이 문명의 울타리 바깥에 놓인다. 교리와 함께 혈연관계와 무관하게 모두를 평등하게 사랑한다는 '겸애(兼愛)'의 주장은 사람에게 성취동기를 유발하는 두 기축인 욕망과 가족애 모두를 부정하는 방향으로 흐를 여지가 컸고, 실제로 그런 우려가 현실화됐던 듯하다.

묵자가 유달리 근면과 절약, 노동을 강조하고 공동체 생활을 고수하려 한 점도 이와 무관하지 않았다. 그래서인지 묵가와 더불어 전국시대 4대 학파로 꼽히는 유가와 법가, 도가는 과함을 경계하거나 매몰됨을 비판하기는 했지만 이로움의 추구와 부 자체를 백안시하지는 않았다. 무위자연을 표방하며 모든 인위적 욕망을 부정했던 노자나 장자조차 자기 학설의 설득력을 높이기 위해 부와 이로움을 수사 차원에서 종종 활용했을 정도였다. 유가와 법가는 배제하지 않는 정도의 소극적 태도를 취했던 것만은 아니었다. 그들은 부와 이익에 대해 한층 적극적 태도를 취해 그것들을 자신들이 표방한 도덕적 지향의 실현을 위한 전제조건으로 내걸기도 했다. 유가의 조종 공자는 '족식(足食)', 곧 먹고삶에 어려움이 없는 연후에야 가르칠 수 있다고 하고, 법가의 선하를 이룬 관중은 창고가 넉넉하게 채워져야 예의를 알게 된다고 했다.

공자 학설의 정통이라 자부한 맹자는 부국을 염원하는 제후에게 "현명한 왕은 백성의 수입을 마련해 주되, 위로는 부모를 봉양하기에 충분케 하고 아래로는 처자식을 기르기에 충분케 합니다. 풍년에는 내내 배부르게 하고 흉년에는 죽음을 면하게 한 후에야 백성을 몰아 선으로 나아갈 수 있습니다."(『맹자』, 「양혜왕상」)라며 나름 유명한 '항산(恒産)'의 정치를 강조했다. 맹자와 함께 전국시대 유가를 대표하는 순자도 "부유하지 않으면 인민들이 성정을 기를 수 없고, 가르치지 않으면 인민들이 성품

　　　　　　　　　　　부(富), 포기할 수 없다면

을 다스릴 수 없다."(『순자』, 「대략」)며 교화의 선결 조건으로 '부민(富民)'을 내걸었다. 법가를 집대성한 한비자는 "이익이 있는 곳에 인민들이 모인다."(『한비자』, 「외저설좌상」)고 전제한 후 각자 타고난 자리에서 주어진 분수만큼의 이익은 취할 수 있어야 한다고 제안했다.

한마디로 "배불린 다음에 인문이다!"라는 지향이었다. 그렇다고 돈이 돈을 버는 정도의 배불림을 지향했음은 결코 아니었다. 예컨대 맹자가 말한 항산은 '항심(恒心)', 그러니까 도덕적 가치의 실현을 꾸준히 앞세울 수 있는 도덕심의 유지가 가능한 정도를 가리켰다. 이처럼 그들이 말하는 부는 기본적 생활의 유지가 가능한 수준이지 사치한 생활의 누림이 가능한 수준은 아니었다. 유가가 지향한 왕도 정치나 법가가 도모한 법치가 실현될 수 있는 최소한의 '민리(民利)', 곧 인민의 부유함이었다.

부(富), 부박하거나 멋지거나

다만 여기에는 작지 않은 난점이 도사리고 있다. '족식'이든 '항산'이든, 그것의 실현이 자동적으로 왕도 정치나 법치에 요구되는 도덕 역량의 구비로 직결되는 건 아니라는 점이다. 맹자의 주장처럼 항산의 정치가 구현됐다고 하여 인민 모두가 자동적으로 항심을 갖게 되지는 않는다는 말이다. '민리'가 실현된 상태에서 도덕 역량의 구비와 실천이라는 방향으로 나아갈 것인지, 아니면 족식과 항산 수준을 넘어 더 큰 부로 나아갈 것인지를 선택하는 단계가 개입되어 있기 때문이다.

게다가 사람은 현실적으로 "자기보다 열 배 부자이면 그를 헐뜯고 백 배 부자이면 그를 두려워하며 천 배 부자이면 그의 일을 대신해 주고 만 배 부자이면 그의 노복이 되는"(『사기』, 「화식열전」) 존재다. 예나 지금이나, 부는 그 크기에 비례하여 누릴 수 있고 할 수 있음의 질과 양이 결정됐고, 현실에서는 부를 누리면서도 계속 부를 축적할 수 있는 회로가 늘 작동되고 있음을 너무도 잘 알고 있기에 그렇다. 『사기』를 완성한 사마천은 1000년을 상회하는 역사를 총괄하면서 "이것이 사물의 이치"라고 단정하기까지 했다. 그가 보기에 부를 향한 인간의 욕망은 주어진 조건과 무관하게 어쨌든 인간사 현실에서는 항상 강하게 드러났기 때문이다. 곧 "재화가 없으면 힘을 써서 벌려고 하고, 조금 있으면 지혜로 다투어 늘리려 하고, 넉넉하게 가졌으면 때를 이용하여 얻으려" 해 왔다는 것이다.

그보다 앞서 맹자와 순자는 부를 향한 열망은 현상적 차원에서만 나타난 것이 아니라 인간 본성의 피치 못할 발로라고 보았다. "부는 사람의 욕망이고, 부가 천하를 다 차지할 정도가 되어도 근심을 해소하기에는 부족하다."(『맹자』, 「만장상」), "나면서부터 욕망이 있는데 바라면서도 얻지 못하면 곧 추구하지 않을 수 없다."(『순자』, 「예론」)는 언급이 이를 잘 말해 준다. 소유욕을 인간과 부를 둘러싼 가장 큰 고갱이로 본 셈이었다. 사정이 이와 같기에 2600여 년 전의 도척처럼, 이미 쌓아 둔 부로 절정의 일락을 누리면서도 계속 부를 축적해 감은 어제의 일이자 오늘의 일이고 또 내일의 일이기도 하다. 부를 도덕이나 제도 등으로 제어하고자 했던 여러 방책이 빛을 잃는 대목이다.

결국 부에 대한 인문적 통제는 비유컨대 여우가 '신 포도'라고 부당하게 비아냥댐과 같은 유의 활동이다. 여우가 손에 닿지 않아 못 먹게 된 포도더러 시다고 함은 그가 포도의 단맛을 이미 맛본 적 있기에 가능했던 반응이다. 포도의 달콤함을 몰랐다면 굳이 시다고 왜곡할 필요가 없다. 단맛을 알기에 입에 넣고 싶지만 현실적으로 불가능하자 비난하는 반응 양상, 이것이 부에 대한 인문적 통제의 본질일 수 있다. 십분 공감이 된다. 여전히 여우의 단계에 머물러 있는 필자에게 말이다.

정의,

탐리(貪利)가
본성이라면

약자에게 이익이
되는 철학

9 김헌

법을 지키면서 정직하게 살면 손해를 보는 것은 아닐까? 손해를 보면서까지 올바르게 살아야 할 이유가 있을까? 이런 의문이 좀처럼 가시지를 않는다. 마음 추스르며 '그래, 아무리 그래도 올바르게 살아야지.' 하고 마음먹지만 왠지 초라해지는 것 같은 느낌이 머쓱하게 찾아온다. 남들은 요리조리 법을 피해 가며 각종 혜택을 알뜰하게 누리는데 차 한 대 없는 횡단보도에서 빨간불 켜져 있다고 우직하게 멈춰 서 있는 바보 꼴은 아닌가? '대충 눈치 보고 그냥 건너. 거기 그렇게 서 있다고 누가 알아줄 것 같아?' 이익을 잘 챙기지 못하고 손해를 보는 것까지는 참겠는데 세상물정 모른다는 조롱은 견디기 힘들다.

아니, 좀 더 솔직해 볼까? 손해를 보더라도 법대로 올바르게 살자고 결심하는 것은 도덕적인 신념과 윤리적인 결단 때

정의, 탐리(貪利)가 본성이라면

문이 아니라, 법을 어기다가 들켜서 받게 될 처벌과 비난이 두렵기 때문은 아닌가? 그런 결과를 아랑곳하지 않을 만한 두둑한 배짱과 용기가 없는 비겁하고 소심한 사람이라서 그런 것이라고 해도 부인하기 어렵다. 아무에게도 들키지 않고 영리하게 법을 피할 수 있는 방법을 모르거나, 법을 어기다가 들켰을 때 그 위법 사실을 무마할 만한 힘과 요령이 없기 때문일 수도 있다. 불법을 저지르고도 무탈한 것은 탁월함과 지혜의 징표로 통하고는 하니까.

그러나 이런 문제는 부질없는 것일지도 모른다. "의(義)는 곧 리(利)다." 이런 말이 그대로 통하는 사회라면, 그래서 법을 존중하고 성실하게 사는 사람이 걱정 없이 살면서 가장 많은 이익을 얻는 반면, 이기적인 욕망을 위해 법을 어기며 사는 사람들은 발도 못 붙일 사회라면 손해 볼까 두려워 준법을 주저하는 일은 없을 테니까. 그러나 이런 고민이 있는 것을 보면 우리 사회는 "의가 곧 이익이다."라는 말이 잘 통하지 않는 곳인가 보다. 아닌 게 아니라 언론을 통해서 우리는 떵떵거리며 잘사는 사람들이 실정법을 얼마나 우습게 여기며, 얼마나 용감하고 지혜롭게 법을 피해 자신들의 이익을 극대화시키는지를 심심치 않게 보지 않는가?

예컨대 세금은 모든 사람들의 능력에 맞게 공평하게 과세되어야 한다는 원칙과 법이 엄연히 있지만, 이 땅의 일부 재벌들은 보란 듯이 그 법 위에서 논다. 상속세를 한 푼도 내지 않고 막대한 재산과 기업을 승계하는 신기한 솜씨와 대담함을 보여 주는 것이다. 몇 년 전에 한 국회의원이 기획재정위원회 국정감사에서 그 사실을 신랄하게 고발했다. 일부 재벌들이 "온갖 편법을 동원해 법을 피해 나가는데 정부는 이를 방조합니다. 반면 서민들은 이들이 부담할 몫까지 부담해야 합니다." "일반적인 서민들은 50퍼센트의 상속세를 법에 따라 꼬박꼬박 내지만 재벌들은 내지 않습니다. 지금 우리 사회가 이렇게 굴러가고 있어요!"

그가 애통한 마음으로 목소리를 높였지만 우리네 사정은 쉽게 변할 것 같지 않다. 우리 사회의 약자들은 강자들보다 법을 더 잘 지키면서도 항상 쪼들리는 반면, 강자들은 약자들보다 법을 잘 어기면서도 탈 없이 호의호식하기 때문이다. 게다가 법 자체가 약자를 보호하기보다는 강자에게 유리하게 제정되었다는 비판도 만만치 않다. 강자는 자신들에게 유리한 법은 잘 지키자고 하면서, 정작 자신들에게 불리한 법은 나 몰라라 무시하는 현실이다. 법을 지키며 정직하게 사는 약자만 죽어나게 생겼다.

강자에게 이득이 되는 강자가 만든 법

"들어 보십시오. 나는 정의라는 것이 강자에게 이익이 되는 것 이외에 다른 것이 아니라고 주장하는 바입니다." 이게 무슨 말인가? 강자에게 유리한 것이 정의라면, 정의는 약자에게 불리하단 말인가? 모두에게 좋은 것이 정의여야 하는데, 누가 이런 불순한 말을 한단 말인가? 이 말은 재벌들의 비리를 비판하

정의, 탐리(貪利)가 본성이라면

던 한국 국회의원이 아니라, 지금으로부터 약 2400여 년 전 그리스에서 활동하던 트라쉬마코스라는 사람이 했다. 그가 소크라테스를 만나 대화를 나누던 중에 했던 말이란다. 트라쉬마코스는 당대 유명한 소피스트였다. 소피스트라고 하니 무슨 궤변이라도 늘어놓았을 것 같지만, 이상하게도 우리의 현실을 정확하게 꼬집어 내듯이 이야기한다.

그의 주장은 이렇게 전개되었다. 어떤 도시국가(polis)든 그곳에는 권력을 잡은 강자들이 있다. 그들은 도시국가에 필요한 법을 세운다. 그런데 그 법은 누구에게 유리할까? 시민 전체의 공익을 위한 법일까? 물론 법을 제정한 강자들은 그렇게 말할 것이다. 그러나 한 국가를 이루는 시민들은 다양한 계층으로 이루어져 있으니, 시민 전체의 요구를 골고루 만족시키기는 어려울 것이다. 어떤 법이든 누군가에게는 이익이 되겠지만, 누군가에게는 손해가 될 것이 뻔하다.

그렇다면 강자는 사회적 약자를 위해 입법을 할까? 공자나 맹자가 말하는 것처럼 인의(仁義)로 충만한 군자가 어버이처럼 백성을 자식 돌보듯이 선정을 베푼다면 그런 기대를 할 수도 있겠지만, 그것은 세상물정 모르는 순진한 사람이나 하는 말이다. 트라쉬마코스와 같은 현실주의자에게 그것은 달콤한 꿈과도 같은 허망한 이야기다. 맹수들이 경쟁하는 밀림에서처럼 서로 더 많이 가지려고 으르렁거리는 현실에서는 터무니없는 소리다. 강자는 결코 자신들의 이익을 포기하지 않으며, 법을 세울 때에도 자신들의 이익이 반영되도록 꼼꼼하게 챙길 것이다.

그것은 올바르지 않은 처사다. 그러나 자신들에게 유리하게 법을 만들 수 있는 그들의 '불의'는 강자의 '탁월함(ἀρέτη)'이며 '지혜(σοφία)'다. 일단 강자의 불의한 의도에서 법이 세워지면 그 법은 시민들의 행동을 재단하는 정의의 기준이 되며, 그래서 '정의는 강자에게 이득이 되는 것'이다. 불의한 자가 이기적인 욕망을 채우기 위해 세운 법이 한 나라 정의의 기준이 되는 모순! 그것이 트라쉬마코스가 직시한 그리스의 현실이었다. 강자들이 자신들의 이익을 크게 하는 쪽으로 법을 세웠다면, 시민들이 법을 지키면 지킬수록 이익을 보는 쪽은 강자들일 것이다. 따라서 강자들은 법을 잘 지킬 것이다.

문제는 약자들이다. 그들이 법을 지키면 강자들에게 이익이 되고 자신들에게는 좋을 게 없을 테니 불만이 커질 수밖에 없다. "무슨 법이 이래? 법을 지키니까 나한테는 손해잖아?" 법에 대한 약자들의 불만이 커진다면 그들은 법을 안 지키려고 할 것이다. 시민 불복종에 대한 강자의 대책은 폭력적인 처벌이다. 법을 지키지 않는 사람에게 처벌을 내려 큰 손해를 입히면, 시민들은 큰 손해를 피하기 위해 작은 손해를 감수하며 법을 지킬 것이다. 약자는 울며 겨자 먹기로 손해를 보더라도 일단 법을 지킬 수밖에 없다. 약자들이 들고 일어나 법을 바꾸라고 집단으로 시위를 해도 강자는 눈도 끔쩍 안 한다. 법의 정당성에 항의하는 것 자체를 불법으로 규정하고 공권력을 통해 반란을 제압할 수 있는 강력한 치안 체제를 갖추고 있기 때문이다.

그렇다면 입법 과정에 제대로 참여할 수 없는 약자는

정의, 탐리(貪利)가 본성이라면

자신의 이익을 지키기 위해 무엇을 할 수 있을까? 강자가 자기에게 이익이 되지 않는 것을 이익이 된다고 착각하여 약자에게 이익이 되는 법을 만들기만을 고대할 것인가? 그러나 그런 요행과 실수를 바라기에는 강자가 너무나도 영리하고 치밀하게 법을 만든다. 만에 하나 그런 법이 제정된다 해도 강자는 일단 자신에게 불리한 법이라면 지키지 않을 것이며, 안 지키더라도 처벌을 받지 않을 것이다. 그는 입법자인 동시에 법을 집행하며 처벌하는 주체로서 법 위에서 운신하기 때문이다. 그는 어떤 수를 써서라도 그 법을 개정할 것이다. 그는 자신의 이익과 권력을 강화하며 완벽한 통치자로 군림한다. 그렇다면 약자는 어떤 묘안을 가질 수 있는가?

트라쉬마코스의 논리를 끝까지 밀고 나간다면 약자를 위한 묘수는 분명해진다. 약자의 처지를 보자. 그가 법을 지키면 강자를 이롭게 하고 자신에게 손해가 된다. 그렇다고 법을 지키지 않다가 걸리면 처벌을 받고 치명적인 손해를 입을 수도 있으니 법을 지키기는 지켜야 한다. 그러나 순진하게 그렇게만 살면 자기 이익을 결코 챙길 수가 없으니 어떻게든 법을 어겨야 한다. 대책은 이렇다! 남이 볼 때는 법을 잘 지키는 것처럼 살다가 틈이 나면 절대로 들키지 않게 법을 어겨서 자신의 이익을 알뜰하게 챙길 것! 안 들키고 죽을 때까지 이렇게 살 수만 있다면 약자로서는 최선이다.

그러나 만약 법을 어기다가 들킨다면 고의가 아니었다고 발뺌하면서 '나는 원래 법을 잘 지키며 사는 순진한 사람'이라고 정색하며 너스레를 떨어야 한다. 이런 일에 대비해서 평소에 강자 하나둘쯤은 잘 알아 두었다가 그동안 불법으로 챙겨 놓은 재물을 먹여 처벌의 위기를 모면할 것! 그것이 여의치 않으면 처벌이 가해지기 전에 모아 둔 재물을 챙겨서 튈 것! 최악의 경우에는 죽은 척 잠수를 타고 다른 사람으로 살아갈 것! 이것이야말로 약자의 탁월성이며 지혜가 아니겠는가?

각자가 이름값을 다할 수 있는 이상 세계

소크라테스는 트라쉬마코스의 삐뚤어진(?) 시각이 못마땅했다. 왜 정의로운 사람이 손해를 본다는 말인가? 강자는 약자를 착취하고 자기 이익을 극대화하는 법을 제정해서 계층 간의 갈등과 양극화를 심화시킨다는 말이 사실인가? 소크라테스는 동의할 수 없었다. 트라쉬마코스의 인식을 단호하게 거부하며 약자를 위한 논리로서 '명분(名分)'의 엄정함을 내세웠다. 모든 이름에는 다 값이 있고 그 이름값을 다하며 사는 것이 인간의 도리인데, 어떻게 트라쉬마코스가 말한 것이 현실이라는 말인가?

의사가 있다고 하자. 그가 그 이름에 맞게 '의사'라면 그의 본분은 환자를 돌보는 것이다. 그 일에 충실할 때 그는 진정 '의사'라는 이름값을 다하는 것이다. 그때 이익을 보는 것은 환자다. 의사는 환자를 돌보느라 피곤하기만 하다. 그래서 환자는 의

정의, 탐리(貪利)가 본성이라면

사에게 돈을 지불하는 것이다. 그런데 만약 '의사'라는 자가 환자를 돌보는 데에는 관심이 없고 돈을 버는 일에만 혈안이 되어 있다면, 그는 '의사'가 아니라 '돈벌이꾼'이다. 환자의 상태를 과장하여 수가를 조작하고 시술 장비 구입비를 충당하기 위해 불필요한 수술을 강요한다면, 그는 '의사'라는 이름을 내세운 '사기꾼'이며 '강도'에 불과하다. 가난한 환자가 왔을 때 손해를 걱정하며 치료를 고민하는 순간, '의사'라는 명분은 흔들린다. 배의 '선장'은 어떠한가? 그는 승객의 안전한 운송을 책임질 때만 진정으로 '선장'이다. 그가 승객을 버리고 달아나려는 순간, 그는 도대체 무엇인가? 그들이 '의사'나 '선장'의 이름값을 위해 혼신의 힘을 다해 본분에 충실하면, 그때 이익을 보는 것은 그들 자신이 아니라 의술과 항해술에서 약자들인 환자와 승객이다.

통치에 관해서도 마찬가지다. 통치자는 '나라를 다스리는 기술'을 가진 사람이다. 그가 자신에게 고유한 기술을 발휘할 때, 이익을 보는 것은 통치자가 아니라 그의 다스림을 받는 사람들, 즉 시민들이다. 만약 그가 자신의 이익을 위해 법을 제정하여 다스림이 필요한 약자들에게 손해를 입힌다면, 그는 '통치자'라는 이름을 포기하는 것이다. 그는 '통치자'의 탈을 쓴 '돈벌이꾼'이지 진정한 '통치자'가 아니다. 국가를 자신의 수익 원천으로 삼고 세금을 쓴다면, 그는 유능한 '장사꾼'일지는 몰라도 결코 '통치자'는 아니다. 만약 그가 시민들을 폭력으로 강압하며 자신의 이익을 챙기는 데 급급하다면, 그는 '통치자'라는 허울을 쓴 '강도'나 진배없다.

진정한 '통치자'는 자신의 통치술을 이용해서 통치받는 시민들을 편안하고 행복하게 만들어 주어야 한다. 자신의 이익을 돌보지 않고 일할 수 있는 통치자는 그래서 내내 고단하다. 그가 통치자가 되려는 것은 자신의 이익을 극대화시키기 위해서가 아니라, 피곤함을 감수하면서 도시민들을 위해 일하겠다는 사명감과 실존적인 결단에서 비롯된다. 그러니 '통치자'가 자기 이익을 챙긴다고 말하지 말라. 그가 세운 법이 자기 이익을 위한 것이며, 따라서 법을 지키며 정의로운 삶을 사는 것이 일반 시민에게는 손해가 되며 통치자에게 이익이 된다고 말하지 말라. 정의로움은 이로움을 배신하지 않는다.

정의로운 사람은 유익을 맛보며 평화롭고 행복할 것이라고 말하라. 소크라테스의 논리는 감동적이다. 그는 '정의란 강자에게 이익이 되는 것'이라는 트라쉬마코스의 말을 뒤집어 '약자의 이익이 되는 것이 정의'라고 반박한 것이다. 그의 말대로, 자신의 안위와 이익을 탐하는 순간에 의사는 의사가 아니며, 선장은 선장이 아니다.

통치자는 오직 정치적인 현장에서 약자일 수밖에 없는 시민들의 안위와 권익을 보장하기 위해 법을 제정하여 집행하고 몸소 실천해야만 한다. 그 일이 힘들고, 설령 아무런 이익이나 명예도 가져다주지 않는다 하더라도, 진의를 이해받지 못하고 오해를 받아 핍박을 받고 극심한 피해를 입는다 할지라도 정치적인 약자를 위해 그 가시밭길을 가야만 한다. 학자는 학문에 전념해야 하고 한눈팔지 말아야 학자이고, 교육자는 오롯이 지식

정의, 탐리(貪利)가 본성이라면

모든 사람들이 제 몫에 충실하고 그 이름값을 다할 때,
그곳에는 정의가 강물처럼 흐를 것이다. 그것이 소크라테스가 그려 주는
이상적인 국가, '아름다운 나라'다.

의 약자인 학생들의 올바른 성장만을 위해 자신의 이익을 포기
할 줄 알아야 교육자다. 구두를 만드는 사람도, 농사를 짓는 사
람도, 과자를 만드는 사람도 모두 자신의 기술에서 약자인 소비
자들의 권익과 만족을 위해 자신의 모든 것을 바쳐야 한다.

　'내 말 단단히 들어라. 모든 사람들이 제 몫에 충실하고
그 이름값을 다할 때, 그곳에는 정의가 강물처럼 흐를 것이다.'
그것이 소크라테스가 그려 주는 이상적인 국가, '아름다운 나라
(Καλλίπολις)'다. 그런 나라에서는 내가 손해를 감수하고 내
몫을 다하여 그 이름값에 충실하듯, 구성원 모두가 그렇게 하고,

하여 내 희생을 다른 이의 희생에 의해 아름답게 보상받을 것이다.

　　그러나 소크라테스가 준 감동 뒤에도 씁쓸함은 여전하다. 트라쉬마코스의 반향이 좀처럼 사라지지 않기 때문이다. '아름다운 나라'를 갈망하지만, 이 땅에는 소크라테스가 말한 대로 그 이름값을 다하는 진정한 통치자, 의사, 선장, 학자, 교사는 잘 보이지 않고, 온통 장사꾼, 돈벌이꾼, 사기꾼, 강도들이 득실거리는 것처럼 보이기 때문이다. 나 역시도 내게 주어진 여러 가지 이름값을 다하지 못한 것은 아닌가 하고 자책이 수시로 든다.

　　인간이 본성적으로 자신의 이익을 추구할 수밖에 없는 '탐리적 존재'라면 소크라테스의 외침은 끝내 공허할 수밖에 없지 않을까? 어떻게 자신의 이익을 뒷전으로 하고 내가 가진 능력과 지식과 기술을 기꺼이 내놓고, 못 가진 남을 위해 살아갈 수 있다는 말인가? 소크라테스는 자신에게 주어진 이름에 충실하게 사는 것이 결국 자신에게 이로운 것이며 편안하고 행복하게 사는 길이라고 주장하지만, 그렇지 못한 현실에 직면하면 그가 원망스러울 것 같다. 그래서 소크라테스는 이렇게 약속한다. 설령 이 땅에서 제대로 인정받지 못하고 오해와 핍박을 받으며 고통스럽게 생을 마감하게 되더라도 사후에는 천년 동안 낙원에 살면서 정의로운 삶에 대한 보상을 받을 것이라고.

　　그러나 죽은 뒤에 찾아올 행복을 믿고 지금 생생한 고통을 견디라는 그 말에 모든 것을 맡길 수만은 없는 일이지 않는가? 소크라테스와 트라쉬마코스 사이, 희망적인 이상과 실망스러운 현실 사이 어디쯤엔가 우리의 삶을 풍요롭게 할 정의로움이 놓여 있을 텐데, 그것을 구현할 우리 시대의 진정한 통치자는 누구인가? 이 질문에 대한 대답을 찾는 것은 통치자뿐만 아니라, 진정한 '시민'의 이름값을 다해야만 하는 우리 모두의 몫이다.

"우리 시대의
진정한 통치자는 누구인가?
이 대답을 찾는 것은
우리 모두의 몫이다."

김헌

"공존과 공생이 가능한
이로움을 추구하라."

김월회

이로움이 곧
의로움이 되는 철학

10

김월회

정의라는 말은 '역전앞'과 같은 겹말이다. 합당한 이유 없이 같은 뜻이 중복된 말이다. 가령 '아름다운 미인'이라고 했다고 치자. 이는 '미인(美人)'에 아름답다는 뜻이 들어 있어 '아름다운'이 잉여가 된다. 마찬가지로 '의(義)'에 이미 '올바르다'는 뜻이 들어 있기에 굳이 바르다는 뜻의 '정(正)'을 또 붙일 이유가 없다. 물론 같은 뜻의 말을 거듭 씀으로써 그 뜻을 강조하는 수사 효과를 노린 결과일 수는 있지만 말이다.

하나이지 않았던 의로움

문제는 없어도 되는 표현을 씀으로써 '긁어 부스럼'이

되기도 한다는 점이다. 정의, 그러니까 '올바른 의로움'이라고 하는 순간 '올바르지 않은 의로움'도 있게 된다. 물론 이는 논리적 차원에서만 말이 된다. '아름답지 않은 미인'이 말은 되지만 객관적으로는 존재할 수 없는 것과 같은 이치다. 그럼에도 덧붙여졌기에 뭔가 다른 이유나 의도가 있었나 보다라는 합리적 의심을 품어봄 직하다.

기원전 5세기 초, 전국시대가 막 전개될 무렵 중국은 약육강식의 밀림이 되어 가고 있었다. 앞선 춘추시대, 채 300년도 안 됐던 기간 동안 130여 개의 나라가 10여 개의 나라로 통폐합됐다. 얼마나 많은 전쟁이 있었을지는 부연 설명이 필요 없을 지경이다. 한마디로 전쟁이 일상이 됐다고 해도 과언이 아닌 시절이었다.

이런 때에 큰 고충을 겪는 것은 어김없이 평민층이었다. 게다가 전쟁은 갈수록 장기화되었고 대규모로 치러졌다. 양식 있는 지식인이라면 전쟁에 대해 심사숙고하지 않을 수 없는 상황이었다. 당시 평민의 이익을 대변했던 묵자도 예외가 아니었다. 그는 공격용 전쟁에 결연히 반대했다. 근거는 간단했다. 한 사람을 죽이면 그만큼의 대가를 치러야 마땅하고, 전장에서 수백, 수천 명을 죽게 했다면 그에 상응하는 대가를 치르게 해야 온당하다는 게 이유였다. 물론 현실에서는 죗값은커녕 전쟁을 승리로 이끈 군주나 장수가 도리어 기려지고는 했다. 한 사람을 죽이면 살인자이지만 수백, 수천을 죽이면 영웅이 된다는 아이러니가 예외 없이 적용된 꼴이었다.

"인간사, 뭐 늘 그래 왔지. 힘있는 자들의 강짜 앞에 뾰족한 수도 없지 않나……" 식으로 체념하고 넘어가면 사실 더할 수 있는 얘기가 별로 없다. 그런데 묵자는 포기하지 않았다. 한 명을 죽인 이에게 합당한 벌을 줌에 동의한다면, 달리 말해 그것을 의롭다고 여긴다면 수백, 수천을 죽인 이에게는 수백 배, 수천 배의 벌이 내려져야 의롭게 된다는 말을 그는 꿋꿋하게 설파했다. 그래야 의로움이 비로소 의로움이 될 수 있다고 봤기 때문이다. 상황에 따라 달리 적용된다면, 가령 위의 예에서처럼 한 명 죽인 살인자를 치죄함도 의로움이고 수천을 죽인 자를 영웅으로 기림도 의로움이라면 그건 의로움이 될 수 없다는 것이다.

더구나 이 둘은 논리적으로는 결코 양립될 수 없는 관계다. 물론 현실이 논리대로만 돌아가지는 않는다. 그럼에도 현실에서 깨어 있는 삶을 꾸리자면 논리적으로 깨어 있어야 비로소 가능하다. 그의 공격용 전쟁 반대가 당시 현실에서는 큰 힘을 발휘하진 못했지만 그것이 지닌 논리적 힘은 적어도 윤리적, 학술적 차원에서는 적잖이 빛났음은 부인하기 어렵다.

불화하고 각축하는 의로움

그런데 묵자가 언제 어디서든 적용되는 단 하나의 의로움만 있다고 보지는 않았다. 본인의 수긍 여부와 무관하게 한둘을 죽인 살인자를 합당하게 처벌함도 의로움이고, 전장에서 수

백, 수천의 목숨을 앗아간 이를 영웅시함도 의로움일 수 있다. 이를테면 폭군을 축출하는 쿠데타의 수행 과정에서 수천, 수만의 적병을 살상하였지만, 그보다 수백, 수천 배의 인민을 폭정으로부터 구제한 이를 영웅으로 송찬함도 의롭다고 할 수 있다. 실제로 저 옛날 상나라 탕왕이나 주나라 무왕 등은 이러한 일을 실제로 행했고, 그 결과 이들은 대대로 전설적 성군으로 높이 추앙되어 왔다.

의로움이 이처럼 애초부터 단일하지 않고 복수로 존재해 왔음은 묵자도 잘 알고 있었다. 다만 그러한 의로움이 어느 하나의 입장에 서면 다른 것들은 의로움이 아니게 됨을 살인의 예를 통해 환기한 것이고, 그들이 조화되지 않고 서로 각축할 수도 있음을 내비친 것이다. 그 비근한 예가 바로 끊이지 않고 일어나는 전쟁이었다. 그가 보기에 전쟁이 근절되지 않는 원인은 바로 불화하고 충돌하며 각축을 벌이는 상이한 의로움들 때문이었다. 그는 태곳적부터 한 사람이 있으면 하나의 의로움이 있었고, 열 사람이 있으면 열 가지 의로움이 있었다고 보았다. 이는 어느 한때 잠시 그랬던 현상이 아니었다. 그가 보기에 인류는 태곳적부터 줄곧 그러해서, 사람이 무리를 이루면 그 무리 속 사람 수만큼 의로움이 존재해 왔다.

게다가 "인간은 태어날 때 욕망을 지니고 있었으며, 욕망함에도 얻지 못하면 그것을 얻고자 노력하지 않을 수 없는 존재"(『순자』)다. 그러니 갈등과 분쟁이 일어날 여지가 너무나도 넓었다. 사람들은 저마다 자기 의로움으로 서로를 물어뜯고 자신을 정당화했으며 부모 자식 간에도 의가 나기 일쑤였다. 천륜으로 맺어진 사이도 이러한데 이해관계로 맺어진 정치 세력 간, 국가 간 다툼이 예외일 순 없었다. 결국 순자의 제안처럼 서로 간에 경계를 긋고 그 경계에 동의하지 않은 한 크고 작은 전쟁이 이어질 수밖에 없었다.

따라서 유가들이 말하는 '의로운 전쟁(義戰)', 곧 윤리적으로 정당화될 수 있는 전쟁은 애초부터 있을 수 없었다. 서로가 자기 의로움이 더 옳기에 자신이 의전을 수행한다고, 그렇기에 자기들이 이길 수밖에 없다고 역설했지만, 전쟁의 승패를 결정짓는 것은 어느 편의 의로움이 더 옳은지가 아니었다. 승패는 어디까지나 국력, 곧 물리력의 세기에 의해 결판 났다. 의로움을 내세웠지만 실상은 힘의 논리가 지배했던 세상, 그렇게 춘추시대 130여 나라는 숱한 전쟁을 겪으며 10여 국으로 정리되었다.

힘이 정의를 만들다

그렇다면 전쟁은 사람들이 모여 사는 한 막을 수 없다는 것일까? 묵자의 생각은 달랐다. 그는 다툼이 일어나는 저간의 사정이 그러하다면 역으로 사람들이 옳다고 여기는 바, 곧 의로움을 통일하면 전쟁도 막을 수 있다고 보았다. 하여 논의의 초점은 무슨 의로움을 더 옳다고 할지의 차원에서 뭇 의로움을 어떻게 통일하느냐의 차원으로 옮아갔다.

묵자는 '상동(上同)'이라는 방도를 제시했다. 글자 그대로 풀면 "윗사람을 닮다."는 뜻으로, 여기서 말하는 윗사람은 자기보다 지위가 높은 이가 아니라 지혜와 역량이 더 나은 이를 가리켰다. 그러한 이를 닮아 가는 과정에서 자기 의로움보다 더 크고 타당한 의로움을 본받다 보면 자기 의로움을 자발적으로 포기하게 되어 뭇 의로움이 하나로 수렴된다는 것이다. 윗사람은 단지 지혜와 역량이 뛰어나기만 한 자가 아니라 늘 자기 의로움을 버리고 하늘의 의로움을 본받으려 애쓰는 자다. 또한 이로 인해 많은 사람들로부터 존경받는 자이기에 그의 의로움으로 통일됨이 마땅하다는 견해였다.

문제는 이러한 방식이 규모가 큰 사회에서는 실현되기 어렵다는 점이었다. 묵자가 소규모 공동체를 이루며 살고자 했음도 이러한 연유에서였다. 마치 노자가 그린 이상 사회가 "소국과민(小國寡民)", 곧 사람이 적고 작은 규모의 나라였던 것처럼 말이다. 게다가 당시의 현실은 묵자의 염원과 정반대로 펼쳐지고 있었다. '싸우는 나라들'의 시대였던 전국시대 중엽 무렵, 10여 개의 제후국은 급기야 일곱의 강대국으로 재편되었다. 이들은 최후의 한 나라, 그러니까 통일대제국의 주인 자리를 놓고 무지하게 싸웠다. 이런 형국에서 묵자의 상동 같은 원칙은 무용지물이었다. 뭔가 훨씬 현실적인 방도가 요청됐다.

묵자를 신랄하게 몰아쳤던 맹자는 이에 도덕적 우위를 점하거나 학술적 타당성을 입증함으로써 자기 의로움의 우월함을 내세웠다. 그는, 인간은 누구나 하늘의 선한 성품을 타고나기에 그것에 기초한 의로움이 가장 올바르다고 보았다. 또한 모두가 선한 성품을 지니고 있으니 이를 근거로 삼는 것이 가장 현실적인 방도라고 여겼다. 맹자가 말한, 온 천하 어디서든 늘 통용될 수 있는 '공통의 의로움', 곧 '통의(通義)'가 그러한 의로움이었다. 이러한 의로움을 기준으로 삼아 이를 늘 최우선적으로 앞세운다면, 여러 의로움 간 각축으로 인한 혼란과 다툼을 일소할 수 있다는 사유였다.

순자는 맹자의 선한 본성을 아예 의(義)로 대체하였다. 인간은 누구나 다 의로움을 갖춘 채 태어난다고 규정했다. 맹자에 비해 의로움이 한층 전면으로 부각된 셈이었다. 물론 성악설을 집대성한 이답게 의로움만 생래적으로 타고난 것이 아니라 욕망과 이익을 좋아하는〔好利〕 본성도 더불어 지닌 채 태어났다고 보았다. 그럼에도 인간이 사회를 이루어 살 수 있었고, 그 결과 세상에서 가장 귀한 존재가 될 수 있었음은 바로 타고난 의로움 덕분이라고 보았다.

이는 동물처럼 인간도 기(氣)로 만들어졌고, 지각을 지니고 있는 존재이지만 동물에는 없는 의로움이란 도덕적 자질을 타고 태어난 덕분에 만물의 영장이 됐다는 통찰이다. 그러한 의로움을 따라 산다면 화평한 천하를 너끈히 구현할 수 있다는 논리다. 이는 인위적 도덕을 부정했던 도가 계열의 열자에게도 발견되는 사유로, 그는 인간이 의로움도 없는 채 그저 먹고살기만 한다면 닭, 개에 불과하다고 단언했다. 또한 힘이 세다는 이유로 군림하기만 한다면 이 또한 금수일 뿐이라고 잘라 말했다.

정의, 탐리(貪利)가 본성이라면

이들은 사람을 인갑답게 만드는 핵질인 도덕 역량에 의로움이 기초할 때 정의가 힘의 세기에 좌우되는 병폐를 방지하거나 해소할 수 있다는 관점들이다. 문제는 현실적으로 이러한 의로움들은 물리적 힘을 앞세운 강자에게는 대체로 무기력하다는 사실이다. 상대의 의로움을 사적 의로움, 곧 '사의(私義)'로 몰아가고, 자기 의로움은 '공의(公義)', 곧 공적 의로움으로 정립해가도 힘이 뒷받침되면 사회적 약자들은 받아들일 수밖에 없었다. 어떤 이들은 사의 대신에 '소의(小義)', 곧 자잘한 의로움이란 표현을, 공의 대신에는 '대의(大義)', 곧 큰 의로움이란 표현을 쓰기도 했다. 개념상 사적이거나 자잘하면 의가 될 수 없음에도 자기 의로움을 공의나 대의라고 주장하기 위해 강짜를 부린 셈이었다. 그러나 상대를 제압할 수 있는 힘이 있으면 강짜는 약자에겐 뼈를 꺾어 대는 흉기와 다름없었다. 힘의 우열을 뒤집을 수 없다면 따를 수밖에 없었고, 그렇게 뭇 의로움은 통일되어 갔다.

소크라테스의 시대, "강자에게 유리한 것이 곧 정의"라고 단언했던 트라쉬마코스의 통찰이 동서를 막론하고 실제 벌어졌던 역사였음이다. 사회적 강자들은 여러 의로움 가운데 자기에게 유리한 의로움만을 유일하게 '올바른 의로움', 곧 유일한 정의라고 강조하면서 다른 의로움을 '올바르지 않은 의로움'으로 몰아갔고, 더 나아가 그것의 이름으로 법을 만들고 이를 이용하여 자신들의 힘을 더욱 키웠다.

이로움은 의로움의 조화

작금의 현실이 이러했다면 상대의 의로움을 제압할 수 있는 힘 없이는 뭇 의로움의 화해 또는 조화는 불가능한 것일까? 그렇지 않다면 어떤 길이 가능할까? 이를테면 뭇 의로움 가운데에서 자기 의로움만 올바르다고 주장하는 길 대신에 '이로움(利)'을 뭇 의로움의 조정자로 삼는 길을 대표적 예로 들 수 있을 듯하다.

『역경』에는 살짝 믿기 어렵지만 공자가 썼다는 「문언전(文言傳)」이란 글이 실려 있는데, 이러한 구절이 있다. "이로움은 의로움의 조화다.(利者, 義之和也.)" 이해관계를 달리하는 뭇 의로움들을 조화롭게 할 수 있는 바가 이로움이라는 뜻이다. 곧 의로움을 달리함으로써 야기되는 제반 갈등과 다툼을 해소하는 길로, 하나의 의로움을 정의라 부르며 다른 의로움을 내치는 방도가 아닌, 이로움을 매개로 뭇 의로움을 조화롭게 엮어내는 방도를 제시했던 것이다. 이는 이를테면 "예(禮)로써 의로움(義)을 행하고 의로움으로 이로움을 창출하며 이로움으로 백성을 평안케 한다. 이것이 정치의 핵심 관건이다.(禮以行義, 義以生利, 利以平民, 政之大節也.)"(『춘추좌씨전』)와 같이, 치자만이 아니라 피치자의 이로움 실현에 기여하는 의로움만이 참된 의로움이라는 유서 깊은 견해의 발로였다.

이는 '의(義)'란 글자의 어원과 맞아떨어지는 제안이기도 했다. 그것은 제사에 희생물로 바쳤던 양(羊)을 신의 뜻에 비추어 올바르게 자르는 행위를 의미했다. '義' 속의 '我'는 일인칭 대명사 '나'라는 뜻이 아니라 양을 자르는 톱 모양의 칼 형상이었다. 곧 '義'는 애초부터 분배의 올바름을 통해 비로소 실현되는 그 무엇을 가리켰다. 희생물을 제사에 참여한 모든 이가 동의할 수 있도록 분배하는 행위는 당시 공동체 유지에 필수적이었다. 하여 강자라는 이유로 제물을 양껏 차지할 수는 없었다. 그로 인해 공동체에 균열이 나고 그것이 축적되어 공동체가 깨진다면 결과적으로 가장 큰 손해를 보는 쪽은 강자였기 때문이다. 그만큼 가진 것이 많았으니 잃는 것 또한 많음은 너무나 분명했기에 서로 납득할 수 있는 범위 내에서 이로움을 공유했다.

그래서 이로움은 의로움보다 더 큰 가치로 여겨졌다. 홍익인간을 "널리 세상을 이롭게 하다."라고만 푸는 것처럼, '이롭다'는 말은 지금도 부정적 맥락에선 쓰이지 않는다. 곧 이로움은 남에게 해가 되든 말든 자기 배만 불리는 유의 이익과는 분명히 다르다. 공자가 일찌감치 "이익을 보면 의로움을 먼저 떠올려야 한다.〔見利思義〕"고 경계한 것도 이익 추구가 지니는 파괴력을 익히 알고 있었기에 가능한 일이었다. 이익을 추구하지 말라는 얘기가 아니었다. 자신에게만 배타적으로 이익이 되는 그러한 이익이 아니라 공존과 공생이 가능한 이로움을 추구하라는 요구였다. 인간 욕망의 총합은 무한대로 뻗어 가지만 자연에서 얻을 수 있는 재화의 총량에는 한계가 있다. 배타적 이익 추구가 필연적으로 타인의 궁핍함을 야기하는 까닭이다. 그래서 똑같이 '이(利)'로 표기되어도 하나는 의로움의 제어를 받아야 하는 대상을 가리켰고, 다른 하나는 거꾸로 의로움을 조절하는 궁극의 가치를 가리켰던 것이다.

암울한 점은, 그러한 이로움이 구현될 여지가 줄어들고 있다는 사실이다. 삶을 영위함에 공동체의 필요성이 갈수록 사라지는 현실이 이 점을 잘 말해 준다. 한번 되짚어 보자. 아침에 눈을 뜨면서 '오늘 하루는 또 어떻게 살아남아야 하나.' 하며 생사를 걱정한 적이 있었는지를! 근대화가 되면서 '호환마마'로 대변되는 우환은 더 이상 일상의 근심거리가 되지 못했다. 공동체를 이뤄야 비로소 살아남을 수 있는 환경을 근대 문명이 산업혁명과 과학혁명에 힘입어 굳이 그리하지 않아도 되는 환경으로 바꿔 놓았기 때문이다. 이제 사람들은 근대 문명이 제공해 준 안전한 삶터에서 생존이 아닌 생활의 질을 걱정하며 살게 되었다. 더 많이 누리며 살고자 하는 욕망의 분출은 당연해 보였고, 생존 걱정을 안 해도 되는 울타리 안에서 일상을 영위하였기에 공동체 성원 간에 호혜적 관계 유지에 힘들일 필요도 없어 보였다.

한마디로 공동체를 꾸리고 유지해야 할 이유가 퇴색되고 또 퇴색됐다. 이에 공동체를 유지하는 데 절대적으로 요청됐던, 예컨대 구성원 사이의 호혜적 우정 같은 오랜 사회적 토대도 덩달아 무너져 갔다. 그 폐허 위에서 근대인들은 더 많은 이익을 위해 경쟁적으로 살아가고 있다. 아리스토텔레스가 공동체(폴리스)에 반드시 필요한 두 가지로 언급했던 호혜적 우정과 의로움은 이젠 생존을 위한 필수 불가결한 조건으로 여간해서는 꼽히지 않는다. 그렇게 의로움으로 이익을 제어하고 이로움으로 의로

정의, 탐리(貪利)가 본성이라면

움의 조화를 일궈 가는 노력은 사족이 되고 있다. 급기야 불의는 참아도 불이익은 못 참는다는 세태마저 조성되었다. 자기 의로움을 정의라고 강변하면서도 호시탐탐 정의를 모욕하는 이들이 탄탄대로를 활보할 여지가 더욱 넓어졌음이다.

그러나 이보다 더 암울한 것이 있다. 바로 정의가 '미래 예측'에 별 도움이 안 되는 현실이다. 정의가 조롱받는다는 것은 그것이 이익 도모의 조절자 역할을 수행하지 못한다는 뜻이고, 이는 곧 유의미한 수준에서 미래 예측을 할 수 없다는 얘기이기도 하다. 사회적 약자에겐 더욱더 그렇다. 사회적 강자는 자신이 지닌 힘과 돈 등으로 미래를 만들어가기까지도 할 수 있지만, 사회적 약자들은 도덕과 법이 온전하게 작동되어야 비로소 그에 기대어 자신의 욕망을 조절하며 미래를 대비할 수 있다. 하여 예컨대 "유전무죄, 무전유죄"의 현상이 만연하면 무엇에 의지하여 미래를 준비해 갈지를, 어느 선에서 욕망을 절제해야 할지를 결정하기 힘들어진다. 법을 지킬수록 상대적 박탈감은 물론 부의 격차가 실제로도 커지기에 그렇다. 사정이 이와 같은데 도덕과 법의 토대인 정의가 지금처럼 무시되고 대놓고 우롱당한다면? 우리네 현실이 '헬조선'이라 운위되는 까닭이다.

아름다움,

감동이 머무는 곳

11 | 12

살 만한 가치를
발견할 때

11

김헌

황금사과와 파리스의 선택

트로이아의 왕자 파리스에게 세 명의 여신이 찾아왔다. 그들을 인도한 헤르메스가 쥐고 있던 황금사과에는 '가장 아름다운 여성에게'라고 새겨져 있었다. 성대하게 열린 펠레우스와 테티스 여신의 결혼식에 초대받지 못해 심통이 난 불화의 여신 에리스가 헤라와 아테나, 아프로디테 사이에 던진 것이었다. 세 여신은 황금사과를 보자마자 모두 자기 것이라고 덤벼들었다. 결판이 나지 않자 제우스에게 판결을 부탁했다. 골치가 아픈 제우스는 판결을 파리스에게 넘겨 버렸다.

세 여신은 황금사과를 차지하기 위해 파리스에게 화끈한 선물을 제안했다. 헤라는 세상을 지배하는 권력을, 아테나는

페테르 루벤스의, 「파리스의 심판」(1638-1639년)

싸움에서 이길 수 있는 힘과 지혜를, 아프로디테는 가장 아름다운 여인과의 결혼을 약속했다. 세 여신들이 황금사과에 집착하는 모습이 가관이다. 물론 황금사과 자체보다는 거기에 '아름다움'이라는 타이틀이 걸렸기 때문이었다. 그 사과에 '가장 훌륭한 여성에게'라든가 '가장 정의로운 여성에게', 또는 '가장 지혜로운 여성에게'라고 새겨져 있었다면 세 여신이 그렇게까지 치열하게 경쟁을 벌였을까? 다른 것은 다 포기해도 아름다움만큼은 포기할 수 없었던 것이다.

파리스는 아프로디테에게 황금사과를 건네주었다. 그가 선물에 신경 쓰지 않고, 공정하게 미의 기준만으로 세 여신을 비교한 다음에 아프로디테가 가장 아름답다고 손을 들어 주었을 것 같지는 않다. 그가 비교한 것은 그녀들의 미모가 아니라 그녀들의 선물이었음이 분명하다. 그에게는 가장 아름다운 여인과 사랑을 나눈다는 것이 다른 무엇보다도 중요했던 것이다.

그런데 가장 아름다운 여인과 함께하는 것이 온 세상을 지배할 권력이나 어떤 전쟁에서도 승리할 수 있는 지략과 힘을 포기할 만큼 좋은 것일까? 단순하게 생각하면, 남자가 그런 능력과 조건들만 갖춘다면 원하는 여인을 쟁취하는 것은 어렵지 않을 것 같은데, 아니 그런 남자가 된다면 수많은 여인들이 달려들 것 같은데, 파리스는 왜 헤라나 아테나가 아니라 아프로디테의 제안에 매료되었던 것일까? 그것이 그렇게 좋은 것일까?

아리스토텔레스는 『니코마코스 윤리학』에서 모든 인간은 '좋은 것'을 추구하며, 좋은 것들 중 가장 좋은 것은 '행복'이라고 했다. 아리스토텔레스가 파리스를 만나 '그대는 왜 아름다운 여인과의 사랑을 선택했소?'라고 물었을 때, 파리스가 '아름다운 여인과의 사랑은 나에게는 가장 좋은 것이고 나를 가장 행복하게 만들 수 있기 때문이오.'라고 대답한다면, 아리스토텔레스는 '그렇다면 당신은 올바른 선택을 한 것이오.'라고 말해야 한다. 반대로 파리스가 아름다운 여인과의 사랑을 선택함으로써 좋은 일보다는 나쁜 일을 더 많이 겪고, 행복은커녕 불행해진다면 아리스토텔레스는 그에게 '당신은 잘못된 선택을 한 것이오.'라고 말할 것이다. 그러나 그때 파리스가 '그래도 나는 나의 선택에 후회가 없소.'라고 대답한다면 그는 어리석은 것일까?

사실 파리스의 선택은 위험천만한 것이었다. 왜냐하면 아프로디테가 약속한 선물은 헬레네였고, 그녀는 처녀가 아니라 스파르타의 왕 메넬라오스의 아내였고, 아프로디테는 메넬라

아름다움, 감동이 머무는 곳

오스에게서 헬레네를 빼앗아 파리스에게 주어야 했기 때문이다. 아내를 빼앗긴 메넬라오스가 가만히 있을 리 없다. 그는 심한 모욕감을 느끼며 분노하였고 그리스 전역의 용사들을 모아 연합군을 구성한 다음, 트로이아로 쳐들어갔다. 파리스가 아름다운 헬레네를 선택하는 바람에 나라가 위태롭게 되고 시민들이 전쟁에 시달렸으며 수많은 사람들이 죽어 갔다.

그래도 좋을 만큼 파리스에게는 아름다운 여인 헬레네와의 사랑이 그토록 중요했던 것일까? 전쟁이 10년째 되는 어느 날, 마침내 파리스와 메넬라오스가 헬레네를 걸고 일대일 대결을 벌이게 되었다. 그 광경을 보려고 헬레네가 성채 높은 곳으로 올라오자 사람들의 이목이 그녀에게 집중되었다. 그때 트로이아의 원로들이 말했다.

> "트로이아인들과 멋진 경갑을 찬 아카이아인(그리스인)들이 저와 같은 여인을 두고 기나긴 시간 동안 고통을 겪었다 해도 비난할 게 없소. 정말 놀랍소. 그녀의 눈을 들여다보니, 죽음을 모르는 여신을 꼭 닮지 않았는가!"
>
> ─호메로스, 『일리아스』(3권 156-158행)에서

파리스처럼 트로이아의 원로들도 헬레네의 아름다움에 매료되어 전쟁의 고통 따위는 아랑곳하지 않는 것 같다. 죽어도 좋으니 저렇게 아름다운 여인과 함께라면 좋다는 태도다. 나쁜 일을 겪고 불행으로 인생이 끝나더라도 아름다움은 그 자체

로 추구할 만한 가치가 있다는 것처럼 말한다. 우리는 그들이 인생에서 가장 중요한 것이 무엇인지를 아는 사람들이라고 인정할 수 있을까? 아름다운 헬레네의 매력에 빠져 맛보는 행복은 그 무엇보다도 소중하고 값진 것일까? 전쟁으로 고통을 겪고, 피를 흘리며 죽고, 마침내 나라가 망해도?

소크라테스의 위험한 선택

기원전 399년 6월 어느 날 이른 새벽녘, 크리톤은 아테네의 감옥에 갇혀 있던 소크라테스를 찾아갔다. 사형을 언도받고 수감 중인 소크라테스를 빼내기 위해서였다. 그의 죄목은 아테네의 신들을 믿지 않고 불경스러운 생각으로 아테네의 청년들을 타락시킨다는 것이었다. 크리톤은 그것을 인정할 수가 없었다. 부당한 판결에 복종할 필요가 없다고 믿던 그는 의연히 죽음을 기다리고 있는 소크라테스를 안전한 곳으로 도피시키려고 했다. 그러나 소크라테스는 거절했다. "아테네인들이 나를 석방해 주지 않았는데도 내가 여기서 나가려고 시도하는 것이 정의로운지 정의롭지 못한지" 따져 보자고(플라톤, 『크리톤』 48b) 했다. 소크라테스는 '정의롭게 사는 것'이 가장 중요한 것처럼 말하고 행동했다.

자칫 잘못하면 죽게 생겼는데, 정의는 무슨 정의란 말인가? 아테네가 그를 감옥에 가둔 것 자체가 정의롭지 못한 일인데 혼자 정의를 지킨다는 것이 무슨 소용이 있는가? 크리톤은 답답했다. 아리스토텔레스처럼 물어보자. 정의롭게 사는 것이 정말 좋은 것일까? 정의롭게 살면 우리는 행복할까? 소크라테스는 그렇다고 생각했다. 좋은 삶은 훌륭하게 사는 것이며, "훌륭하게 사는 것(=좋은 삶)과 아름답게 사는 것과 정의롭게 사는 것이 같다."(48b)고 말한다.

그러나 정의로운 삶이 과연 좋을까? 플라톤의 『국가』편에서는 '정의란 무엇인가?'라는 문제로 대화가 열리는데, 소크라테스는 초지일관 그런 입장을 취했다. 정의롭게 사는 것이 좋은 것이고 행복을 보장한다는 입장이다. 그러나 다른 사람들은 그의 입장에 의문을 표한다. 정의롭게 살면 손해를 볼 것 같기 때문이다. 법을 어기면 벌을 받으니 탐리적인 마음에서 법을 존중하며 정의롭게 사는 것이지, 만약 들키지 않고 법을 어길 수 있고 법을 어겨도 처벌을 피할 수만 있다면 누가 정의롭게 살겠는가?

소피스트인 트라쉬마코스는 정의에 관해 아주 실제적인 주장을 내세웠다. 힘을 가진 사람들이 주도적으로 법을 만들 때, 그 법은 입법자인 강자에게 유리하고 약자에게는 불리하게 구성될 것이다. 사람들이 모두 정의로운 삶을 추구하며 법을 지킨다면 이익을 보는 것은 법을 만든 강자이며, 상대적으로 약자는 법을 지킬 때마다 손해를 볼 것이다. 그렇다면 무슨 좋은 일을 보겠다고 약자가 법을 지키며 정의롭게 살아야 하는가? 겉으로는 법을 지키는 척하고, 안 걸릴 것 같다는 확신이 드는 순간

법을 어겨 이익을 챙기는 것이 가장 좋은 것이 아닌가!

소크라테스는 아니라고 반박한다.* 그런 식으로 사는 사람의 영혼은 타락할 것이다. 그가 법을 어기며 정의롭지 못한 행동으로 이익을 챙긴다고 해도 그것은 일시적인 것이며, 긴 안목에서 좋은 것이 아니며, 궁극적으로 불행의 나락으로 떨어진 것이라고 역설했다. 정말 좋은 것을 누리며 행복하게 살 수 있는 사람은 잠시 손해를 보더라도 정의롭게 살아가는 사람이라고 주장했다. 많은 사람들이 눈앞의 작은 이익에 현혹되어 정의로운 삶을 무시하며 살아가는 것은 그들이 정말 좋은 것이 무엇인지 모르기 때문이다. 마치 어두운 동굴 속에 갇혀 사지와 머리가 묶여 벽에 비치는 그림자만 쳐다볼 뿐인 죄수들처럼.

그러나 그 쇠사슬을 끊고 동굴을 빠져나와 태양이 비치는 참세상을 본다면 잠깐의 이익에 눈이 어두워 정의로운 삶을 포기하는 일은 없을 것이다. 죽음 앞에서도 흔들림 없이 정의롭기를 원하던 소크라테스의 단단함은 그가 햇빛 찬란한 진리를 보았기 때문인 것 같다. 플라톤은 모든 사물들의 진상을 밝히 드러내는 태양을 '좋음'의 참모습(=이데아)에 비유했다. 이 논의에는 공통점이 있다. 정의롭게 사는 것이 정말 좋은 것이냐고 묻는 소크라테스의 제자들은 가치판단의 가장 높은 곳에 '좋다'는 판단을 둔다. 무엇이든 그것이 결국 좋은 것이어야 그것을 하겠다는 것이다. 정의롭게 살아야겠다는 결심도 그것이 나에게 좋

---

* 둘의 논쟁에 관해서는 6장을 참조하라.

다는 확신이 들어야만 실천으로 옮기겠다는 것이다.

　또한 강자에게 이익이 되는 것이 정의이니, 나에게 좋을 것이 없을 때 정의롭게 산다는 것이 무슨 의미가 있느냐고 따지는 트라쉬마코스에게도 '좋다'는 것이 가치판단의 최상에 놓여 있다. '손해를 보는 것 같아도 정의롭게 사는 것이 궁극적으로 행복을 가져다주며 결국 좋은 것이다.'라고 권유하는 소크라테스도 좋음이 가장 높은 가치판단의 기준임은 분명하다. 그들은 논쟁을 하고 있지만, '좋다'는 것을 모든 것에 의미와 가치의 빛을 비추는 태양과도 같은 존재로 여기는 데에서는 공통점을 가지고 있다.

아름다움을 사랑하는 사람, 필로칼로스

　인생은 선택의 연속이다. 선택의 기로에 서면 누구든 고민하지만, 선택의 기준이 바로 서면 고민의 시간은 길지 않다. 선택은 그 사람의 됨됨이를 잘 보여 준다. 그래서 '나의 인생은 선택의 누적분'이라는 말도 있다. 아리스토텔레스는 『수사학』에서 사람들이 따르는 선택의 기준을 세 가지로 정리해 주었다.

　첫째는 이익과 손해를 따지는 경제의 원리, 실용의 기준이다. 계산을 잘못해서 결과에 후회할 수도 있지만 선택의 순간만큼은 주저함이 없다. '이익과 손해'의 기준은 이익을 추구하는 탐리적인 본성의 인간에게 원초적인 것이지만, 특히 이윤을 추구하는 기업이나, 치열한 경쟁에서 살아남는 것을 최우선으로 꼽는 집단들에는 절대적인 기준처럼 보인다. 일단 살고 봐야 한다는 절박함이 실리적인 외교나 실용적인 정책, 이윤 추구의 마케팅 전략을 선택하게 만든다. 법을 어기더라도, 욕을 먹더라도 더 많은 이익을 챙길 수 있고, 생존이 보장된다면 염치도 버리고 불법의 행태를 거침없이 저지르는 것도 다 이런 까닭이다. "창고 안이 충실해야 예절을 안다.(倉庫實而知禮節)"는 관자의 말이 그럴듯한 대목이다.

그러나 모든 사람과 집단이 자신의 이익만 추구한다면, '인간은 인간에 대해 늑대(homo homini lupus)'가 되고 법과 의가 다 무시되며, 사회는 맹렬한 생존 투쟁과 이기적 욕망의 격전장으로 전락할 것이다. 이런 우려에서 두 번째 선택의 기준이 강조된다. 법률의 원리, 정의의 기준이다. '어떤 행위가 정의롭고 합법적인가.' 이 물음에서 첫 번째와는 다른 선택이 나온다. "왕이시여, 이익을 따지는 말씀은 하지 마시고, 오직 인의(仁義)만을 말씀하십시오." 맹자의 조언이다. 그에 앞서 공자도 이런 말을 했다. "군자는 의에 밝고 소인은 이에 밝다.(君子喩於義, 小人喩於利.)" 그런데 정의롭게 행동하다가 치명적인 손해를 입는다면 어떻게 하나? 하지만 걱정은 버려도 좋다. "의(義)는 곧 이(利)"라는 묵자의 말처럼, 의를 위해 당장의 손해를 감수하고 심지어 목숨까지 내놓는 것이 사회나 국가는 물론 나를 위해서도 큰 이익이 된다는 역설도 성립하니까.

그 역설의 길을 선택하며 용감하게 행동하는 사람들은

이기적인 욕망에 허덕이며 사는 소인배들의 어리석음을 높은 수준에서 일깨워 주며 경탄을 자아낸다. 그들의 선택은 '아름답다!' 바로 여기에서 세 번째 기준이 부각된다. '아름다운 선택은 무엇인가? 부끄럽고 추한 모습을 피할 수 있는 길은 어느 쪽인가?' 맵시를 자랑하는 멋쟁이들의 미학적 욕구에서부터 이익을 위해 불의에 타협하지 않는 고결한 결단, 그리고 부당한 압제에 항거하는 정의롭고 숭고한 행동에 이르기까지 아름다움은 우리를 감동시킨다. 이기심과 두려움에 짓눌려 진부하게 살 수밖에 없는 범인들도, 비록 그들의 행동을 본받아 실천할 수는 없을지언정 그 고결함과 숭고함에 깊이 감탄하지 않을 수 없다. 그들에 대해서도 이익의 잣대를 들이대며 조롱하고, 그 장렬함에 경의를 표하지 않는 사람을 차마 인간이라 할 수 있을까?

　　이익을 추구하는 것은 인간의 본성이며, 맥락에 따라 그것은 그것대로 존중될 수 있는 선택의 기준이다. 도덕과 정의, 원칙에 따라 신념대로 사는 올곧은 사람은 이기적인 사람보다는 훌륭하다. 그러나 아름다움을 추구할 줄 아는 사람은 더 높은 경지에 있는 사람이다. 그리스 황금기를 이끈 정치가 페리클레스는 아테네 시민이 지혜를 사랑하며 아름다움을 사랑할 줄 알았던 것을 자랑스럽게 여긴다고 역설했다. 플라톤은 『향연』에서 인간에게 삶이 살 만한 가치를 갖게 되는 것은 "아름다움 바로 그것 자체를 바라보면서 살 때"(211d)라고 말했다. 만천하에 드러나도 부끄럽지 않은 삶, 그래서 눈부시게 아름다운 삶이 우리에게 가장 큰 감동을 주는 삶이라는 뜻이 담겨 있다. 그런 사람이 참된 '철학자(philosophos)'란다. '아름다움을 사랑하는 사람', 그리스 사람들은 그를 '필로칼로스(philokalos)'라 불렀다.

1970년 11월 13일 서울 평화시장 앞 길거리에서 스물둘의 젊음으로 몸을 불살라 죽었다. 그의 죽음을 사람들은 '인간선언'이라고 부른다. 가난과 질병과 무교육의 굴레 속에 묶인 버림받은 목숨들에게도, 저임금으로 혹사당하고 있는 노동자들에게도, 먼지 구덩이 속에서 햇빛 한 번 못 보고 하루 열여섯 시간을 노동해야 하는 어린 여공들에게도, '인간으로서의 최소한의 요구'가 있다는 것을 밝히기 위하여 그는 죽었다.

—— 조영래, 『전태일 평전』에서

산업화 시대, 어두운 토굴 같은 곳에 갇힌 듯 기계처럼 노동을 강요받던 사람들에게 불꽃으로 삶을 태운 그는 플라톤의 동굴 밖으로 나가 태양의 빛을 본 철학자와도 같다.

1995년 11월 18일, 전태일을 기리는 영화가 나왔다. "내 죽음을 헛되게 하지 말라!"고 외치며 불꽃으로 사라져 간 스물두 살의 청년. 그의 이글거리는 눈빛은 스크린 한가운데에서 폭발하며 관객의 가슴을 압도했다. 굶으면서 일하는 어린 여공들에게 버스비를 털어 풀빵을 사 주고 통행금지에 쫓기며 뛰어가는 청년. '근로기준법'을 공부하며 노동자의 권익을 위해 싸우는 전태일은 분명 '정의로운 청년'이다. 그런데 영화의 제목은 「아름

아름다움, 감동이 머무는 곳

다운 청년, 전태일」이었다. 그의 삶은 이익이나 정의라는 가치만
으로는 설명될 수 없는 감동을 주며, 두 가지 가치만으로는 완성
될 수 없는 완결성의 경지를 보여 주었던 것이다.

"만천하에 드러나도 부끄럽지 않은 삶,
그래서 눈부시게 아름다운 삶이
큰 감동을 준다."

김헌

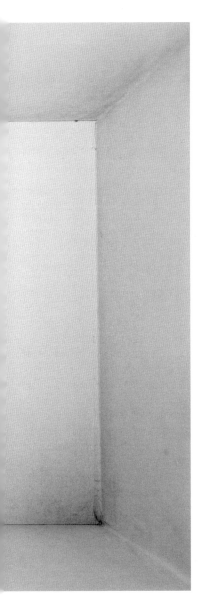

"본성대로 존재함이 곧 아름다움이다.
본성대로의 삶을 소박하다고 했으니
결국 소박함이 아름다움이다."

김월회

소박함에 깃든
미감(美感)

12　　　　　　　　　　　　　　　　　　　　김월회

　　공자는 이른바 '여색(女色)'을 어떻게 보았을까. 유가 하면 떠오르는 근엄함에 걸맞게 단호히 부정했을까, 아니면 의외로 긍정했을까? 예컨대 절제해야 한다 등의 조건을 붙여서 말이다. 단정할 수는 없지만 굳이 선택하라면 후자에 가깝다. '교언영색(巧言令色)', 그러니까 "잘 꾸민 말과 낯빛을 한 자 가운데 어진이가 드물다."며 비판했을 때 그가 문제 삼은 것은 낯빛(色) 자체가 아니라 과도한 꾸밈이었기 때문이다.

공자의 '색' 활용법

　　그렇다고 공자가 색 자체를 경계하지 않았음은 아니다.

　　　　　　　　　　　　　아름다움, 감동이 머무는 곳

언젠가 그는 관리가 조심해야 할 바를 생애 주기별로 나누어서 경계한 적이 있었다.

> 젊어서는 혈기가 안정되지 못하니 색을 조심하고, 중년이 되어서는 혈기가 굳어지니 다툼을 조심하며, 노년이 되어서는 혈기가 쇠하니 재물을 조심해야 한다.
>
> ──『논어』에서

혈기가 안정되지 못한다고 함은 혈기, 곧 신체적 활기가 왕성하여 제어가 필요하다는 뜻이고, 혈기가 굳어졌다고 함은 신체적 활기가 더는 왕성하지 않다 보니 자꾸 뭔가를 해보려 하지 않게 됨을 말한다. 혈기가 쇠했다고 함은 활기가 소진되어 더는 신체적 욕망을 실현할 힘이 없게 되자 이를 대리할 수 있는 다른 욕망을 도모하게 된다는 의미다.

여기서 공자가 색·다툼·재물을 혈기와 연동시킨 까닭은 그 각각이 인간의 큰 욕망인 성욕·명예욕·물욕과 연동되어 있기 때문이었다. 색은 이 과정에서 왕성한 신체적 활기와 연동됐다. 언뜻 부정적으로 취급된 것처럼 보일 수 있는 대목이다. 그런데 공자의 이 말은 좀 더 섬세하게 읽을 필요가 있다. 색을 경계 대상으로 설정한 듯 보이지만 실질적으론 혈기가 안정되지 못함을 경계하고 있기 때문이다. 다시 말해 사람이 살아가며 봉착하게 되는 큰 문제의 원인을 혈기 차원에서 규명한 데서 보이듯이, 공자는 색 자체가 아니라 본능적 욕망과 긴밀하게 연동된 혈기를 문제 삼고 있었다.

이는 공자가 색을 '가치중립적' 존재, 그러니까 그 자체로는 부정적이지도 또 긍정적이지도 않다고 봤음을 말해 준다. 그의 어록을 봐도 그렇다. 『논어』에는 색(色)이 스무 차례 넘게 등장한다. 대부분은 안색(낯빛)이나 기색, 정색, 희색, 윤색 등으로 풀이된다. 얼굴 등 외모와 관련된 맥락에서 쓰였을 뿐 그 자체로는 긍정적이지도 않고 부정적이지도 않다는 것이다. 또한 색이 여성의 외모에 한해 적용된 것도 아니었다. 공자의 핵심 제자였던 증자가 늘 안색을 바로잡음으로써 미더움을 구현하게 된다고 할 때처럼, 색은 남녀나 지위 고하를 불문하고 누구에게나 쓸 수 있는 말이었다.

이를 두고 공자가 아름다움에 무관심해서 나타난 현상이라고 하면 곤란하다. 그도 '아름다운 눈동자'니 '아름다운 옥'이니 하며 아름다움을 상찬했고, 남자라도 송조(宋朝) 같은 아름다움이 없으면 화를 면하기 어려울 것이라며 아름다움이 지니는 현실적 효용을 어찌 됐든 긍정했다. 나아가 아름다움이 선함과 결합되면 본능적 욕망마저 너끈히 초월할 수 있음을 보여주기도 했다. 순임금이 지었다는 「소(韶)」란 음악을 듣고는 석 달간이나 고기 맛을 잊었다는 그의 고백이 증좌다. 「소」란 악곡이 그만큼 대단했기 때문이다.

순임금의 음악인 「소」는 아름다움을 다했고 선함도 다하였다. 주나라 무왕의 음악인 「무(武)」는 아름다움을 다하기

아름다움, 감동이 머무는 곳

는 했지만 선함을 다하지는 못했다.

——『논어』에서

　　인용문은 공자가 예술적 아름다움 자체도 긍정하였음을 일러 준다. 그의 평에 따르면 「무」란 악곡은 아름다움을 다 구현했지만 선함의 구현에는 부족함이 있었다. 논자에 따르면 이는 주 무왕이 역성혁명으로 집권했고 「무」가 그런 내용을 찬미하고 있어서 선함을 다했다고 평가할 수는 없었다고 한다. 그러나 「무」도 분명 성인으로 추앙되는 주 무왕이 교화를 위해 만들었기에 여기에 구현된 아름다움 자체는 과도하지 않은 아름다움이었다. 그래서 공자는 아름다움을 다했다고 평한 것이고, 도덕적 온전함을 구현하지는 못했다는 점에서 「무」에 구현된 아름다움은 예술적 아름다움 자체라고 볼 수 있다. 이를 공자가 긍정했던 것이다.

　　물론 공자가 예술적 아름다움을 긍정했다고 하여 색이 곧 그러한 아름다움이라고 규정한 것은 아니었다. 이는 그가 색을 미의 범주가 아닌 다른 범주에서 포착했을 가능성을 시사해 준다. 공자가 색에 대해 문제 삼은 지점이 색에 부정적인 무언가가 결합될 때였음이 이를 방증해 준다. 도덕의 차원에서 색을 포착했다는 얘기로, 이를테면 앞서 언급한 영색(슈色)처럼 색에 과도한 꾸밈이란 부정태가 결합되면 그는 이를 가차 없이 비판하였다. 아무리 가치중립적이라 할지라도 그로 인해 색을 아름다움으로만 인지하게 되면, 아름다움이 지니는 배타적 흡인력으로 인해 부정적 사태가 야기된다고 보았기 때문이다. 하여 그는 '낙이불음(樂而不淫)', 곧 즐거워할지라도 절대로 과도함에 빠지지말 것을 신신당부했다. 즐거움은 아름다움과 본성적으로 결합된 감정이기에 즐거움에 대한 그러한 경계는 아름다움과 '비판적 거리'를 유지하라는 요구와 다름없었다.

대신 공자는 색이 아름다움, 그리고 즐거움이란 감정과연동되는 기제를 긍정적으로 활용하고자 했다. 『논어』에 두 차례나 등장하는 "나는 색을 좋아하듯이 덕을 좋아하는 이를 본 적이없다.(吾未見好德如好色者也)"는 언급이 그것으로, 그는 윤리학적완성을 위해 지녀야 할 태도를 서슴없이 호색에 비겼다. 단지 개인차원의 윤리를 말할 때만이 아니었다. 유능한 인재를 늘 물색하고등용함에 빠짐이 없게 함은 군주가 반드시 갖춰야 할 핵심 덕목이었다. 이를 두고 공자는 "색을 밝히듯이 어진 이를 존중하라.(賢賢易色)"고 주문했다.

한마디로 공자는 색 자체에 대해서는 판단을 유보했지만 그것이 부정적으로 쓰이면 단호히 꾸짖었다. 그러면서도 그것이 사람에 대해 지닌 영향력은 긍정적으로 활용하고자 했다. 그의 실용주의적 태도가 여실하게 드러난 대목이다.

색을 해체한 장자

사실 위와 같은 공자의 비유는 악용될 여지가 무척 크

다. 어찌됐든 호색이 긍정적 의미 맥락에 쓰였기에 호색 자체가 덩달아 긍정될 수도 있기에 그렇다. 이를 모를 리 없는 공자가 그럼에도 이런 수사법을 쓴 것은 절실함 때문으로 보인다. 군주는 군주다움에, 사회지도층은 자기 수양에 도무지 무관심한 세태에서 쓸 수밖에 없었던 일종의 극약 처방이라고 할 수 있다. 물론 절대 다수의 사회적 발화가 남성 위주로 실현되던 시절이어서 그랬을 수 있다. 지금 여기에서 공자의 이러한 발화가 정당화될 수는 없는 까닭이다.

그러나 색의 사람 지배력은 그만큼 절대적이었다. 공자보다 100여 년쯤 뒤에 활약하며, 사사건건 공자와 대립각을 세운 장자조차도 색이 지니는 쾌락을 인정할 정도였다. 그는 막고야산(邈姑射山)에 산다는 신인(神人)을 두고 "살갗은 얼음처럼 빛나고 눈처럼 하야며, 야들야들 처녀와 같이 보드랍다.(肌膚若氷雪, 綽約若處子)"고 묘사했다. 『장자』, 「소요유」 편에 나오는 말로 이어지는 대목에서는 신인은 만물과 함께 어울려 하나가 되는 덕목을 지닌 존재라는 설명이 나온다. 곧 신인은 "자기가 자연이고 자연이 곧 자기"인 초월론적 존재로, 삼차원적 인식에 갇힌 사람으로서는 제대로 묘사할 수 없는 존재다. 그러한 존재를 장자는 젊은 여인의 외양에 비기며 사람들의 이해를 도모했다. 이 또한 공자의 경우처럼 말하고자 하는 바를 사람들에게 효율적으로 전달하고자 꺼내 든 장자의 수사 전략으로 볼 수 있다. 언중의 동의를 얻어 내는 데는 그들이 가장 좋아하는 바에 호소하는 길이 제법 쏠쏠하기 때문이다. 『장자』, 「지락」 편에는 이런 말이 실려 있다.

> 세상에서 반기는 것은 몸의 안락, 맛난 음식, 아름다
> 운 옷, 예쁜 외모, 멋진 음악이다. 세상에서 폄하하는 것은 가
> 난과 천함, 요절, 악인의 비난이다. 세상에서 괴로워하는 것
> 은 몸이 일락에 처하지 못함과 입이 맛난 음식을 먹지 못하는
> 것, 몸이 아름다운 옷을 걸치지 못함과 눈이 예쁜 외모를 보
> 지 못함, 그리고 귀가 멋진 음악을 듣지 못하는 것이다.
> ──『장자』,「지락」에서

자기를 모두 비워 내고 생사를 초월하여 절대자유의 경
지에서 노니는 삶을 설파한 장자였지만 그렇다고 사람이 본성상
편안하고 멋지며 아름다운 존재에 취약하다는 현실을 도외시하
진 않았다. 아름다움을 즐기는 것도, 좋아하는 것도 다 사람의
본성인지라 마음이 늘 그것들에 얽매여 있음을 놓치지 않았음
이다. 곧 그는 색에 쉬이 경도되는 사람의 본성을 역이용하여 자
기가 한 말의 수사 효과를 제고하고자 했던 것이다. 그렇기에 이
러한 수사를 썼다고 하여 그가 아름다움을 긍정했다고 단정해
서는 곤란하다.

게다가 아름다움과 관련하여 장자의 관심은 다른 데
있었다. 그는 태어날 때부터 아름다운 이가 있다 해도 다른 사
람이 그를 거울에 비춰 주지 않거나 아름답다고 말해 주지 않으
면 결국 그는 자기가 아름다운지를 모르게 된다고 말한 적이 있

아름다움, 감동이 머무는 곳

다. 또 희대의 조직폭력단 보스였던 도척의 입을 빌려, 사람의 눈은 예쁜 외모를 보고자 하고 귀는 멋진 소리를 듣고자 하며 입은 맛남을 밝히는데 이는 사람의 본성이라고 단언하였다. 장자가 보기에 이는 아무 문제도 될 수 없었다. 본성대로의 삶은 자연을 닮은 삶이기에 그렇다. 마찬가지로 잘생기게 태어남도 타고난 바대로 살면 그만이다. 꽃이 누군가가 자기 이름을 불러 줘야만 비로소 꽃이 됨이 아닌 것처럼, 남의 호명에 간섭받지 않고 타고난 바대로 존재하면 된다.

단적으로 우주 삼라만상에 대해 아름답다거나 못생겼다 따위의 말을 붙일 필요가 없다는 것이다. 앙상하게 비틀어진 고목은 본성대로 그렇게 존재할 뿐이기에 추하다는 딱지를 붙인다고 하여 고목의 본성이 추하게 되는 건 아니다. 신은 전능하기에 말을 하면 그대로 이뤄지지만 인간은 신이 아니기에 말을 한다고 하여 그대로 이뤄지지는 않는다. 만물이 또 인간이 자기를 어떻게 부르느냐와 무관하게 그저 자기 본성대로 존재하는 까닭이다.

하여 꽃은 아름답게 존재하는 것이 아니라 만물의 하나로서 본성대로 존재하고 똥도 더럽게 존재하는 것이 아니라 역시 만물의 하나로서 본성대로 존재한다. 장자는 이를 "담박하기 그지없음"이라 형용하기도 하고, '박소(樸素)', 곧 소박 또는 질박이라 부르기도 했다. 만물은 모두 타고난 본성대로 존재한다는 점에서 소박하게 존재하는 것이고, 그런 점에서 꽃과 똥 사이에 미추나 우열 따위는 애초부터 있을 수 없게 된다. 이렇게 만물이 본성대로 존재함을 두고 장자는 아름답다고 규정했다. 본성대로의 삶을 소박하다고 했으니 결국 소박함이 아름다움인 셈이 된다. 그가 '절대적 아름다움〔大美〕', '참된 아름다움〔至美〕'으로 자연을 꼽은 이유다.

이렇게 소박함과 아름다움이 일체가 되는 차원에서 색은 더 이상 특권화되지 못한다. 색을 아름답다고 하는 순간 본성대로 존재함에서 이탈된다. 본성대로 살지 않음은 자연을 닮지 않음이다. 그리고 자연을 닮지 못한 삶은 아름답지 못한 삶이 된다. 아름답다고 불렀는데 결코 아름다울 수 없게 되는 역설, 공자와 달리 장자는 이처럼 색을 근본적으로 해체했다.

미를 소유하기 위한 조건

이상에서 색을 매개로 공자와 장자의 아름다움에 대한 관념을 겉핥기 수준에서 살펴보았다. 굳이 색을 매개로 살펴본 까닭은 오늘날 우리의 현실에서 아름다움을 미모 차원에서만 사유하는 경향이 갈수록 깊어지고 있다는 판단 때문이다.

남녀 불문하고 적잖은 사람들이 신체를 아름답게 가꾸는 데 기꺼이 많은 시간과 돈을 투자한 지 꽤 되었다. 학력 차별이나 남녀 차별, 배경 차별 못지않게 외모 차별이 심화되고 있다. 미모를 향한 염원은 이 순간에도 사회 곳곳에서 일상적으로 작동되고 있다. 그렇기에 아름답다는 말은 외모나 신체 같은 말들

「여인들의 뱃놀이」(19세기)

과 줄곧 연동된다. '아름다운 삶', '아름다운 사회', '아름다운 국가' 같은 조어를 일상에서 접하기는 쉽지 않다. 설령 접한다고 해도 그러한 말들이 '나'의 생활과 결합된 경우는 그리 많지 않다.

이를 반증하듯 선한 삶에 아름답다는 말을 붙이기가 머쓱해진 시대가 됐다. 착하다는 말은 사람이나 삶이 아니라 그저 가격이나 물건에 붙여져 소비되고 있다. 선(善)과 미(美)의 분리가 도리어 기본값이 된 시대인 것이다. "아름다운 삶을 살려면?", "아름다운 사회나 국가의 조건은?"과 같은 물음은 거의 사문화되었고, '아름다운 정신'이니 '내면의 아름다움' 같은 말도 약효가 떨어진 지 오래다. 아름다움이 의로운 인물이나 참된 삶 등의 말과 연동되지 않은 지도 꽤 됐다. 선과 미의 분리뿐 아니라 진(眞)도 미와 진즉에 분리됐다는 뜻이다. 대신 아름다움은 주로 소유의 대상으로 소비되고 있다.

물론 우리 사회에서만 그러한 것은 아니다. 공자나 장자도 동의했듯 아름다움을 욕망함은 사람의 본성인지라 시대와 지역을 불문하고 미는 꾸준히 소유 대상으로 설정되어 왔다. 다만 색, 그러니까 미모 자체에 대한 평가는 유보한 채 이를 방법 차원에서 활용한 공자나 미추의 구도 자체를 해체한 장자가 미에 대해 취한 태도와는 사뭇 다른 자세라고 할 수 있다. 미의 소유 그 자체를 문제라고 할 수는 없지만 소유 방식과 그 과정, 그리고 소유의 목적 등을 짚어 볼 필요는 있다. 소유의 대상이 된 미가 성형술같이 주로 '기술적'으로 구현된 미라는 점을 감안할 때는 더욱 그러하다. 소유의 목적과 방식, 과정이 이를테면 자아의 실현이나 확장, 역량의 강화 등과 연동되어 있는지, 아니면 사람에게 내재된 명예욕이나 물욕, 성욕 같은 욕망 실현의 일환이었는지에 따라 미의 소유에 대한 평가는 달라질 수 있다.

그래서 미를 소유하려면 적어도 미를 소유함으로써 "전에 비해 무엇을 더 할 수 있게 되었는가?", "더 좋아진 바는 무엇인가?"라든지, 미의 소유가 '나'를 무엇으로부터 자유롭게 해 주었는지 같은 물음을 염두에 둘 필요가 있다. 시간과 돈과 노력을 들여 소유하게 된 것이라면 내 삶이 사회적, 물질적으로 풍요로

아름다움, 감동이 머무는 곳

워지진 않을지라도 내가 자유로워지고 진보하는 데 쓸모가 있어야 함은 당연할 터이다. 단적으로, 적어도 미를 소유할수록 더욱 무언가에 속박되고 매몰되는 악성회로에 빠져서는 안 될 것이다.

좀 더 여유가 된다면 공자가 소유 대상으로서의 미를 도구적 차원에서만 긍정한 이유를, 장자가 그것을 해체하는 것이 인간 생명의 자유로운 진보에 부합되는 길이라고 본 까닭을 한 번쯤 따져 보는 것도 유익하리라. 미를 소유함이 미에 대해 아무런 성찰도 안 해도 된다는 뜻이 아님은 너무도 분명하기에 그렇다.

분노,

어떤 분노인가

공동체의
생명력을 위해

13

김헌

'분노조절장애'는 최근 유행처럼 번진 말이다. 사회가 각박해지다 보니 사람들이 스트레스를 많이 받아 별일 아닌 것에도 큰일을 당한 양 노발대발 설쳐 대는 현상이 부쩍 늘었다고들 한다. 그러나 분노조절장애가 갑자기 늘어난 것이 아니라 언론에서 하도 떠들어 대니 많아진 듯 느껴지는 것이라는 반박도 있다. 미친 듯이 화를 내는 사람들이 예전에는 없었겠냐는 반문이다. 아닌 게 아니라 동서고금의 문헌을 읽다 보면, 분노조절장애가 현대의 특정한 병리 현상이 아니라 언제 어디서나 볼 수 있는 일반적인 현상임을 새삼 깨닫게 된다.

　　　　　　　　　　　　　　　분노, 어떤 분노인가

『일리아스』에 나타난 분노의 도미노

대표적인 사례가 서양 문학사에서 발견된다. 서양 문학사는 분노로 시작된다는 말이 있다. 고대 그리스 최초의 문학 작품인 호메로스의 『일리아스』를 펼쳐 보면 단숨에 알 수 있다. "진노를 노래하라, 여신이여, 펠레우스의 아들 아킬레우스의 파괴적인 진노를……." 보다시피 작품의 첫 단어가 진노, 즉 분노다. 그런데 분노의 주인공인 아킬레우스는 누구인가? 그는 트로이아전쟁의 최고 전사였다. 그는 모욕을 당하자 분노를 터뜨렸다. 그러나 분노하는 것은 아킬레우스만이 아니다. 작품 첫 부분에 등장하는 존재들이 모두 분노조절장애자들 같다.

전쟁이 10년째 되는 해 어느 날, 그리스 연합군의 총사령관이었던 아가멤논의 막사에 아폴론 신의 사제인 크뤼세스가 찾아왔다. 아가멤논에게 잡혀 있는 딸을 되찾기 위해서였다. 그는 몸값을 두둑하게 챙겨와 정중하게 딸을 돌려달라고 요청했고, 승리하고 귀국하도록 아폴론 신에게 기도를 올리겠다는 약속도 했다. 그러나 예의를 갖춘 크뤼세스에게 아가멤논은 버럭 화를 내고 품위 없이 무례한 욕설을 퍼부으며 사제를 협박하고 내쫓았다. 병적인 반응으로 보인다.

적국의 사제가 요청하는 것을 순순히 받아들이는 것은 총사령관으로서 할 짓이 아니라고 생각했던 것일까? 무엇보다도 크뤼세스의 딸은 훈장과도 같은 명예의 상이며 전리품이므로 그것을 돌려주고 옆구리가 허전해진다면 치욕이라고 생각했던 것이다. 아가멤논은 무서울 게 없었다. 크뤼세스 따위는 얼마든지 무시할 수 있는 존재였고, 크뤼세스가 모신다는 아폴론조차 아가멤논은 두렵지 않았다. 아가멤논은 그만큼 '센 놈'이었다.

따지고 보면 화는 아무나 낼 수 있는 것이 아니다. 저어할 것이 없는 센 놈만이 누릴 수 있는 특권이다. 약자가 화를 내려면 상대보다 더 센 든든한 후견인이 곁에 있어야 한다. 그러지 않으면 강자가 보지 않는 곳에서 해야 한다. 특히 자기보다 약한 대상을 만나면 화풀이로는 적격이다. 크뤼세스는 아가멤논에게 무례와 모욕을 당하고도 그 앞에서는 일단 조용히 물러날 수밖에 없었다. 화가 나도 화를 낼 수 없었다. 아가멤논이 더 '센 놈'이니 그 앞에서 행여 노여움을 표했다가는 큰 화를 당할 수가 있기 때문이다. 모욕을 당한 그 순간 그 자리에서 크뤼세스가 느낀 것은 분노가 아니라 두려움이며, 분노를 표할 수 없는 무력함에 대한 좌절과 절망, 슬픔이었다.

딸을 구하지 못하고 집으로 돌아오던 크뤼세스가 두려움과 무력감에서 벗어나 울분을 토한 것은 아가멤논이 보이지 않는 곳에 이르러서였다. 그는 비로소 아폴론 신을 향해 울부짖었다. 사제에 대한 모욕은 그 사제가 섬기는 신에 대한 모욕인 것. 아폴론은 격렬하게 진노했다. 올림포스 정상에서 쿵쿵 소리를 내며 인간들의 세계로 내려와 그리스인들을 화살로 쏴 죽이기 시작했다. 분노를 폭발시킬 수 있는 것은 역시 강자의 특권이다. 아폴론 신에게 인간 따위는 아무것도 아니었다. 분노한 신의 위력 앞에서 그리스인들은 무력하게 쓰러졌다. 전쟁이 10년간이나 지속되었지만 이때

분노, 어떤 분노인가

만큼의 위기는 없었다.

아킬레우스의 분노와 절제

이때 아킬레우스가 일어섰고 대책 회의를 소집했다. 예언자 칼카스는 아가멤논이 크뤼세스를 모욕했기 때문에 아폴론이 분노한 것이라고 말해 갑작스럽게 닥친 재앙의 원인을 밝혔다. 크뤼세스의 딸을 돌려보내고 아폴론 신에게 제사를 올려야만 구원이 있다고 대책을 제시했다. 아가멤논은 또다시 분노했고, 칼카스에게 욕설을 퍼부었다. 예언자 나부랭이가 최고사령관의 전리품을 빼앗으려 하는 것이 모욕적이었고 노여웠다. 아가멤논은 권위와 자존심을 지키고 싶었다. 그 자리에 보이지 않는 신에 대한 두려움은 없었다.

곧이어 아킬레우스가 아가멤논이 계속해서 고집을 부린다면 그리스인들은 전멸할 것이라고 압박했다. 아가멤논은 휘하에 있는 아킬레우스의 도발이 몹시 거슬렸다. "좋다, 크뤼세스의 딸을 돌려주겠다. 그 대신 브리세이스를 내 곁에 두겠다." 브리세이스는 아킬레우스가 취한 전리품이며 명예의 상이었다. 아가멤논이 아킬레우스의 여자를 건드리려는 순간, 호메로스가 노래하겠다던 분노, 아킬레우스의 파괴적인 진노가 폭발할 것이다.

그때까지 작품의 흐름은 분노의 연속적인 도미노였다. 욱한 아킬레우스는 칼을 뽑아 아가멤논을 단숨에 박살 내려고 했다. 그 순간 누군가가 아킬레우스의 머리카락을 잡아당겼다. 아테나 여신이었다. 그녀는 아킬레우스의 귀에 대고 분노를 억누르라고 속삭였다. 아테나가 누구인가. 그녀는 지혜의 여신이다. 호메로스는 아킬레우스가 분노를 억누르고 절제한 것은 지혜로운 일이었음을 신화적 상상력으로 그려 낸 것이다. 분노의 조절은 오직 지혜로만 가능하다. 아킬레우스가 보여 준 절제는 '인간적인' 수준을 넘어서는 신비로운 것이었으며 지혜의 여신이 개입해야만 가능한 '신적인' 것이었다.

아마도 아킬레우스는 짧은 순간 이런 생각을 했을 것이다. '지금 칼을 뽑아 분노를 터뜨린다면 우리 내부에 큰 싸움이 일어난다. 아무리 강한 싸움꾼이라도 쟁쟁한 전사들에 둘러싸이면 무사할 수 없다. 내부의 갈등이 격렬해진다면 그리스군은 자멸하고 나는 그 책임을 져야 한다. 그러니 지금은 참고 나중을 기약하자. 지금 당한 모욕을 갚고 세 배의 영광과 명예의 상을 차지할 것이다.' 이렇게 아킬레우스는 지혜의 목소리에 복종하였고, 이성적인 판단으로 격정을 누른 것이리라. 누가 옳건 간에 어쨌든 이 상황에서는 아가멤논이 아킬레우스보다 더 센 놈이다. 따라서 아킬레우스가 그 자리에서 분노를 터뜨리는 것은 어리석은 일이다. 다시 말하지만, 분노는 센 놈의 몫이다. 앞뒤 안 가리고 터뜨리는 분노는 치기 어린 객기일 뿐 진정한 분노가 아니다. 분노가 성립하는 대전제는 바로 힘이다.

미네르바의 분노

로마의 시인 오비디우스는 『변신 이야기』에서 정반대의 일화를 보여 준다. 아라크네의 이야기다. 그녀는 여염집의 평범한 처녀였지만, 베 짜는 솜씨는 신기에 가까웠다. 그녀의 솜씨에 놀란 사람들은 그녀가 미네르바 여신의 제자라고 생각했다. 그러나 아라크네는 그 말에 기분이 나빴다. 솜씨로는 미네르바 여신보다 자신이 더 뛰어나며 여신과 붙어도 이길 수 있다고 자신만만해 했다.

미네르바 여신은 노파로 변신해서 아라크네를 찾아가 무례한 언사를 취소하고 용서를 빌라고 정중하게 요청했다. 그러나 아라크네는 노파에게 화를 냈고 미네르바 여신이 시합을 피한다고 조롱했다. 참다못한 미네르바 여신은 정체를 드러내며 진심으로 분노했다. 그래도 아라크네는 두려워하지 않았다. 비록 비천한 신분의 보잘것없는 인간이지만 실력으로는 신을 이길 수 있다고 믿었기 때문이다. 실력에 대한 자신감으로 당당할 수 있는 태도가 위험해 보이긴 하지만, 왠지 매력적이다.

마침내 둘 사이에 베 짜기 시합이 벌어졌다. 미네르바 여신은 아라크네에게 지지 않으려고 최선을 다했다. 베를 짜면서 아테네 도시를 놓고 경쟁하는 미네르바와 넵투누스를 그려넣었고, 네 귀퉁이에는 신들에게 도전하다가 벌을 받은 비참한 인간들을 그려 넣었다. '실력만 믿고 까불면 다친다.'는 아라크네의 오만함을 경고하는 뜻이 담겨 있었다. 반면 아라크네는 읍피

아킬레우스의 머리카락을 잡아당기는 아테나 여신

분노, 어떤 분노인가

페터 루벤스, 「아라크네」(1637년경)

테르를 비롯해서 신들이 인간들을 겁탈하고 고통에 빠뜨리는 장면을 새겨 넣었다. '신이라는 이유로 인간을 함부로 해도 되느냐.'는 항의의 메시지였다. 이미 아라크네의 도발에 심기가 상해 있던 미네르바는 그녀의 당돌하고 불경스러운 그림 때문에 더욱 더 격분했다. 게다가 아라크네의 솜씨가 더 뛰어난 것이 아닌가! 질투와 분노에 휩싸인 미네르바는 아라크네를 당해 낼 수가 없었다. 그녀는 아라크네가 짜던 베를 갈기갈기 찢었고 회양나무 북으로 아라크네의 이마를 세게 쳤다.

그래도 아라크네는 계속 자신만만했을까? 실력으로 밀리니 비겁하게 완력으로 짓밟으려 한다고 항의하며 분노를 터뜨렸을까? 힘으로 당해 낼 순 없었지만 비굴하게 엎드리지는 않았다. '용감하게' 고를 낸 매듭을 목에 걸고 자결을 시도했다. 굴복하지는 않았지만, 아라크네가 분노할 수는 없었다. 어쩌면 그녀의 가슴을 두려움이 엄습했을지도 모른다.

반면 여신은 분노할 수 있었고, 분노는 저주로 이어졌다. 그녀는 아라크네를 거미로 만들었다. 그 잘난 솜씨로 평생을, 자손대대로 허공에 집을 짜며 벌레를 잡아먹고 살라는 것이었다. 다시 말하지만, 분노는 강자의 몫이다. 이 사실을 오비디우스는 뼈저리게 알고 있었다. 그도 아라크네처럼 신들의 비행을 시에 담고 인간의 달콤한 사랑을 예찬하다가 아우구스투스 황제의 미움을 받고 있던 터였다. 결국 그는 로마에서 추방당하고 흑해 연안에서 쓸쓸히 생을 마감해야 했다.

미네르바는 아테나와는 정반대의 모습을 보여 주는 것 같다. 흥미로운 것은 지혜의 여신 아테나의 로마 이름이 바로 미네르바라는 사실이다. 이름은 다르지만 같은 여신을 가리키는 것이었다. 그런데 아킬레우스에게는 분노를 참으라고 했던 여신은 왜 아라크네에게는 격렬한 분노를 터뜨렸을까? 그녀의 상반된 모습을 어떻게 이해해야 할까?

하지만 그녀의 태도는 보기와는 달리 이중적이지 않고 일관성이 있다. 한마디로 분노는 강자의 몫임을 서로 다른 태도에서 일관되게 보여 준 셈이다. 아킬레우스가 그리스 연합군의 최고사령관인 아가멤논 앞에서 분노를 터뜨리며 칼부림을 감행하는 것을 아테나가 막았던 것도 분노는 강자의 몫이라는 신념에서 나온 것이다. 인간인 주제에 오만방자하게 신에게 대든 아라크네에게 미네르바가 분노를 터뜨리고 재앙을 내린 것도 역시 분노가 강자의 몫이라는 믿음에서 비롯된 행동이었다.

분노는 꿀처럼 달콤한 것

아킬레우스는 아가멤논과의 논쟁에서 물러섰다. 뽑으려던 칼을 다시 칼집으로 밀어 넣었다. 그리고 더 이상 전투에 참여하지 않겠다고 선언했다. 아킬레우스가 빠진 그리스 연합군은 트로이아 군에게 패배를 당하며 궁지에 몰렸다. 아킬레우스의 위력은 그의 부재를 통해 증명되었고, 아가멤논은 마침내 굴복할 수밖에 없었다. 그는 아킬레우스에게 빼앗았던 브리세이스를 돌려주고 수많은 보상금을 지불해야 했다. 이제 아킬레우스는 힘의 우위에 섰고 여전히 분노를 풀지 않았다. 자신을 모욕한 아가멤논과 자신이 모욕을 당할 때 수수방관했던 동료들이 더 많은 고통을 당해야 한다고 생각했다. 강한 자의 분노는 수많은 희생을 낳는 법. 아킬레우스의 분노는 그리스 동료들을 고통에 빠뜨렸고 쓰러지게 했다.

그러나 역설적이게도 아킬레우스는 자신의 분노 때문에 가장 친한 친구 파트로클로스를 잃었다. 적장 헥토르의 손에 친구가 죽은 것이다. 아가멤논에 대한 아킬레우스의 분노는 새롭게 터진 분노 때문에 사라졌고, 아킬레우스는 새로운 분노를 품고 적장을 향해 달려가기로 결심한다. 결심의 순간에 그는 이렇게 말한다.

> "부디 불화는 신들에게서도 인간들에게서도 사라져 없
> 어지기를! 그리고 노여움도! 그것은 사려 깊은 사람조차도 거
> 칠게 만들고, 그것은 또 뚝뚝 떨어져 내리는 꿀보다도 훨씬
> 더 달콤하기에 사람들의 가슴속에서 커져 갑니다, 모락모락
> 피어오르는 연기처럼."
>
> ─『일리아스』 18권, 107-110행에서

그런데 왜 노여움이 꿀처럼 달콤한가? 분노를 품으면 내
내 고통스럽지 않은가? 이 구절에 대해 아리스토텔레스는『수사
학』에서 흥미로운 해석을 내놓았다. "분노란 나나 나와 친분이
있는 사람이 적절한 이유도 없이 무례한 폭행을 당한 것처럼 명
백하게 무시를 당했을 때 생기는 감정이다." 그것은 고통스러운
감정이다.

그러나 이것이 분노를 정의하는 전부가 아니다. 부당한
모욕을 가한 사람에게 앙갚음을 해야겠다는 욕망이 있어야 하
고, 그 보복이 가능하다는 자신감이 더해져야 한다. 그때 비로
소 '그리스 로마적인' 분노는 완성된다. 복수의 순간을 상상하면
실제로 복수를 했을 때만큼이나 기분이 좋아질 것이다. 복수에
대한 확신과 상상이 분노를 꿀처럼 달콤하게 만드는 것이다.

반대로 복수의 욕망과 자신감이 없다면 분노는 전혀 달
콤하지 않고 고통스러울 뿐이다. 그래서 진정한 분노가 아니다.

분노, 어떤 분노인가

그것은 억울함이나 울분, 슬픔에 그치며, 우울함과 좌절, 절망으로 깊어지고 만다. 모욕을 가한 상대에게 보복할 수 없다는 절망과 무력감을 느낀다면 그때 가슴에 차오르는 것은 분노가 아니라 두려움이다. 정중하게 부탁하던 크뤼세스가 부당하게 거부당하고 폭력적인 협박을 당했을 때 아가멤논에게 느낀 것은 분노가 아니라 바로 두려움이었다. 그가 간신히 두려움에서 벗어났을 때 그를 찾아온 것은 분노가 아니라 슬픔이었다. 그리고 울분이 마침내 분노로 바뀐 것은 자신이 모시는 아폴론 신이 자신의 모욕을 간과하지 않고 자신을 대신해서 보복해 주리라는 믿음과 욕망이 생겼을 때였다.

분노하라, 따라서 강해져라

실력으로 자신만만하던 아라크네는 미네르바가 모습을 드러낸 후 자신이 짜던 베를 폭력적으로 찢자 화를 내지 못하고 두려움에 사로잡혔다. 그것은 바로 그녀가 여신의 강력함을 몸소 느끼고 자신의 약함을 절실하게 깨달았을 때였다. 자신이 약함에도 불구하고 상대가 강하다는 것을 알지 못하고 광기에 휩싸여 화를 내는 것은 그리스 로마인들이 생각하던 분노가 아니다. 다시 말하지만, 분노는 강자의 몫이다. 부당한 모욕을 당하는 순간에 느끼는 고통스러운 감정이지만 그것에서 끝나지 않는다. 치욕을 되갚을 복수를 완수할 수 있다는 자신감과 욕망이

솟구치며 복수의 순간을 상상하며 욕망이 채워지는 것을 느낄 때, 하염없이 달콤해지는 감정이 바로 분노다. 따라서 약자는 분노할 수 없으며, 분노하려면 강해져야 한다. 제대로 분노하는 순간, 그는 이미 강해진 것이다.

2010년 아흔두 살의 스테판 에셀은 『분노하라』라는 책을 내놓았다. 서른두 쪽에 불과한 이 작은 책자는 새삼 전 세계에 분노의 신드롬을 일으켰다. 그것은 나약한 지성인의 외침이 아니었다. 나치의 폭력 앞에 굴하지 않고 레지스탕스에 참여했던 이가 21세기를 무력하게 살며 자괴감에 빠져 나약해지는 현대인을 향해 쓴 유언과도 같은 절규였다. '분노하라.'는 그의 외침은 자본주의의 모순 구조를 지배하는 소수의 부정한 행태에 억압당하는 약자들을 향한 독려다. 무관심이나 무력감, 체념에서 벗어나 '센 놈'이 되라는 것이다. 절망과 억울함을 딛고 일어서 부당하게 고통을 준 대상에게 정의로운 보복을 할 수 있는 강하고 단단한 힘을 가지라는 뜻이다. 다시 말하지만, 분노는 강자의 몫이다.

누가 강자가 되며 어떤 자를 향하여 어떤 분노를 터뜨릴 수 있는지는 그 사회가 얼마나 건강한지를 가늠하는 지표다. 부당한 방법으로 돈과 권력을 쥐고 선량한 약자를 향해 폭력적으로 분노하는 사회는 사악한 곳이다. 부당하게 모욕을 당한 자가 힘을 길러 부당한 가해자를 향해 정당한 보복을 하는 대신, 애꿎은 약자를 찾아 분노를 전가하며 폭발하는 것이야말로 병리적인 분노조절장애일 것이다. 분노해야 할 것에 분노할 줄 알

분노, 어떤 분노인가

고, 분노할 수 있는 힘을 갖출 때 사회는 건강함을 되찾을 수 있다. 부당한 가해자들이 정당한 방식으로 대가를 치르고 정의를 회복한 건강한 사회에는 분노가 잦아들고 평온이 깃들 것이다. 아리스토텔레스는 분노와 상극의 감정이 바로 평온이라 했으니 말이다.

"분노와 상극의 감정은 평온이다."

김헌

"다지고 다져 침묵하고 있어도 표출되는,
그런 분노를 품어야 한다."

김월회

삶을 지속하기 위하여

14

김월회

'파르마콘(pharmakon)'이라는 말이 있다. 고대 그리스어로 '마법의 약'이란 뜻이다. 영어 'drug'에 약과 마약이라는 뜻이 동시에 담겨 있는 것처럼, 약이면서 동시에 독인 것을 가리킨다. 이질 치료의 치료약이자 마약인 아편 같은 물질이 그 예다. 그런데 물질에만 그런 것이 있는 건 아니다. 사람의 감정에도 그런 것이 있으니 이를테면 분노가 두드러지게 그러하다.

독이면서 약인 분노

분노는 분명 모든 지성을 집어삼켜 사람을 물불 가리지 않고 폭주하게 만든다. 그 결과 좁게는 한 개인을, 크게는 나라를 말아먹기도 한다. 게다가 분노는 신마저 폭주에 휩쓸리게 하여 문명을 송두리째 흔들어 대기도 한다.

트로이아의 문명을 파괴한 트로이아전쟁은 그것을 기록한 『일리아스』가 "분노를 노래하소서, 여신이여."란 문구로 시작된 데서 보이듯이 질투심으로 야기된 신의 분노가 도화선이 됐다. 노아의 시대, 여호와는 타락한 피조물에 대한 분노로 온 세상을 큰물로 담갔다. 고대 중국 신화에 나오는 공공이라는 신은 전욱이란 신과 다투다 패하자 분노를 삭이지 못한 채 서북쪽 하늘 기둥을 들이받아 천체의 운행을 헝클어 버리기도 했다.

여기에는 분노란 일단 휩싸이면 신일지라도 헤어나기 힘들다는 통찰이 깔려 있다. 그만큼 분노의 힘이 대단하다는 고백이다. 또한 신마저 휘어잡는 마당에 분노가 인간 세상에서 해내지 못할 일이 과연 얼마나 될지를 일러 주는 이야기이기도 하다. 전에는 꿈조차 꾸어 보지 못했던 바를, 이룰 수 없는 바람이라 포기했던 것을 분노로 인해 실현해 내기도 한다는 것이다. 달리 말해 분노를 잘 활용할 수만 있다면 그것은 '지금 이러한' 나를 '장차 바라던' 나로 비약하게 해 주는 계기이자 동력이 될 수 있다. 공자가 "발분하지 않으면 이끌어 주지 않았다."(『논어』)고 잘라 말한 까닭이다.

개인뿐 아니라 사회나 문명 차원에서도 그러하다. 동서고금의 역사가 웅변해 주듯이 분노는 개인부터 국가와 문명에 이르기까지 진보를 추동해 낸 주된 동력원 중 하나였다. 중국 역사에서 '복수의 화신'으로 꼽히는 오자서의 삶이 그 생생하고도 힘찬 증좌다. 복수는 분노를 드러내는 대표적 양태다. 그래서 복수를 잘 다뤘다는 얘기는 분노를 잘 다뤘다는 말이기도 하다. 『사기』에 기술된 그의 삶을 보면 그가 단순히 복수에 매몰된 '복수의 화신'이 아니라 복수를 잘 다룬 '복수의 달인'임을 알 수 있다. 곧 그는 분노를 잘 다룰 줄 아는 '분노의 달인'이기도 했다는 것이다.

오자서를 '역대급'으로 키운 분노

오자서의 분노는 아버지 오사의 억울한 죽음에서 싹텄다. 그의 집안은 춘추시대 초나라의 명문가였고 부친은 태자 교육을 총괄하는 부서의 장으로 있었다. 그와 형 오상도 차세대를 담당할 인재로 세간에 평판이 자자했다. 그로서는 초나라가 망가지지 않는 한 탄탄한 미래가 보장되어 있었던 셈이다. 다만 어느 나라 어느 시대든 사악한 족속이 존재하는 법, 당시 초나라에는 비무기란 간신이 '역대급'의 활약을 펼치고 있었다.

그는 태자의 부인감을 부친 평왕의 후비로 천거하면서 평왕의 심복으로 떠올랐다. 당초 평왕은 정략결혼의 일환으로 태자를 진나라 공주와 맺어 주고자 하여 비무기를 파견, 공주를 모셔 오게 했다. 이에 진나라로 간 비무기는 공주를 보고는 얼른 평왕에게 서찰을 보내 공주가 천하절색이니 군주께서 취하시라고 권했다. 손뼉은 마주쳐야 소리가 나듯이 함량 미달의 군주였던 평왕은 이를 받아들여 공주를 자기 후비로 삼았다. 비무기 뜻대로 된 것이었다. 다만 태자와의 관계가 문제였다. 훗날 태자가 보위에 올랐을 때 그가 비무기의 악행을 그냥 둘 리 없었기에 그렇다.

비무기가 마련한 대책은 태자의 폐출이었다. 그는 평왕과 태자를 이간질했고 태자를 스승 오사와 묶어 역모 죄로 무고했다. 안 그래도 태자에게 민망했던 평왕은 비무기의 모함을 받아들여 오사를 투옥하고는 그의 '잘난' 두 아들인 오상과 오자서를 소환했다. 둘 다 오면 아버지를 살려 주겠다는 조건이었다. 그러나 소환에 응하면 비무기가 부자 셋 다 죽일 것임은 너무나 빤했다. 무작정 가서 죽임을 당하면 부친의 명예 회복은 누가 한단 말인지. 그렇다고 안 가자니 자기 목숨을 아끼느라 아버지를 죽음에 이르게 했다는 세간의 평이 치욕스러웠다.

이에 형제는 역할을 분담하기로 했다. 형 오상은 소환에 응함으로써 아들들이 다 불효자는 아니었다는 명분을 취하고, 아우 오자서는 도망을 쳐 부친과 형의 억울한 죽음을 복수함으로써 가문의 명예를 되살리기로 했다. 이는 복수 성공 가능성이 자기보다는 아우가 한결 높다는 판단을 한 오상의 결정이었다. 결국 오자서는 부형의 억울한 죽음으로 인한 분노에, 불효자라는 평으로 인한 분노를 더 안은 채 조국을 떠나 타국을 전전하게 된다. 이후 그의 삶은 모진 고초의 연속이었다. 극한의 불안과 궁핍이 더해지기만 했다. 수차례의 절명 위기도 가까스로 넘겼다. 분노가 해소되기는커녕 외려 쌓여 가기만 했다.

천신만고 끝에 오나라에 도착한 오자서는 재기의 발판을 다져 갔다. 물론 순탄치 않았다. 그러나 막히면 미련 떨지 않고 물러나 다시 때를 기다렸다. 마침내 그는 오나라 왕 합려의 중신이 되는 데 성공했다. 전제라는 자객을 합려에게 연결시켜 줌으로써 그가 왕이 되는 데 크게 기여해서 가능했던 일이다. 이로써 복수를 할 수 있는 힘을 갖출 수 있게 되었다. 그러나 오자서는 다시 성공 가능성이 높은 때를 기다렸고, 초나라에서 도망나온 지 20여 년 만에 드디어 초나라 정벌에 나서 보란 듯이 초나라 도읍을 함락하였다.

　　오나라가 드디어 남방의 강자 초나라를 꺾고 춘추시대 중원의 최강자로 발돋움하는 순간이었다. 합려가 그리 염원하던 중원의 패자로 웅비하는 순간이었다. 오자서도 이미 고인이 된 평왕의 시신을 꺼내 300여 차례 채찍질함으로써 오랜 분노를 풀었다. 그러나 이는 섬기는 나라의 번영과 주군의 영광을 이룩하는 과정에서 얻은 부산물이었다. 자신의 사적 복수를, 오나라와 합려를 중원 최강자로 만드는 과업에 얹혀서 수행했다는 얘기다. 사실 오자서의 역량이라면 무고한 부친과 형을 죽인 평왕을 암살하는 것이 한층 수월하고 빨리 복수하는 길일 수도 있었다. 그러나 이는 부형의 원한을 푸는 데는 성공할지라도 자신과 가문의 명예를 회복하는 데는 별 도움이 못 됐다. 뭔가 복수 성공과 자신의 현달을 동시에 이룰 수 있는 길을 찾아야 했다.

　　그것이 섬기는 나라의 번영이란 공적 업적을 일궈내면서 그것의 부산물로 사적 원한을 해소하는 길이었다. 그러기 위

　　　　　　　　　　　　　　　　　　　분노, 어떤 분노인가

해서는 강대국과 맞설 힘이 필요했고 이를 실현하기 위해서는 자신이 더욱 강해져 크게 중용될 필요가 있었다. 어느 하나 결코 쉽게 이룰 수 있는 과업이 아니었다. 오자서는 각고의 노력을 통해 그 둘 다를 이루었던 것이다.

> 사무친 원한이 사람에게 끼치는 영향은 참으로 크다. (……) 그는 작은 도의를 버리고 큰 치욕을 갚아 명성이 후세에까지 전해졌다. (……) 모진 고초를 참고 견디어 공명을 이룰 수 있었으니, 강인한 대장부가 아니면 어느 누가 이런 일을 이룰 수 있겠는가?
>
> **——『사기』, 「오자서열전」에서**

『사기』를 완성한 사마천의 오자서 총평이다. 천신만고가 그를 가로막았지만 사무친 원한은 갈수록 그를 강하게 만들었다는 얘기다. 그렇게 20여 년 동안 단련된 결과, 그는 섬기는 나라를 중원 최강으로 등극시키는 공명을 이루었다. 가슴 가득히 극한의 분노를 품었지만 그것에 휘둘리지 않았기에 가능했다는 증언이다. 이렇게 복수를 수행하는 과정에서 오자서 자신도 일개 국가에서 통할 수 있는 '흔한' 인재가 아닌, 전 중원을 호령할 수 있는 '드문' 인재로 거듭났다. 통제된 분노의 힘은 이처럼 사람이 '역대급'으로 성장하는 데 마르지 않는 원천일 수 있었다.

'분노의 달인' 오자서

그런데 시련이란 것이 원래 그러해서인지 단련된 이라 하여 넘어가지 않고 쉼 없이 쪼아 댔다. 부친과 형의 무고한 죽음으로 촉발된 분노, 그로 야기된 고된 인생 역정에서 축적된 분노가 해소되자 또 다른 분노가 야기됐다. 합려에 이어 왕좌에 오른 부차와 불화에 놓이게 되었고 결국 억울한 종말이 예견됨으로써 초래된 분노가 그것이었다.

초나라를 평정하여 중원의 패자가 된 합려는 오나라의 오랜 숙적 월나라를 마저 침으로써 명실상부한 중원 최강자가 되고자 하였다. 그는 정예를 앞세워 월나라로 짓쳐 들어갔다. 당시 월은 구천이라는 군주가 다스리고 있었다. 그는 정상적 방법으로는 오나라 강군을 물리칠 수 없다고 여겨 극단의 방법을 썼다. 군영 앞에 죄수를 도열시키고는 "목숨으로 월나라의 은혜를 갚겠다."고 외치면서 목을 그어 자결케 했다. 오나라 군대는 석 줄로 선 죄수들이 순차적으로 비명을 내지르며 고꾸라지는 풍경에 눈길을 뺏겼고 이를 틈탄 월군의 우회 기습에 크게 무너졌다. 이 과정에서 합려는 발에 화살을 맞았고 그것이 덧나 아들 부차에게 복수를 당부하고는 숨을 거뒀다.

나름 유명한 '와신상담' 고사의 서두다. 오왕 부차는 절치부심하며 복수를 준비한 데 반해 월왕 구천은 자만심에 빠졌다. 당시 최강이었던 합려의 군대를 깨뜨렸으니 그러할 만도 했다. 대신 월나라엔 범려라는 현명한 신하가 있었다. 그는 닥쳐올 전쟁에서의 패배를 예감하고는 그 다음을 위해 미리 손을 써 두었다. 급기야 수년 동안 모질게 복수를 벼르던 부차는 월을 쳤고 범려의 예견대로 월은 대패했다. 그제야 정신 차린 구천은 범려에게 살길을 구했고, 범려의 계책대로 자신과 대신들의 처첩을 모두 바치며 부차의 충실한 종이 되겠다며 맨땅을 기었다.

이때 범려에게 매수된 오의 중신들이 나섰다. 그들은 부차에게 부친의 원수를 이미 갚은 셈이니 구천을 살려 줘 천하의 인심을 얻으라고 간했다. 결국 부차는 구천을 살려 줬고 교만에 젖어든 그는 구천을 더는 경계하지 않았다. 다만 한 사람, 구천을 죽여야 한다고 줄곧 주장했던 오자서만이 구천에 대한 경계를 풀지 않고 있었다. 그러자 범려는 매수한 오의 중신을 통해 부차의 탐욕을 부추겼고 이를 경계하는 오자서를 끈질기게 헐뜯게 하였다.

오자서로서는 또다시 겪게 된 권력으로부터의 모략이었다. 훗날 비슷한 처지에 빠졌던 굴원은 이를 두고 "세상 사람들이 모두 혼탁한데 나만 홀로 맑고, 뭇 사람들이 취해 있는데 나만 홀로 깨어 있다."(「어부사」)고 탄식했다. 군주의 탐욕으로 빚어진 세상과의 불화이자 내가 올바르기에 야기된 분노였다. 그렇다고 굴원처럼 분노로 인해 안색이 초췌해지고 생기가 메말라 가지는 않았다. 세상은 본래 곧고 바른 이를 싫어하는 이들로 우거지는 법, 하여 무도한 자들이 권력을 잡아 옳은 이들이 늘 다치기 마련이라는 『춘추좌전』의 통찰을 이미 꿰차고 있는 듯했다.

그는 닥쳐올 비극을 대비했다. 지난 시절, 부형의 억울한 죽음으로 야기된 분노를 국가의 부강함 구현, 그러니까 공적 이익의 실현이란 경로를 통해 해소했다면 이번에는 사적 차원에서 분노를 해소코자 했다. 그 핵심은 분노의 대물림을 막는 것이었다. 분명 부차와 간신 무리는 무고한 자신을 죽일 것이고 그러면 자식은 아비의 복수를 위해 분노에 찬 삶을 살게 될 것이다. 부형의 무고한 죽음으로 자기 의도와 무관하게 분노에 휘말렸던 삶을 자식도 반복하게 할 수는 없었다. 그는 제나라에 사신으로 가는 길에 아들을 몰래 데려가 제의 명문가 포 씨 집안에 양자로 들였다.

당시 관념으로는 양자로 들어가면 생부에 대한 윤리적 의무보다는 양부에 대한 그것을 앞세워야 했다. 그리고 양부의 뜻에 거슬러 목숨을 함부로 위기에 빠뜨려서는 안 됐다. 곧 다른 집안의 양자가 됨으로써 생부의 억울한 죽음에 엮이지 않게 할 수 있었다. 당연히 이는 목숨을 건 도박이었다. 정적들이 이를 알게 되면 오자서가 제나라 간첩으로 몰릴 것이 빤했다. 그런데 우려가 현실이 됐다. 오자서를 제거하려 애쓴 간신들이 그의 일거수일투족을 감시하여 부차에게 보고했기 때문이다. 부차는 귀국한 오자서에게 비수 한 자루를 내렸다. 자결하라는 뜻이었다.

순간 그는 격한 분노를 드러냈다. 추측컨대 자신의 유언을 널리 퍼뜨리게 할 심산이었던 듯싶다. 그는 자신이 죽으면 두 눈을 오나라 도성 동문에 걸어 놓고 무덤에는 가래나무를 심으라고 유언했다. 나무가 부차의 관을 만들 수 있을 정도로 자랐을 즈음 동문에 걸린 두 눈으로 오나라 도성으로 짓쳐드는 월나라 군대를 볼 것이라며 자결했다. 이 말을 들은 부차는 분노에 떨며 오자서의 시신을 자루에 넣어 강물에 던지라고 했다. 시간은 그렇게 흘렀고 역사는 과연 오자서의 예견대로 전개됐다. 세상 사람들은 비로소 오자서가 옳았고 부차와 간신배들이 틀렸음을 확인했다.

이로써 오자서는 역사라는 무대에서 최종 승자가 됐다. 그는 충성스럽고 지혜로운 자의 표상으로 거듭 기려졌고 부차는 우둔한 군주의 대표적 예로 운위됐다. 따라서 그의 억울한 죽음을 후손이 나서서 보복할 이유가 없었다. 그가 자신을 역사 무대에서 길이 기념되게 하는 방식으로 자신의 분노를 해소했기 때문이다. 분노의 달인답게 살아생전에는 자신을 '전국구급' 인재로 견인해 내고, 죽어서는 '역대급'으로 격상시키는 원천으로 분노를 잘 다뤘던 셈이다.

어두운 시대를 '살아 내게' 해 주는 분노

연령대마다 곱씹어 볼 물음이 따로 있는 듯하다. '사십 불혹'이니 '오십 지천명'이니 하며 공자가 연령대마다 성취해 봄 직한 경지를 제시했듯이 말이다. 이를테면 살아온 날들보다는 살날이 적어진, 정신과 신체의 역량이 청년 시절보다 사뭇 쇠해진 중장년 즈음에는 이러한 질문을 곱씹을 만한 듯싶다. '삶이 그대를 속여도, 노쇠가 그대를 버겁게 해도, 돈과 권력이 그대를

못 본 체해도 그대의 삶을 지속케 하는 동력은?'

　　　분노는 분명 그러한 동력 가운데 하나다. 모든 분노가 다 그렇다는 뜻은 아니다. 불의에 대한 비분(悲憤)이 아닌 사적 분노는 그저 개인과 사회, 문명을 파멸로 이끌 따름이다. 공적 분노가 아닌 사적 원한은 괜찮았던 삶을 파탄으로 끌고 간다. 오로지 "주나라 무왕이 한 번 분노하자 천하 인민이 평안케"(『맹자』) 되는 그러한 분노, 오자서가 만년에 이르러서도 자기 삶을 격상시키는 데 동력이 됐던 그러한 분노여야 한다. 주희가 말한, 선한 목표를 마음으로 성취하고자 하지만 얻지 못하여 발하게 되는 분노만 이에 해당된다. 그것이라면 족히 삶을 지속케 하는 동력이 될 수 있다.

　　　그러한 분노를 품으면 밥 먹는 것도 잊고 발분할 수 있게 된다. 정신을 돋우고 세태의 잘잘못을 살피며 의로움으로 무리를 이루며 공적 분노를 드러낼 줄도 알게 된다. 나라에 도가 없다고 하여 같이 혼탁해지는 대신 기꺼이 물러나 글을 쓰며 미래를 준비하기도 한다. 선조들은 이를 두고 차례대로 "발분망식(發憤忘食)", "흥관군원(興觀群怨)", "발분저서(發憤著書)"라고 칭했다. 물론 이는 귀족들, 조선시대로 치자면 양반들에게만 요구됐던 덕목이었다. 그런데 이 대목에서 유념해야 할 바가 있다. 근대 문명에서 바로 그러한 귀족의 덕목이 부르주아, 곧 시민 계층의 교양으로 확산됐다는 사실이다. 달리 말해 그러한 덕목은 민주주의 사회의 시민이라면 응당 갖춰야 할 소양의 일부라는 점이다.

　　　사마천은 "오자서가 아버지 오사를 따라 같이 죽었다면

　　　　　　　分노, 어떤 분노인가

하찮은 땅강아지나 개미와 무엇이 달랐겠는가?"라며 반문했다. 그로부터 2000여 년 후 노신은 쏟아내자마자 휘발되고 마는 옅은 분노가 아니라 다지고 다져 침묵하고 있어도 표출되는 분노를 품어야 한다고 했다. 그래야 '인간인 듯 인간 아닌 이들의 세상'을 살아 낼 수 있다고 단언했다. '하찮은 땅강아지나 개미', 그러니까 요새 식으로 치자면 '개돼지' 같은 삶이 아니라 사람다운 삶을 살아낼 수 있다는 일갈이었던 것이다.

공동체,

만들어 가야 할 '우리'

공적 합의를
끌어내는 힘

15

김헌

남북이 으르렁거리고 싸우는 역사가 분단 이후 지금까지 지속되고 있다. "꿈에도 소원은 통일"이라는 노래가 있을 정도로 우리 민족에게 분단은 벗어나고 싶은 고통이며, 전쟁으로 폭발하여 삶의 터전을 순식간에 폐허로 만들 수 있는 잠재된 참극의 씨앗이다. 주변 강대국들의 이해관계가 복잡하게 얽히면서 한반도의 분단은 별로 극복될 기미를 보이지 않는다. 그래서 분단은 치유되고 극복되어야 할 대상이라기보다 견뎌내야 할 불치의 고질병처럼 보인다. 문제도 해답도 분명한데 그 둘을 연결할 문제 풀이가 보이지 않기 때문이다. 이 고통스러운 숙제를 푸는 인물이 나온다면 그는 우리 역사의 최고 영웅이 될 것이다. 이런 상황을 바라보면서 한 인물을 소개하고자 한다.

고대 그리스의 아테네에 살던 이소크라테스(BC 436~338)

공동체, 만들어 가야 할 '우리'

라는 사람이다. 본격적으로 소개하기 전에 이소크라테스를 만나게 된 이야기를 짤막하게 덧붙일까 한다. 대학 입학 후 강의를 듣는 내내 나의 관심을 끄는 것은 '철학'이었다. 어느 강의를 들어도 그 과목의 밑바탕을 더듬는 대목에 가서는 꼭 철학이 문제가 되었다. 모든 이론은 철학적인 물음에 대한 답변을 찾는 데서 비롯된 것이라는 인상을 지울 수가 없었다. 고등학교 시절, 막연히 철학과에 진학하고 싶어 했으나 주변의 만류로 찢어 버렸던 꿈이 새롭게, 간절하게 되살아났다. 철학을 부전공으로 신청했고 대학원에 입학했다.

여러 분야와 시대의 철학들을 접하고 난 후 나름대로 결론을 내렸다. 철학은 '왜?'라는 질문을 던지며 그 답을 찾아가는 치열한 탐구라는 것. 다양한 현상들을 일으키는 가장 근본적인 힘, 제1의 원인과 이유를 찾는 지적인 열정, 그것이 바로 철학이다! 이런 정의는 고대 그리스의 소크라테스와 플라톤, 아리스토텔레스에게서 비롯되었다. 더 정확하게 말하자면 그들을 중심으로 기술된 철학사에서 내릴 수 있는 결론이었다. 나는 열심히 그들의 책을 읽었고 플라톤으로 석사 논문을 썼으며 아리스토텔레스로 박사 학위를 받았다.

'말의 교육'이 곧 철학이다

플라톤과 아리스토텔레스를 공부했으니 그리스 철학사

의 전모를 그릴 수 있으리라고 생각하게 되었을 즈음 불현듯 이소크라테스가 눈에 띄었다. 그는 바로 위에서 언급한 세 명의 철학자들과 같은 시대를 살았다. 소크라테스보다 서른 살이 어리지만 플라톤보다는 여덟 살을 더 먹었으며, 아리스토텔레스보다는 쉰두 살이나 나이가 많다. 아흔여덟 살 나이로 세상을 떠날 때까지 학생들을 가르치고 글을 쓰는 데 게으름이 없었던 열정의 사나이였다. "나는 평생 철학에 몸을 바쳤다." 그는 자신이 실천한 일생의 작업을 '철학(philosophy)'이라고 했다. 이소크라테스도 나름 철학자인 것이다. 더군다나 당대에는 이소크라테스가 플라톤보다 더 인기 있었고, 플라톤의 아카데미아보다는 이소크라테스의 학교에 들어가기를 원하는 사람들이 더 많았다. 아리스토텔레스가 아테네로 공부하러 왔을 때에도 그는 플라톤의 아카데미아보다 이소크라테스의 학교를 더 먼저 선택했다는 이야기도 있다. 그만큼 이소크라테스는 비중 있는 교사였고 그의 학교는 문전성시를 이루었다.

그런데 왜 나는 그때까지 그의 이름을 '서양 철학사'에서 보지 못했을까? 지금 나는 이소크라테스의 작품을 모두 번역하겠다고 마음먹을 정도로 그에게 몰두하고 있다. 내가 서양 고대 철학사를 쓴다면 소크라테스와 플라톤, 그리고 아리스토텔레스와 함께 이소크라테스의 이름을 반드시 넣을 것이며 또 비중 있게 다룰 것이다. 나는 지금까지의 고대 그리스 철학사가 이소크라테스를 도외시하였기 때문에 편향적으로 편집되었다고 확신하기 때문이다. 소크라테스의 제자들 가운데 가장 유명한

공동체, 만들어 가야 할 '우리'

사람이 플라톤이고, 플라톤의 수제자로 꼽히는 이가 아리스토텔레스인데, 이들의 라인업이 서양 철학사의 주류를 형성했다. "서양 철학사는 플라톤에 대한 각주에 불과하다."는 말이 있을 정도다. 그들의 개념과 틀에 맞지 않는 사람들과 사상들은 철학의 영역 바깥으로 밀려났고 철학사에서 잊혔다.

소크라테스의 가르침을 계승한 것은 플라톤만이 아니었다. 그 밖에도 여러 학파들이 있었지만 오직 플라톤만이 철학의 정통으로 평가되면서 다른 계승자들은 소크라테스의 '작은 학파'들로 폄하되었다. 그러니 소크라테스의 '주전 라인업'에서 벗어난 이소크라테스는 아예 '후보 명단'에서도 찾아보기 힘들게 된 것이다. 역사는 강자의 것이라는 말이 있다. 사실을 그대로 기록하고 기억하는 것이 역사가 아니라, 싸움에서 승리를 거둔 강자 중심으로 편집된 이야기가 역사라는 뜻이다. 따라서 경쟁에서 패한 자는 역사에서 폄하되거나 완전히 망각된다. 이소크라테스가 딱 그런 경우다.

앞서 말했듯이, 당대 이소크라테스의 학교는 플라톤의 아카데미아보다 인기가 훨씬 더 높은 명문이었다. 그러나 그런 사실은 아무 소용이 없다. 최종 승자가 플라톤이 된 순간, 그런 사실은 서양 철학사에서 말끔히 잊혔다. 서양 철학사가 플라톤을 중심으로 선택하는 순간, 이소크라테스는 점점 가장자리로 밀려났고 마침내 울타리 바깥으로 완전히 쫓겨났기 때문이다. 서양의 지성사는 '철학'이 아니라 '수사학'의 영역에 이소크라테스의 자리를 따로 마련하였다. 수사학(rhetoric)은 진실과 진리

플라톤과 아리스토텔레스

보다는 연설가(rhetor)의 설득을 추구하는 학문으로 규정되고는
하는데, 이소크라테스가 말(logos)에 각별한 애착을 보였기 때문
에 그런 것 같다. (사실 수사학이라는 말을 만들어 당대 소피스
트와 함께 이소크라테스를 그곳으로 밀어낸 장본인이 바로 플
라톤이다!)

　　그러나 이소크라테스가 당대 여느 소피스트처럼 사람
들을 현혹하고 말싸움에서 승리를 거둘 수 있는 기묘한 '말솜씨'

공동체, 만들어 가야 할 '우리'

를 가르친 것은 아니었다. 그는 전혀 다른 수사학을 추구했고 다른 의미의 철학을 실천했다. 그에 따르면, "말은 영혼의 영상이다." 영혼 속에 담긴 생각을 다른 사람들이 이해할 수 있도록 드러내는 그림과 같다. 그래서 영혼에 깃든 생각과 그 생각이 몸소 실현되는 삶 자체를 보여 주지 못한다면 그것은 진정한 '말'이 아니다. 말이 말이려면 영혼을 오롯이 드러내야 한다. 따라서 좋은 말솜씨는 단순히 말을 그럴싸하게 꾸며내는 기술이 아니라 정직하고 훌륭한 말을 할 수 있도록 '영혼을 돌보는 일'이다. 이소크라테스는 좋은 생각을 하고 바른 품성을 갖추며 아름다운 삶의 태도를 취한 뒤, 그 모두를 말로 드러내는 방법을 가르치려고 했다. 그래서 그는 '말(λόγος)의 교육(παιδεία)'이 곧 '철학(φιλοσοφία)'이라고 했다.

　　이소크라테스에게 수사학은(그는 직접 '수사학'이라는 말을 단 한 번도 한 적은 없지만) 철학과 다르지 않았다. 그것은 급변하는 현상의 밑바탕에 깔려 있는 보편적인 원리나 진리를 찾겠다는 플라톤이나 아리스토텔레스가 추구하는 '철학'과는 다른 개념의 철학이었다. 플라톤과 아리스토텔레스에게 말(logos)은 참된 지식과 진리를 추구하기 위한 논리적인 도구였지만, 이소크라테스에게 말은 정치적인 것이었다. 그는 개인적인 차원에서 주고받는 말이 아니라 정치 공동체인 '도시국가(polis)'의 공적인 사안들을 다루는 '정치적인 말(logos politikos)'에 몰두했다. 그가 추구하던 말의 교육은 급변하는 정치 현실에서 공동선을 극대화시킬 수 있는 의견(doxa)을 구성하고 설득력 있게 표현하여 다른 사람들과 소통하며 공적인 합의를 끌어낼 수 있는 현명한 사람을 키우는 일이었다. 바로 그런 교육이 이소크라테스가 추구하는 철학이었다.

그러나 플라톤은 이소크라테스를 비판했다. 참된 지식과 진리가 아니라 의견을 추구하는 일은 철학이 추구하는 바가 아니라는 것이었다. 이소크라테스는 반박했다. 추상적이고 관념적인 논증이나 보편적인 원리를 찾는 개념화 작업이 철학일 수는 없으며, 오히려 시민들의 삶을 위한 지혜와 공공의 위기를 돌파해 나갈 수 있는 정치적인 현명함이 철학이 추구할 바라고 주장했다. 플라톤이 추구하는 절대적인 진리, 보편적인 가치, 불변하는 이데아 따위는 없으며, 허상이거나 허망한 관념이라고 비판했다.

알렉산드로스 대왕을 움직인 통 큰 정치 구상

기원전 380년, 이소크라테스는 그리스인들이 함께 모인 올림피아 축제에서 기념비적인 글을 발표했다. 당시 그리스에서는 스파르타와 아테네가 대립하고 있었다. 양쪽은 이미 27년 동안 지속된 펠로폰네소스전쟁에서 격돌한 바 있었다. 스파르타가 전쟁에서 승리를 거두었고 그리스 전체에 대한 패권을 쥐고 있었지만 안정적이지는 못했다. 패전국 아테네는 재기를 노리고 있었고, 다른 도시국가들과 함께 스파르타를 견제했다. 내분과 갈

공동체, 만들어 가야 할 '우리'

등이 고조되는 상황에서 크고 작은 전투와 전쟁이 쉴 새 없이 터졌다. 스파르타는 난국을 타개하기 위해 외세에 의존했다. 지난 세기에 대규모 군대를 이끌고 그리스를 침략했던 페르시아 제국에 손을 내밀었고, 페르시아는 그 손을 잡아 주었다. 그 대가로 스파르타는 소아시아 지역의 그리스 도시국가를 페르시아에게 넘겨주어야 했다. 그리스 내부의 패권을 유지하기 위해 동족을 외세에 넘겨주었으니, 비겁하고 이기적인 결탁이 아닐 수 없었다.

이소크라테스는 그리스가 위기를 극복하기를 갈망했다. 그가 내놓은 정치적인 의견은 다음과 같았다. "이제 이방인들(=페르시아인들)을 상대로는 전쟁을 하되, 우리 자신은 한마음 한뜻이 될 것을 제안합니다." 이 연설문은 그리스 산문의 걸작 중 하나로 꼽히는 「시민대축전에 부쳐(πανηγυρικός)」다. 그는 말의 힘과 인간의 합리성을 믿었다. 말, 곧 로고스(λόγος)는 흩어진 대중을 하나로 모으고, 서로 불신하며 싸우는 그리스 도시국가들을 화합의 공동체로 통합할 수 있다고 믿었다.

이소크라테스의 정치적인 신념은 '범(汎)그리스주의(Panhellenism)'라고 불린다. 그것은 자치적인 폴리스 중심의 정치 구조를 대체하고 통합된 그리스를 그려내려는 통 큰 정치적 구상이었다. (학자들 사이에는 이소크라테스가 그리스 '제국'을 본격적으로 구상한 것인지, 아니면 자치적인 도시국가들의 연합이나 동맹만을 주장한 것인지에 관한 논쟁이 있다.)

그리스가 내부적인 갈등으로 진통을 겪고 있으니 그리스

통합은 전체의 이익을 위해 해볼 만한 주장이다. 특이한 것은 한마음 한뜻으로 힘을 모아서 페르시아를 치자고 주장했다는 것이다. 그의 주장이 얼마나 충격적인 것인지를 헤아리기 위해, 무리가 있기는 하지만 이런 비교를 해보자. 어떤 지식인이 나와서 남과 북이 서로 싸우지 말고 서로 돕고 살면서 평화로운 한반도를 이루자고 주장하면, 그건 그런대로 수긍할 만하다. 그러나 통일된 힘을 모아 우리를 괴롭혔던 일본을 치자고 주장하거나, 우리 일에 끊임없이 간섭하는 중국이나 미국을 공격하자고 하면 공감할 수 있는 사람이 몇이나 될까?

이소크라테스는 그 비슷한 주장을 한 것처럼 보인다. 그리스가 한마음 한뜻이 되어 페르시아를 치자고 하니 말이다. 그는 페르시아에 대한 군사적 원정이야말로 그리스의 수많은 도시국가들을 하나로 묶을 수 있는 구심점이 될 수 있다고 생각한 것 같다. 이소크라테스는 곧이어 그리스 통합과 이방 원정을 이끌 주체 문제로 넘어가 그것은 단연 아테네여야 한다고 주장했다. 스파르타의 영향력을 존중한다면 적어도 아테네와 스파르타가 통합의 주도권을 함께 행사하는 것이 바람직하다고 역설했다. 현실적으로 스파르타의 힘이 더 크지만 리더십은 아테네가 으뜸이라고 자부했다. 그러나 아테네도 스파르타도 그의 주장을 실현할 줄 몰랐다. 그리스의 갈등은 계속되었고 해법은 보이지 않았다.

그러나 이소크라테스는 포기하지 않았다. 자신의 이념을 다듬어 나가면서 시대를 단단하게 견뎌냈다. 그리고 아테네

공동체, 만들어 가야 할 '우리'

에서 시선을 돌려 다른 도시국가들을 샅샅이 둘러보았다. 자신의 정치적 이상을 실현해 줄 탁월한 지도자가 있는지 이리저리 물색하였고, 이 사람이다 싶으면 자신의 정견을 담은 연설문과 편지를 보냈다. 불행하게도(?) 그는 단 한 번도 속 시원한 답장을 받지 못했다. 그러나 죽기 직전에 이소크라테스는 마침내 자신의 이상을 실현해 줄 인물을 발견했다. 그는 바로 마케도니아의 필립포스 왕이었다. 그는 군사적인 전략의 천재였고 외교적 수완이 뛰어났으며, 그의 가슴은 군사적인 야심으로 충만했다. 이소크라테스는 「시민대축전에 부쳐」에서 보여 준 정치적 이념을 필립포스가 실현해 주리라고 믿었다.

아닌 게 아니라 필립포스는 마치 이소크라테스의 정치적인 조언을 받으면서 행동이라도 하듯이 '범그리스주의'를 실현해 나갔다. 그러나 필립포스의 방법은 이소크라테스가 기대했던 것과 같지 않았다. 그는 그리스 도시국가들 사이의 합리적인 타협과 상호 이해를 통해서가 아니라 군사적 무력 행동으로 그리스 도시국가들을 정복해 나갔기 때문이다. 이소크라테스의 조국 아테네의 군대도 그의 손에 박살이 났다. 어쨌든 필립포스는 이소크라테스가 그려 준 그림처럼 그리스를 통합하고 페르시아를 향한 군사적인 원정을 준비하였다. 하지만 필립포스가 그리스 통합과 페르시아 정복을 완수하는 것을 보지 못한 채 이소크라테스는 아흔여덟 살의 나이로 세상을 떠났다. 그리고 2년 후, 필립포스가 암살을 당하면서 제국 정복의 꿈을 이루지 못했다.

그렇다고 두 사람의 꿈이 물거품이 된 것은 아니었다. 필립포스의 아들 알렉산드로스가 그 둘의 꿈을 따라 그리스를 통합하고 에게해를 건너가 거대한 페르시아 제국을 정복한 후, 인도 서부까지 진격했기 때문이다. 플라톤은 아테네나 스파르타와 같은 적정 규모의 폴리스를 이상적인 국가로 생각했고, 그리스의 통합이나 제국 형성을 꿈꾸는 대신 잘 짜여진 도시국가들의 평화적 공존을 꿈꾸었던 것 같다. 그러기 위해서는 철학자가 왕이 되어 다스리면 멋질 것이라는 의견을 『국가』에 제시했다. 그의 주장도 나름대로 당대 그리스의 혼란과 갈등을 극복하려는 하나의 정치적 대안이었을 것이다. 그러나 그의 이상을 실현할 군주는 세상에 존재하지 않았다.

반면 그와 평생 경쟁한 또 다른 철학자 이소크라테스는 그리스의 폴리스 체제를 통합하고 페르시아 제국에 맞설 정치적인 방안을 적극적으로 구상했다. 딱 맞는 것은 아니지만, 그의 정치적, 철학적 이념은 알렉산드로스 대왕을 통해 상당 부분 구현되었다. (아주 짤막하지만 이소크라테스가 어린 알렉산드로스 왕자에게 편지를 보낸 적도 있다.) 이런 사실만으로도 이소크라테스는 우리의 관심을 끌기에 충분하다.

현실에 휩쓸리지도 안주하지도 않고, 관념적이고 추상적인 논쟁에만 집착하지 않으면서, 같은 시대를 함께 사는 시민들의 정치적인 문제를 열정적으로 고민하면서 공동체의 이익을 극대화시키려 한 이소크라테스의 노력은 '철학'이라는 이름으로 재고되어야 한다. 이 글은 이소크라테스를 발견하고 서양 고대

공동체, 만들어 가야 할 '우리'

철학사를 새롭게 편집하려는 나의 학문적 여정에 의미 있는 한 걸음이 될 것이다.

"공공의 위기를 돌파해 나갈 수 있는
정치적인 현명함이 철학이 추구할 바다."

김헌

"아주 오래되고 오래된 '우리'는
그렇게 현재화되고 있고 미래로 나아가고 있다."

김월회

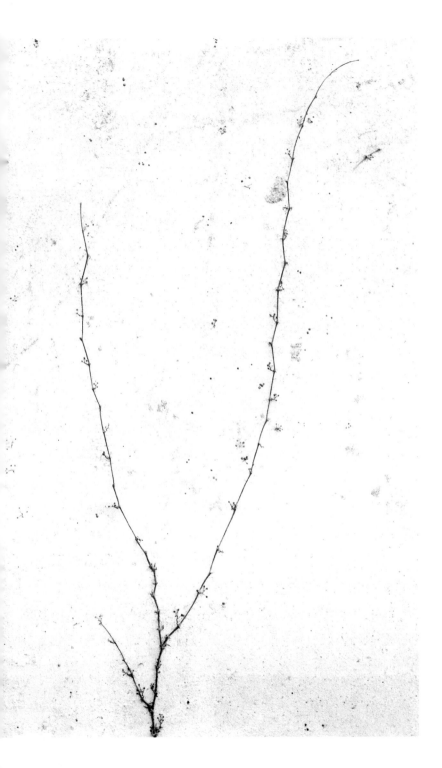

상상 공동체를
현실화하는 힘

16

김월회

안회는 한때 3000명을 웃돌았다는 학생 가운데 공자가 가장 아끼던 제자였다. 그가 요절했을 때 공자는 하늘이 자기를 버렸다며 극한의 슬픔을 거칠게 드러냈을 정도였다. 그런데 그러한 제자에 대해서도 공자는 어질다는 평가를 후하게 내리진 않았다. "안회는 그 마음이 세 달 동안은 어짊에서 벗어나지 않는다."(『논어』)는 언급 정도였다. 물론 다른 제자들더러는 기껏해야 하루나 한 달에 한 번 정도 어짊을 구현할 수 있다고 했으니 이는 대단한 칭찬일 수도 있다. 문제는 공자가 안회보다 더 높이 평가했던 인물이 있었다는 사실이다. 관중과 포숙아의 참된 사귐이란 뜻의 '관포지교' 고사로 유명한 관중이 바로 그다.

관중에 대한 공자의 상반된 평가

　　관중은 훗날 법가로 분류된 인물이었다. 그가 왕도 정치가 아닌 패도 정치를 행했기 때문이다. 그러니까 덕이나 예의 같은 도덕적 역량이 아니라 제도화된 법과 힘으로 나라를 다스려 부국강병이란 세속적 목표를 효율적으로 달성한 정치가였다. 다만 그가 제나라 환공을 도와 정사를 펼쳤던 때에는 아직 법가가 사상의 하나로 정립되지 않았던 시절이었다. 그럼에도 공자는 관중이 행한 정치의 근본 문제점을 파악, 정령(政令)과 법률로 다스리면 백성은 부끄러워할 줄 모르며 그저 법망만 피해 다닐 뿐이라고 비판하였다.

　　그 결과 법가는 대대로 유가의 주된 비난 대상이 되었다. 공자의 학설에 법가의 장점을 적극 접목하고자 했던 순자조차 유가를 신봉하는 고을에서는 대여섯 살 어린아이들조차 환공과 관중을 부끄럽게 여길 줄 안다며 법가를 비판했다. 한번은 공자가 직설적으로 "관중이란 그릇은 작다.(管仲之器小)"(『논어』)고 혹평하기까지 했다. "군자불기(君子不器)", 곧 군자는 무릇 한 가지 용도로만 쓰이는 그릇이 되어서는 안 됨에도 관중은 그릇이 되었고, 그나마도 용량이 작은 그릇에 그쳤다고 했으니 꽤 신랄한 질책이었다.

　　그런데 어찌 된 연유인지 『논어』의 다른 곳에서 공자는 관중을 정반대로 평가하였다. 그저 호감을 표하는 정도가 아니라 "그 어짊이여, 그 어짊이여!" 하며 그를 인자라고 상찬했다. 너무나 극과 극의 평가인지라 제자들이 술렁댔음은 당연했을 터, 이에 능숙한 언변으로 이름났던 자공이 나섰다. 그는 공자에게 관중의 의롭지 못한 행적을 거론하며 그를 인자로 볼 수는 없지 않겠냐며 반문했다. 관중이 재상으로 재직할 때 호화로운 저택을 세 곳에 마련하는 등 사치를 부렸고, 대부급임에도 제후급에게만 허락된 의례와 물품을 거리낌 없이 사용하는 결례를 범했음이 그 근거였다. 한마디로 부패하고 몰염치했다는 뜻이었다.

그러자 공자는 "관중이 아니었다면 우리는 지금 오랑캐의 풍습을 따르고 있을 것이다."라며 자공의 반론을 일축했다. 관중에게는 이른바 '오랑캐', 곧 이민족의 침탈로부터 중원을 방어한 공적이 있으니 그더러 어질다고 해도 아무런 문제가 없다는 논리였다. 여기에 제나라 환공을 잘 보필하여 천하에 화평이 깃들게 한 공을 더한다면, 달리 말해 저마다 국세 신장을 위해 일삼았던 무력 분쟁을 잦아들게 했으니 어질다는 상찬은 과하지 않다는 것이 공자의 판단이었다.

결국 공자는 이렇게 사유했던 셈이다. 어짊 여부의 판단은 도덕적 차원과 정치적 차원에서 내릴 수 있다. 곧 안회에 대한 다소 인색한 평가와 관중에 대한 '작은 그릇'이란 혹평은 도덕적 차원에서 말미암은 것이고, 중원의 혼란과 오랑캐의 외침을 막았다며 관중을 한껏 추켜세운 것은 정치적 차원에서 말미암은 평가였다. 공자에게는 사람의 도덕적 완성만큼이나 중원의 정치적 안정도 중요했음이다. 다시 말해 개인 차원에선 도덕적 훌륭함이 어짊의 실상이라면 중원, 곧 '중원 공동체' 차원에

공동체, 만들어 가야 할 '우리'

선 화평이 깃들고 전통문화가 잘 구현된 상태가 바로 어짊의 구체적 실질이었다. 개인 차원에서 아무리 도덕적 성취가 빼어나다고 해도 시대가 혼란하거나 국가 폭력 등에 신음하고 있으면 그러한 개인적 성취가 무력해짐은 역사의 증언이기에 그렇다.

공자가 말한 '우리'는 누구인가?

그렇다면 중원 공동체의 구성원들은 누구였을까? 앞서 소개한 공자의 관중 평을 보면 그는 '우리'라는 말로 중원 공동체가 존재함을 분명하게 환기하였다. 앞서 언급했던 구절을 좀 더 길게 보도록 하자.

> 공자가 말했다. "관중은 환공의 재상이 되어서 그를 제후들의 패자가 되게 하였다. 천하를 바로잡아 백성들은 지금까지도 그의 은혜를 입고 있다. 관중이 아니었다면 우리는 지금 머리를 산발하고 옷깃을 왼쪽으로 여미며 살고 있었을 것이다."
>
> ─『논어』에서

여기에서 "머리를 산발하고 옷깃을 왼쪽으로 여민다."는 것은 오랑캐 풍습을 따른다는 뜻이다. 곧 중원이 오랑캐에 침탈당해 전통문화를 잃은 채 그들의 습속에 물들었다는 의미다. 그렇게 오랑캐, 곧 야만이 되지 않게 방지해 준 이가 관중이고 그 덕분에 문명한 세상에서 삶을 영위하는 은혜를 지금까지도 누리고 있다는 평가다.

그런데 인용문에 나오는, 공자가 언급한 '우리'는 대체 누구였을까? 그가 말했던 '우리'가 당시에 존재했던 것은 사실일까? 이런 질문을 던진 까닭은 공자 당시에는 오늘날 중국인을 가리키는 한족(漢族)이란 말도, 또 실체도 없었기 때문이다. 당시는 곳곳의 제후들이 허수아비 천자를 섬기는 척하며 할거하고 있었던 시절이다. 그들은 저마다 중원 최고의 패자를 꿈꾸며 부국강병에 혈안이 됐던지라 중원에는 이들 간 다툼이 끊이지 않았다. 공자가 살았던 시절은 춘추시대였다. 한 연구에 의하면, 기원전 770년부터 대략 250년가량 지속된 이 시기에 전쟁이 없었던 기간은 고작 34년뿐이었다고 한다. 한자권 최고 권위의 역사서 『사기』에는 춘추시대를 거치면서 일흔두 개의 제후국이 망했다는 기록이 나온다. 거대 폭력인 전쟁이 얼마나 빈번했는지를 말해 주는 증거들이다.

사정이 이러하기에 중원이 단일한 '우리'로 여겨졌을 가능성은 그리 높지 않았다. 더구나 중원의 말이 통일되어 있던 시절도 아니었다. 지금의 표준어에 해당되는 중원 유일의 공용어 같은 것은 없었다. 표기 수단인 문자 또한 마찬가지였다. 중원의 문자가 통일된 것은 공자 사후 250년가량 흐른 뒤인 진시황 시절의 일이었다. 인류의 역사는 언어를 공유하지 않고서는 문화를 공유할 수 없음을 밝히 일러 준다. 문화는 언어의 집이고 언어는 문화의 DNA이기 때문이다. 요컨대 정치적으로든 문화적으로든 공자 당시의 중원은 '우리'가 존재하긴 힘든 상황이었다. 그럼에도 공자는 아무렇지도 않게 '우리'라고 했다. 그렇다면 그가 말한 우리는 대체 누구란 말일까?

결론부터 말하자면 공자의 '우리'는 당시 실제로 있었던 존재가 아니라 앞으로 만들어 갈 존재였다. 곧 공자는 미래에 구성될 '우리'를 마치 이미 있는 것처럼 천연덕스럽게 제시했던 셈이다. 게다가 공자는 저 옛날부터 '우리'가 쭉 같이 있어 왔다는 인상도 줄기차게 풍겼다. 중원에서는 왕조의 교체와 무관하게 옛 성왕이 마련한 사회제도가 이어져 왔고, 그래서 왕실의 성씨가 바뀌어도 중원에는 언제나 동일 계열의 문화가 전수됐다고 주장했다. 성왕이 마련한 사회제도를 유가에서는 '예(禮)'라고 불렀는데, 그 예의 핵질이 왕조 교체와 무관하게 면면히 계승되어 왔다는 것이다. 문제는 공자의 이러한 견해가 사실에 기초했다기보다는 '주장' 수준에 가까웠다는 점이다. 그가 평소에 신뢰와 중용을 강조했음에 비춰 보건대, 한마디로 이는 공자답지 않은 언행이다.

그런데 이는 역설적으로 '우리'라는 공동체의 창출과 보급을 공자가 무척 중시했음을 반증해 준다. 그가 보기에, 온 중원이 하나의 '우리'가 됐을 때 비로소 중원이 평화로운 삶터가 되고 외족의 침입을 효과적으로 방지하여 중화, 곧 '세상의 중심에서 찬연히 빛나는 문화'를 계승 발전시켜 갈 수 있었다. 온 중원이 하나인 '우리'의 구축은 이처럼 공자에겐 개개인이 인이라는 궁극의 도덕적 가치를 실현하는 것만큼이나, 아니 그 이상으로 중요했던 과제였다.

'우리'를 만들어 가는 방식

이렇게 지금은 존재하지 않지만 향후 만들어 갈 '우리'를 일컬어 학계에선 '상상 공동체'라고 부른다. 그런데 '미래', '상상' 같은 표현으로 인해 만들고자 하는 '우리'에 대한 실감이 떨어질 수 있다. 그래서 그 '우리'의 기원을 가능한 먼 옛날까지 밀고 올라간 후 '거기에 이미 우리는 실재하고 있었다.'는 식의 주장을 펼치는 길을 택하고는 한다. 미래에 완성될 '우리'가 실은 저 옛날부터 있었다고 상상하면 '우리'에 대한 친숙함도 높아지고 그것에 역사적 정통성을 부여하기도 쉬워진다. 이를 학계에서는 '전도된 기원'이니 '전복된 기원' 식으로 부른다.

『논어』에는 그러한 상상 공동체인 '우리'를 만드는 방안과 실제가 풍부하게 담겨 있다. 상술한 바처럼 공자는 개인 차원뿐 아니라 공동체 차원에서도 어짊의 실현을 목적으로 삼았기에 그렇다. 또한 개인 차원에서의 어짊 체득용으로 제시된 덕목이 공동체 차원에서의 그것을 위한 덕목으로 활용될 수도 있었다. 가령 "『시경』에서 진작되고 예(禮)에서 자립하며 악(樂)에서 완성한다."(『논어』)는 구절이 대표적 예다. 개인의 도덕적 완성을 향한 절차가 언급된 이 구절은 이상적 공동체 구성을 위한 절차로도 고스란히 활용될 수 있다. 예컨대 이러한 식이다.

　　앞에서도 언급했듯이 공동체를 만드는 데 언어는 고갱이 가운데 고갱이다. 말이 통해야 비로소 '우리'가 형성될 수 있기에 그렇다. 사람은 감성과 관습을 공유해야 비로소 '우리'로서의 동질성과 유대감을 갖게 된다. 말이 통하지 않으면 감성과 관습의 공유가 현실적으로 어려워진다. 그런데 공자 당시 중원에는 지금 같은 공용어는 없었다. 공자는 이에 중원 각지에서 모여든 제자들에게 『시경』을 '아언(雅言)'으로 가르쳤다. 아언은 훈민정음의 '정음(正音)'과 같은 뜻으로, 당시 천자의 조정에서 사용되던 한자의 독음을 가리켰다. 지금으로 치자면 정부 공인 표준 한자음 정도에 해당된다고 할 수 있다. 곧 공자는 제자들에게 말은 자기 고향 방언으로 해도 글은 표준 한자음으로 읽도록 가르쳤음이다.

　　『시경』뿐만이 아니었다. 그것과 어깨를 나란히 하던 고전 『서경』도 표준음으로 읽게 했고, 의례를 집전할 때도 표준음을 사용하게 했다. 제자들을 비유컨대 자기 고장에서나 통하는 '지역구급 인재'가 아니라 중원 어느 곳에서든 의사소통이 가능한 '전국구급 인재'로 키우고자 했음이다. 또한 이렇게 '언어 공동체'를 주조하기 위한 기초공사를 수행했던 것이다.

　　한편 언어 공동체는 발음의 통일만으로 형성되지는 않는다. 어휘가 같아야 하고 그 개념이 통일돼야 하며 그것이 환기하고 상징하는 바가 공유돼야 한다. 공자는 이 작업도 『시경』을 매체 삼아 수행하고자 했다. 그는 『시경』을 반드시 익혀야 하는 이유의 하나로 들짐승과 날짐승, 나무와 풀의 이름을 많이 알게 된다는 점을 들었다. 이것이 뭐 그렇게 중요하단 말인가 하는 의문이 들 수 있는 대목이지만, 이는 실은 '우리'를 만드는 데에 필요한 명사 통일 작업의 일환이었다. 명사가 같아져야 개념이 통일되며, 개념이 통일돼야 비로소 중원에 사는 '우리'가 공유할 수 있는 상징체계가 구축될 수 있다. 결국은 표준음 기반 『시경』 익히기의 보급을 통해 공자는 언어 공동체를 문화 공동체로 전화하는 사업을 수행코자 했던 것이다.

게다가 『시경』에 수록된 시는 늘 노래로 불렸기에 시를 익힌다고 함은 자연스레 악곡을 익히는 일이 되었다. 민요를 '바람에 실려 퍼지는 노래'라는 뜻에서 풍요(風謠)라고도 일컫듯이, 노래와 악곡은 이를테면 의무교육 기관 같은 제도적 장치나 텔레비전 같은 미디어의 도움 없이도 널리 퍼질 수 있고, 집중적 교육 같은 조치를 취하지 않아도 개개인의 내면에 깊이 패일 수 있다. 하여 생산력이나 과학기술이 뒷받침되지 못해 의무교육 기관이나 미디어 등이 갖춰질 수 없었던 시대, 노래와 악곡은 왕실의 통치 이념을 방방곡곡으로 전파하는 데 유용한 방편이 되었다.

그러니까 『시경』 익히기를 통하여 동질적 감성을 공유할 수 있었다는 말이다. 근대가 물질을 기반으로 동시대적 문화를 공유하게 된 문명 단계라면, 전근대 시기는 감성을 기반으로 동시대적 문화를 공유하게 된 문명 단계라고 할 수 있다. 이를 고려한다면 "악(樂)에서 완성한다."는 언명은 문화 공동체로서의 '우리'가 완성됐음을 뜻한다고 볼 수 있다.

이 외에도 『논어』에는 중원 공동체로서의 '우리'를 빚어내기 위해 공자가 동원했던 방식이 몇 가지 더 수록되어 있다. 상나라는 하나라의 사회제도를 근거로 하였고, 주나라는 상나라의 사회제도에 기초하였다고 함으로써 공자는 중원 최초의 왕조인 하나라와 이를 멸하고 새로이 천자의 나라가 된 상나라, 그리고 상나라를 멸한 주나라를 '삼대(三代)'라 부르며 하나의 계보로 묶어냈다. 이를 통해 중원의 '우리'가 매우 유서 깊은 역사 공동체였음을 확실하게 각인시키고자 했던 것이다.

꽤 오래된 '우리'라는 욕망

또한 공자는 '요-순-우-탕-문왕-무왕-주공'으로 이어지는 7대 성인을 삼대와 결부시킴으로써 중원의 '우리'가 다 함께 존경하고 본받아야 할 '문화적 영웅'을 제시하였다. 또한 주나라의 예, 그러니까 사회제도는 앞선 왕조였던 하나라와 상나라의 그것을 겸했다고 함으로써 중원의 '문화적 전범'을 구체적으로 밝히기도 했다.

나아가 『춘추』라는 역사서를 정리, 이를 『시경』, 『서경』과 같은 고전과 함께 가르침으로써 '중원 공통의 교양'을 창출하고자 애쓰기도 하였다. 이 모두는 중원에 터 잡은 '우리'를 중원 공동체의 주체로 확고히 정립하고자 한 노력의 일환이었다. 그런데 이러한 시도를 공자가 처음으로 한 것이 아니었다. 근자에 이뤄진 고고학 발굴 성과에 의하면, 공자보다 300년가량 전인 기원전 9세기 무렵, 중원에는 사회제도의 혁명적 변혁이 있었다고 한다. 이는 중원 안팎에서 일었던 정세 변화에 능동적으로 대응하려 한 움직임의 일환으로 그 핵심은 중원이라는 상상의 공동체를 구축하는 데 있었다고 한다.*

중원의 '우리'가 공자보다 훨씬 앞선 시기부터 이미 상상되기 시작했음이다. 그리고 공자를 거쳐 그 후대에 이르자 중원 공동체를 건설하고자 하는 지향은 더욱 확산되었다. 공자의 후예인 맹자와 순자는 물론, 법가를 비롯하여 이른바 제자백가라 불리는 다양한 학파의 사상가들 대부분이 중원 공동체를 지향하며 그 구현 방안을 모색하였다. 그리고 진시황이 분열됐던 중원을 하나의 제국으로 통일하고, 뒤이은 한 제국이 이를 현실에 문화적으로 착근시킴으로써 드디어 중원 공동체로서의 '우리' 주조가 일단락된다. 중원 공동체를 건사할 '우리'는 이렇게 줄잡아 700여 년간의 제조 과정을 거쳐 빚어졌던 셈이다.

그런데 정치적 주체로 상상 공동체를 주조해 내는 방식은 전근대기 중국에서만 활용되던 것은 아니었다. 근대에 들어서자 산업혁명, 시민혁명 등의 성과에 걸맞은 새로운 국가 체제가 요청됐고, 당연한 귀결로 근대국가의 정치적 주체를 조성할 필요도 생겨났다. 이에 서구는 상상된 '민족(nation)'이라는 공동

---

* 이에 관해서는 로타 본 팔켄하우젠, 심재훈 역, 『고고학 증거로 본 공자시대 중국사회』(세창출판사, 2011) 참조.

체를 빚음으로써 근대 민족국가(nation state)를 수립하는 데 성공하였다. 그리고 서구가 지구촌을 지배하자 이것이 전범이 되어 비(非)서구 지역에서도 동일한 방식으로 근대국가가 건설됐다. 상상 공동체를 빚어서 새로운 정치적 주체를 구성하는 방식이 시대와 지역을 초월하여 '정치적 공동체' 건설의 쏠쏠한 수단이었음이다.

중국이 사이사이에 북방 유목민족의 지배를 상당 기간 받았음에도, 한 제국 수립 이후 2000여 년이 흐른 지금까지도 중원 공동체로서의 '우리'라는 관념이 강하게 지속되고 있음도 이를 잘 말해 준다. 꼭 공자의 시대처럼 '오랑캐'란 외부의 강한 적에게 중원이 수세에 처했을 때에만 유용했던 것도 아니었다. 미국과 어깨를 나란히 할 수 있는 유일한 국가로 발돋움한 지금, 중국은 '중화민족'이란 상상 공동체를 빚어내 한족, 비(非)한족 구분 없이 저 옛날부터 하나의 민족이었다는 신화를 유포하고 있다. 아주 오래되고 오래된 '우리'는 그렇게 현재화되고 있고 미래로 나아가고 있다.

역사,

미래를 소유하고자

17   18

삶을 슬기롭게
재구성하라

17 김헌

"인간이 역사로부터 배우는 것은 인간이 역사로부터 아무것도 배우지 못한다는 사실이다."『역사철학 강의』를 쓴 독일의 철학자 헤겔의 말이다. 언어유희 같은 그의 말은 사실일까? 우리는 그와는 다른 상식을 가지고 있다. 역사는 유용하다. 현재를 사는 우리에게 지난 과오를 반복하지 않도록 일깨워 주며 우리의 삶을 새롭게 개선할 수 있도록 도와주는 값진 지혜의 보고(寶庫)이기 때문이다. 이것이 우리가 갖는 보통의 믿음이다.

그런데 이것은 헤겔의 말대로 헛된 믿음일까? 과거의 역사를 통해 우리는 아무것도 배우지 못하기에 언제나 현재를 낯설고 어리숙하게 살면서 미래를 적절하게 대비하지 못한 채 상상력의 빈곤에서 허덕이는 것일까? 인간은 언뜻 발전하는 것 같지만, 역사의 실수를 거듭 반복하기에 파멸을 향해 가고 있는

역사, 미래를 소유하고자

것은 아닐까? 새삼 의문이 떠오른다.

초등학교 시절, 방학 때면 어김없이 주어지는 숙제 가운데 하나가 일기 쓰기였다. 나는 착한 학생이었기에 방학마다 꼬박꼬박 일기를 썼고, 그것 때문에 선생님의 칭찬을 받았으며 운이 좋을 때는 상도 받았다. 그 덕에 지겨운 일이 점점 흥미로운 습관이 되었다. 일기가 더 이상 누군가가 검사하는 숙제가 아닌 때가 되었는데도 꼬박꼬박 열심히 일기를 썼다. 그러다 보니 그것은 어느덧 하루를 마감하는 즐거움이 되었다.

그런데 대학을 졸업하고 얼마 후, 우연한 기회에 지난 시절의 일기를 밤새 읽은 적이 있다. 그때 깜짝 놀랐다. 내가 비슷한 후회와 결심을 주기적으로 반복하고 있다는 것을 발견했기 때문이었다. 매일 새롭게 성장하고 개선되는 모습이 아니었다. 그 충격에 나는 나 자신을 견딜 수 없었다. 이렇게 지긋지긋한 방식으로 계속 살아가는 건가? 불현듯 과거를 깨끗이 지우고 완전히 새롭게 출발하고 싶다는 충동에 사로잡혔다.

그날 나는 일기를 모두 불태워 버렸다. 기억의 죽음, 그리고 새로운 탄생을 다짐했다. 매일매일을 혁명하듯 살리라! 물론 지금 나는 그때를 후회한다. 부끄럽고 후회스럽더라도 과거의 기억은 그것 그대로 의미가 있고 값진 것임을 깨달았기 때문이다. 게다가 일기를 태우고 난 후에도 일상 속에서 나는 성공적으로 일신우일신(日新又日新)한 것도 아니니, 괜히 내 아까운 기록들만 사라진 셈이다. 어느 날부터인가 뿌리가 얕은 나무처럼 휘청거린다 싶은 것이 일기를 태운 것 때문이 아닐까, 과거의 실수를 기억하는 것은 새로운 출발을 위한 도약의 발판이 될 수도 있지 않을까 하는 생각이 들었다. 설령 그렇지 못하더라도 실수에서 느끼는 절망과 좌절을 딛고 일어설 수 있는 치유의 효과는 주는 것 같다. '한두 번 그런 것도 아닌데, 뭘 지금 새삼스럽게…… 자, 훌훌 털어 버리고 일어나!' 과거의 기록은 그렇게 현재의 실망을 다독이며, 나를 더욱더 단단하게 만들어 줄 수 있을 것 같다.

정직한 기록의 관점은 무엇일까

기록의 중요성은 개인뿐만 아니라 공동체에도 마찬가지다. 과거의 기억을 허투루 생각하는 공동체는 두께와 깊이를 쌓지 못하고, 시련과 어려움이 닥칠 때 견뎌 낼 힘을 갖기 어렵다. 로마의 철학자이며 정치가인 키케로가 '역사의 아버지'라는 별명을 붙였던 그리스의 헤로도토스(BC 484~425년)는 과거의 기록에 대한 중요성을 철저하게 알아차린 사람이었다. 그는 기원전 5세기 초, 동방의 이방인들이 세운 거대 제국 페르시아가 그리스에 쳐들어왔던 전란을 상세하게 기록했다. 그는 왜 그런 기록을 남겼을까? "인간들로부터 생겨난 일들이 시간에 의해 지워지지 않도록 하기 위해, 헬라스(그리스) 사람들과 이방인들이 보여 준 위대하고 놀라운 일들이 아무런 명성도 없이 잊히는 것을 막기 위해서"였다. 그리고 그는 자신의 기록을 '히스토리아이

(ἱστορίαι)'라고 불렀다. 영어 '히스토리(history)'의 어원이 되는 말이다.

그리스 말 '히스토리아'는 원래 '보다'라는 뜻에서 왔다. 직접 '보고' 듣고 겪어서 알게 된 것을 기록하는 행위가 히스토리아였다. 그래서 히스토리아는 원래 과거보다는 '현재'와 더 많이 연결되어야 한다. 현재 보고 듣고 겪은 것을 기록하는 것이 히스토리아인 셈이다. 물론 현재는 순식간에 과거가 되고, 현재의 기록은 곧 후손들에게는 과거의 기록으로 남겨지기는 하지만. 어쨌든 히스토리아는 원래 현재를 기록하는 것이었다.

이런 점에서 투퀴디데스(BC 460~400년)는 헤로도토스보다 히스토리아의 개념에 더 충실했다. 헤로도토스는 자신이 태어나기도 전인 기원전 499년에 일어난 페르시아전쟁을 기원전 479년까지 기록했던 반면, 투퀴디데스는 자신이 직접 참전했던 펠로폰네소스전쟁을 그 시작(BC 31년)에서부터 기원전 411년까지 기록했기 때문이다. 그는 전쟁의 현장에서 직접 보고 듣고 겪고 느낀 것을 기록했다. 반면 헤로도토스는 자신이 직접 보고 듣고 겪은 현재를 기록한 것이 아니라, 나중에 전해져 내려오는 이야기를 토대로 과거를 기록했던 것이다. 소문에 기대어 서술하는 것보다 경험에 의존하는 기록이 더 정확하고 사실에 더 가까울 테니,『펠로폰네소스전쟁의 역사』를 쓴 투퀴디데스가 남에게서 들은『페르시아전쟁의 역사』를 기록한 헤로도토스보다 더 사실적인 '역사가'인 셈이다.

아닌 게 아니라 키케로의 찬사에도 불구하고 현대의 역

사가들 중에는 헤로도토스를 역사가보다는 소설가에 더 가까운 사람이라고 혹평하는 경우가 있다. "역사의 아버지는 무슨, 거짓말의 아버지이지!" 이런 식이다. 사실 투퀴디데스도 헤로도토스에 대해서 그런 비슷한 생각을 했던 것 같다. 그는 헤로도토스와는 다른 역사가가 되려고 했다. "사람들은 대개 전해 오는 이야기를 자기 나라에 관한 것이라도 다른 사람들로부터 무조건 받아들이는" 경향이 있다고 비판하는데, 마치 헤로도토스를 염두에 둔 것 같다. 헤로도토스는 사료에 대한 엄격한 검증 없이 자기가 기록하려는 주제와 연관된 것이면 최대한 끌어모으려 했다고 비판하는 모양새다.

투퀴디데스의 눈에 헤로도토스는 사실을 있는 그대로 이야기하려는 역사가라기보다는 "특정 주제에 관하여 찬양하려는 시인이나 작가", 또는 "청중의 주목을 끄는 데 더 관심이 많은 산문작가"에 가까워 보였다. 가장 확실한 증거를 찾는 대신, 사료로서의 신뢰성을 잃은 신화적인 자료들조차 비판 없이 끌어다가 이야기를 만들어내듯이 과거를 기록했다면 그것은 사실에서 멀어질 수밖에 없다고 비판하는데, 그 화살은 헤로도토스를 과녁으로 삼은 것이었다. 실제로 헤로도토스는 자신이 경험한 것이 아니라 자신의 아버지 대(代)가 이루어낸 기적과도 같은 찬란한 승리를 기록했다. 게다가 그 승리는 아테네와 스파르타가 함께 힘을 합하여 거대한 제국인 페르시아의 침략을 막아내면서 일궈낸 것이었는데, 헤로도토스는 승리의 주역이라기보다는 수혜자에 속했다.

역사, 미래를 소유하고자

헤로도토스는 아테네가 아니라 소아시아에 있던 이오니아 지방의 식민 도시 출신이었다. 그의 도시는 언제나 페르시아의 위협에 노출되어 있었고 본토의 아테네 같은 도시의 원조가 절실했다. 그는 아테네에 왔고, 아테네의 청중들 앞에서 그들의 조상을 찬양하면서 그들의 귀를 매료시킨 타지의 이야기꾼이었다. 그의 이야기는 그래서인지 한껏 부풀어 올라 있다. 그는 예언자나 제사장 같은 '포스'를 갖는다. 페르시아가 패한 이유? 그는 페르시아가 오만한 제국주의적 패권을 휘두르다 이를 괘씸하게 여기는 신의 섭리에 의해 그리스에게 패배를 당한 것이라고 주장했다. 역사보다는 종교적이고 신화적인 냄새가 물씬 풍기는 서술이다.

반면 투퀴디데스는 아테네 귀족 가문 출신이었다. 그의 진외조부(陳外祖父, 아버지의 외조부)는 아테네가 단독으로 페르시아 대군을 격파했던 마라톤전투(BC 490년)의 영웅 밀티아데스였다. 그의 외가 쪽 가문은 아테네를 제국적인 위치로 격상시키며 문화적, 정치적 황금기를 이끌던 페리클레스(BC 595~429)와 경쟁 관계에 있던 명문가였다. 그는 조국 아테네가 스파르타와 싸울 때 전쟁에 참여했고, 끝내 무참하게 패배당하는 것을 보았던 아테네 시민이었다. 게다가 장군으로서 전투에 패배한 경험도 있었고, 그 때문에 추방당하여 외지를 떠돌아야만 했다. 그는 헤로도토스와 사뭇 다른 입장에서 자신이 경험한 전쟁을 바라보며 기록했다.

헤로도토스가 전쟁의 승리를 감격에 차서 서술했다면,

투퀴디데스는 자신이 직접 참여했던 전쟁을 돌아보고 패배의 아픔을 회한에 차서 기록했다. 그는 자신의 기록이 단순히 대중의 취미에 영합하기 위한 것이 아니라 후세를 위한 미래의 교훈으로 영원히 남기를 열망했다. "과거의 일에 관하여, 그리고 인간의 본성에 따라 언젠가는 비슷한 형태로 반복될 미래사에 관하여 명확한 진실을 알고 싶어 하는 사람"을 위해 쓴 것이다.

해석과 재구성을 통해 탄생하는 과거의 기록

헤로도토스보다는 투퀴디데스가 사실을 훨씬 더 사실대로 썼다고 할 수 있을까? 투퀴디데스는 그 점에서도 객관적이고 겸손했다. 그는 사실을 쓴다는 것이 얼마나 어려운 일인지를 직시했다. 오래전 기록들이 정확한 것인지를 믿을 수가 없으며, 직접 경험한 것조차 주관적인 판단에 의해 흐려질 수 있음을 그는 알았다. 그럼에도 불구하고 그는 사실을 있는 그대로 쓰고 싶어 했고, 마침내 자신만의 원칙을 정립했다.

각각의 인물이 전쟁 직전이나 전쟁 중에 발언한 연설에 관해 말하자면, 직접 들었든 간접적으로 전해 들었든 간에 나로서는 정확하게 기억하기가 어려웠다. 그래서 나는 실제 발언의 전체적인 의미를 되도록 훼손하지 않으면서 연설자로 하여금 그때그때 상황이 요구했음 직한 발언을 하게 했다. 그

역사, 미래를 소유하고자

리고 전쟁 중에 실제로 일어난 사건에 관해 말하자면, 나는 우연히 주워들은 대로 또는 내 의견에 따라 기술하지 않고, 내가 직접 체험한 것이든 남에게 들은 것이든 최대한 엄밀히 검토한 다음 기술하는 것을 원칙으로 삼았다.

전쟁이 일어나기 전, 아테네는 황금기를 구가하고 있었다. 그리스가 일궈낸 문명을 사람들은 흔히 서구 문명의 뿌리라고 하는데, 주로 기원전 5~4세기 '그리스 고전기(Greek Classical Age)'의 찬란한 문명을 가리킨다. 그 가운데 기원전 5세기는 '위대한 페리클레스의 시대'라고 해도 좋다. 페리클레스는 그리스의 여러 도시들이 페르시아의 위협에 대응하는 델로스동맹을 결성했을 때, 아테네를 동맹의 맹주로 만들었다.

동시에 그는 아테네 민주주의를 절정에 올려놓았다. 그가 만들어 놓은 아테네의 황금기에 그리스 고전기를 수놓은 탁월한 천재들이 서구 문명의 원형을 만들어냈고, 그들의 빛나는 성과 위에 그리스와 로마의 문명, 나아가 서구의 문명이 그 거대한 몸집을 키워냈다. 그리스 비극과 희극이 디오뉘소스 극장에서 아테네 시민들을 매료시켰고, 철학자 소크라테스가 탁월한 언변을 화려하게 구사하는 소피스트들과 논쟁을 벌였으며, 의학의 아버지 히포크라테스가 활약했다. 페리클레스의 말대로 아테네는 그리스의 학교였고, 이소크라테스의 말대로 아테네 시민들은 그리스인들의 교사였다.

이와 같이 페리클레스는 아테네의 전성기를 주도했지

만, 또한 그 때문에 아테네는 전쟁에 휘말리게 되었고 마침내 패배의 수렁에 빠지게 되었다. 투퀴디데스는 그 격동기에 페리클레스 곁에 있었고, 그를 존경하며 도왔다. 그러나 그는 탁월하고 위대한 지도자 페리클레스에 의해 아테네 제국이 무너져 내리는 것을 봐야만 했다. 그래서 그의 기록은 비극적인 아이러니로 충만하다. 투퀴디데스는 27년 동안 지속된 펠로폰네소스전쟁이 아테네의 패배와 스파르타의 승리로 끝난 것을 알고 있는 상태에서 자신이 겪은 지나온 일들의 현재성을 살려내면서 기록해야만 했기 때문이다. 페리클레스는 스파르타의 위협이 가시화되면서 전면전이 불가피하다고 판단했을 때, 두려움에 사로잡혀 있던 아테네인들을 설득했다. 그는 스파르타와의 전쟁은 피할 수 없으니 물러날 생각을 하지 말라고 독려했고, 그 전쟁에서 승리를 거둘 수 있는 전략이 있다는 확신을 떨고 있는 대중의 가슴속에 확고하게 심어 주었다. 그의 설득은 성공적이었다.

그러나 설득이 성공했다고 해서 그 결과도 항상 좋은 것은 아니다. 수사학의 문제는 거기에 있다. 설득의 성공은 대중을 전쟁으로 몰아넣었다. 그리고 전쟁이 벌어지자 아테네는 패배하고 말았다. 만약 그가 탁월한 연설가가 아니었다면 전쟁을 피할 수 있었을 것이다. 그래서 비참한 패배도 피할 수 있었을 것이다. 그러나 그의 탁월한 정치적 설득력은 아테네의 불행의 씨앗이었다. 투퀴디데스는 패배할 미래를 알고 있는 상태에서 과거에 청중을 사로잡고 마침내 전쟁터로 이끌어 가는 페리클레스의 탁월성을 비참한 심정으로 기록해야만 했다. 그의 기록은 충실한 사

투퀴디데스

실의 기록이었을까, 아니면 과거에 대한 그의 해석이었을까?

그렇다. 역사는 과거 사실의 충실한 기록이라기보다는 과거 사실에 대한 설득력 있는 해석이며 재구성이라는 규정에서 벗어나기 힘들다. 중요한 사건들만 추려 내고 그것들을 원인과 결과라는 관계 속에서 해석하고 재구성할 수밖에 없다. 지어낸 이야기(fiction)라고 할 수는 없겠지만, 그렇다고 오롯이 사실(fact)이라고 할 수도 없다. 사실의 자료들(data)을 기반으로 하되, 새롭게 해석하고 재구성할 수밖에 없는 이중의 작업(faction)이다. 객관적인 사실성과 더불어 주관적인 설득력이 고려되어야 하는 이유가 바로 여기에 있다. 그래서 현재를 기록하려는 노력은 과거와 현재, 미래의 흐름을 인과적 연속선상에서 파악하며 삶을 슬기롭게 꾸려 나갈 수 있도록 재구성하는 창조적인 작업일 것이다.

그래, 그때 나는 일기장을 태우지 말아야 했어!

"현재를 기록하려는 노력은
삶을 슬기롭게 꾸려 나갈 수 있도록
재구성하는 창조적인 작업이다."

김헌

"역사는 과거를 수동적으로
기억하기 위해서가 아니라, 미래를
능동적으로 짓기 위해 고안되었다."

김월회

과거를 통해
미래를 기획하라

18

김월회

그 임금에 그 신하가 있었다. 임금은 중신의 첩과 불륜 행각을 벌였고, 그 사실을 알게 된 신하는 임금을 자기 집으로 꾀어내어 시해하였다. 그러고는 무단으로 국정을 장악했다. 그러자 역사 기록을 관장했던 태사(太史)는 신하가 임금을 명분 없이 죽였다고 기록하였다. 태사는 어떻게 되었을까?

악인도 역사를 두려워할 줄 안다?

'당연히'(?) 죽임을 당했다. 기원전 6세기 무렵 중국 제 나라에서 일어났던 일이다. 당시 임금은 장공(莊公)이었고, 그를 시해하고 태사를 죽인 중신은 최저(崔杼)였다. 서슬이 하도

역사, 미래를 소유하고자

시퍼렇다 보니 그가 장공의 시신을 자기 집에 두고 문상을 받아도 누구 하나 토를 달지 못했다. 그저 태사만이 아랑곳하지 않고 "최저가 군주를 시해했다."고 기록하였고, 그 대가로 최저의 손에 목숨을 잃었던 것이다.

그런데 그것이 끝이 아니었다. 이번에는 태사의 아우가 나서서 죽임당한 형과 동일하게 기록하였다. 최저는 그도 죽였다. 그러자 태사의 또 다른 아우가 나섰다. 타국에 출장 나가 있던 사관은 이 소식을 듣자마자 서둘러 귀국길에 올랐다. 사지로 가는 것임을 빤히 알면서도 그들에겐 망설임이 없었다. 결과는 어떻게 됐을까? 의외로 이번엔 최저가 포기했다. 그들을 살려 준다고 하여 자기 악행이 상쇄될 리 없건만 그는 세 번째로 나선 사관을 저지하지 않았다.

그 결과 임금이 벌인 불륜 행각과 그 임금을 시해한 권신의 처사가 고스란히 기록되었다. 그리고 이 소식이 귀국길에 올랐던 사관에게 전해지자, 그는 안심하며 다시 임지로 되돌아갔다. 도대체 역사가 무엇이기에 이런 일이 벌어졌던 것일까? 왜 한쪽에선 목숨을 초개같이 버리면서까지 역사를 올곧게 기록하고자 했고, 다른 한쪽에선 살인을 마다않고 역사의 올곧은 기록을 막고자 했을까?

사관이 그렇게 했음은 십분 납득이 된다. 당시 최고 지식인 그룹에 속했던 그들은 평소에 응당 그래야 한다고 여겨 왔기에 역사를 목숨보다 앞세울 수 있었으리라. 한 시인의 통찰처럼 "물방울이 빈도로써 바위를 뚫듯"* 평소에 시나브로 쌓이는 생각의 두께는 의외로 녹록지 않은 힘을 발휘하기도 한다. 그런데 최저와 같은 함량 엄청 미달의 포악한 인사는 어찌하여 역사를 그렇게나 두려워했을까? 실컷 누리다 세상을 뜨면 그만일 터, 그렇기에 임금조차 멋대로 죽일 수 있었음인데 그런 자의 영혼에도 역사가 들어 있었단 말인지……. 하기야 오늘날에도 도처에서 역사를 왜곡하려는 세력이 준동하고 있으니 역사가 무엇이든 간에 악인조차 이를 두려워하고 있음은 예나 지금이나 동일한 듯싶다.

사건의 기록과 원리의 추출

최저와 사관 이야기는 『춘추좌씨전』(『좌전』)에 실려 있다. 이 책은 『춘추공양전』(『공양전』)과 함께 공자가 편찬한 『춘추』의 주요 해설서였다. 『춘추』는 춘추시대 중 242년간의 역사가 연도순으로 기록되어 있는, 지금 전하는 한자권 최초의 편년체 역사서다. 다만 수록 내용은 사건의 발생 시간과 장소, 관련 인물 등이 소략하게 언급된 메모에 가까운 수준이었다. 예컨대 이러한 식이었다. 『춘추』의 첫 구절이다.

원년 봄 주(周)나라 왕의 정월이다. 3월, 은공께서 주나

---

* 김중식, 「물방울은 빈도로써 모래를 뚫지 못한다」, 『황금빛 모서리』(문학과지성사, 1993).

라의 의보와 멸 땅에서 동맹을 맺었다.

이렇다 보니 시대가 흐를수록 『춘추』의 내용은 이해하기 어려워졌다. 메모 수준의 간략한 기록만으로는 역사적 교훈의 구축은 고사하고 사건의 전모 파악 자체가 버거웠다. 『좌전』을 쓴 좌구명의 증언에 의하면, 『춘추』에 새겨 넣은 공자의 참뜻을 그 제자들조차 파악하지 못한 채 갑론을박하는 상황이 초래됐다고 한다. 이는 심각한 사태였다. 자신들이 성인으로 떠받드는 공자가 편찬한 책인데 그 뜻을 밝히 드러내지 못한다면 이는 유생들 입장에선 역사에 중죄를 짓는 일과 다름없었기 때문이다. 하여 『좌전』과 『공양전』 같은 해설서가 잇달아 출현한 것은 당연한 귀결이었다.

이 둘은 모두 『춘추』에는 공자의 깊은 뜻이 담겨 있다는 전제 아래 메모 수준의 문장에서 그 뜻을 길어 내고자 했다. 다만 『좌전』은 이를 사건을 복기하는 방식으로 수행하였고, 『공양전』은 기록에서 원리를 추출하는 방식으로 수행하였다. 위의 "원년 봄 주나라 왕의 정월이다."에 대한 해설을 보자. 『좌전』에는 "원년 봄, 주나라 달력으로는 1월이다. 『춘추』에 은공의 즉위 사실이 기록되지 않았음은 그가 섭정이었기 때문이다."라고 되어 있다. 관련된 역사적 사실을 담백하게 부가했을 따름이었다. 반면 『공양전』은 이렇게 되어 있다.

원년이란 무엇인가? 군주가 재위하기 시작한 해다. 봄이
란 무엇인가? 한 해의 시작이다. 왕이란 누구를 말하는가? 주
나라를 천자의 나라로 만든 문왕(文王)을 말한다. 왜 왕을 먼
저 말한 후에 정월을 말했는가? 천자인 왕이 정한 달력의 정
월이기 때문이다. 왜 천자인 왕의 정월이라고 말했는가? 온 천
하는 천자를 중심으로 크게 통일되어 있어야 하기 때문이다.

—『**공양전**』에서

곧 『좌전』이 관련된 사건을 더 집어넣어 나열하듯 서술
했다면, 『공양전』은 사건 자체보다는 그것의 기록에서 추출해
낸 원리를 논리적으로 서술했다. 그러다 보니 똑같이 『춘추』에
해설을 단 역사서였음에도, 이후 2000년을 상회하는 시절 동안
이 둘은 역사학뿐 아니라 전근대 시기의 중국 학술 전체를 양분
하는 근거가 되었다.

미래 기획으로서의 역사

그렇다고 『좌전』과 『공양전』의 이러한 차이가 절대적인
것은 아니었다. 애초부터 역사에는 두 차원이 존재했다. 하나는
사건의 차원이고 다른 하나는 원리라는 차원이다. 이 중 『좌전』
은 전자에, 『공양전』은 후자에 치중하여 역사를 구축했던 것이
다. 그렇다고 『좌전』에 원리가 전혀 없고 『공양전』에 사건이 전

혀 없다는 것이 아니다. 논리적 차원에서 사건과 원리는 엄연히 서로 다른 두 가지이지만 실제에서는 통상 그 둘이 분리 불가능하게 얽혀서 사실(史實)을 구성하고 있기 때문이다.

그래서 역사는 사건 기록 위주든 원리 추출 위주든 간에 그 궁극적 목적은 공히 현실 개선을 통한 더 나은 미래 기획일 수 있었다. 기록된 사건에서 역사 전개의 원리를 추출해 낸 후 이를 기반으로 제도 개혁을 단행코자 했던 『공양전』은 말할 나위도 없고, 사건을 단순하게 배열만 해도 그 자체로 현실을 개선하고 미래를 기획하는 능동적 활동이 되었다. 그래서 『춘추』 같이 사건을 지극히 간략하게 언급한 데 그쳐도, 맹자로부터는 "공자가 『춘추』를 완성하자 나라를 어지럽히는 신하와 부모를 욕되게 하는 자식들이 두려워 떨었다."는 평가를 받았고, 『좌전』 주석의 최고 권위자 진(晉)대의 두예로부터는 미래의 법을 밝히는 것이 『춘추』의 편찬 목적이었다는 평가를 받을 수 있었다. 원리의 추출처럼, 사건의 기록 자체가 바로 현실 개선이자 미래 기획이었음을 통찰해 냈음이다.

역사가 시대와 지역을 불문하고 끊임없이 삶의 현장으로 소환됐던 연유다. 꼭 시대가 개혁을 절실하게 요청할 때에만 그러했던 것은 아니다. 태평한 시절에도 역사는 늘 삶을 영위하고 사회를 경영하는 데 기본으로 중시됐다. 그래서 『춘추』뿐 아니라 그 해설서인 『공양전』과 『좌전』까지도 유가 핵심 경전인 '13경'의 하나가 될 수 있었다. '경(經)'은 '항상(常)'이란 뜻으로, 치세든 난세든 늘 익혀서 성실하게 수행해야 할 바였기 때문이다. 또한 태평성대를 일굴 수 있었던 원동력은 다름 아닌 더 나은 미래를 향한 현실 개선이었기에 그랬다. 더 나은 미래를 향한 활동이 멈춰지면 태평성대도 유지될 수 없었으니 역사를 늘 볼 수밖에 없었음이다. 사서에 담긴 역사 자체가 나날이 새로워지고 또 새로워지려 했던 '일신우일신(日新又日新)'의 소산이기 때문이다. 그렇게 역사는 과거를 증언하는 방식으로 미래를 품었다.

양식 있는 이는 물론이고 최저 같은 악인마저 역사를 두려워했던 까닭도 여기서 비롯된다. 역사는 어느 한 순간도 지나간 과거인 적이 없는 그러한 '오래된 미래'였다. 많이 가질수록 미래를 더욱 확실하게 장악하고 싶어지는 법, 가진 것을 지키기 위해 패악질도 마다하지 않은 마당에 미래라고 독차지하지 않을 이유가 없었다. 다만 사관같이 국가 통치에 매우 요긴했던 최고 지식인들을 거듭하여 죽이면 결국 자신의 기득권에도 해가 되기에 피치 못하여 미래를, 곧 역사 장악 의도를 잠정적으로 포기했을 따름이었다.

악을 태워 미래를 밝히기

이는 옛날엔 악인마저도 역사가 미래라는 것을 잘 알고 있었다는 사실을 알려 준다. 당장에 별 도움이 안 된다는 등의 이유로 역사를 애써 멀리하는 '오만한 현대인'들에게 역사의 가치를 밝히 일러 주는 대목이다. 곧 역사를 늘 접하는 이유가 현실을 개선하고 미래를 기획하기 위함임을, 그래서 역사는 어느 시대이든 늘 함께할 수밖에 없는 것임을 잘 말해 준다. 지금 여기의 악인들도 역사를 장악하려 갖은 짓을 마다하지 않음으로 보건대 그 의의가 무척 생생함을 알 수 있다.

그렇기에 역사를 기본으로 접하지 않는, 다시 말해 미래를 기획하지 않거나 못하는 삶과 사회는 더는 삶도 또 사회도 아니라는 점을 분명하게 일러 준다. 사마천이 『사기』의 서문 격인 「백이열전」을 서술하면서 공자와 도척의 삶을 극명하게 대비한 까닭이 이 때문이었다. 언뜻 보면 사마천은 조직 폭력의 역사가 유학의 역사만큼이나 유구했음을 보여 주기라도 하려는 듯, 또 성인으로 추앙된 공자의 삶보다는 '전국구급' 조직 폭력배 두목 도척의 삶이 더 부러울 수도 있다는 듯이, 도척을 역사에 희대의 악한으로 고발하는 것 자체보다는 그가 살아서 처벌받기는커녕 갖은 일락을 누리다 천수를 다하고 죽었다는 사실을 부각했다.

그러나 이는 하늘은 참되며 항상 옳은 자를 돕는다던 데 정녕 그러한지를 되묻기 위한 역사 서술 전략이었다. 그가 보기에, 공자나 수제자 안회같이 올곧게 살고자 한 이들은 대부분 궁핍했다. 게다가 요절하기 일쑤였다. 반면에 도척같이 천도를 대놓고 조롱하고 그 악랄한 이름을 역사에 새겨 길이 경계로 삼아도 모자랄 이들은 복락에 겨워하며 타고난 천수를 누렸고 부귀를 세습하며 대대손손 잘살곤 했다. 한마디로 선인은 주로 힘들었고 악인은 대체로 잘나갔다는 것이었다. 더구나 한 세대가 그렇게 되면 자손 대에도 줄곧 그렇더라는 이야기였다. 멀리 갈 것 없이, 독립운동가 후손과 친일파 후손들의 삶만 비교해 봐도 사마천의 통찰이 쉬이 수긍된다. 가능한 악인으로, 적어도 선인은 아닌 삶을 사는 것이 나아 보이는 대목이다.

그런데 그렇다고 하여 모두가 도척 식으로 살았다면 어떻게 됐을까? 답은 명료하다. 인류의 역사는 비교적 짧게 마감됐을 것이다. 만민이 모두 악인이 되고, 악인의 악인에 대한 투쟁이 일상화되어 문명이 멸절될 수밖에 없음이 자명하기에 그렇다. 그래서 이러한 합리적 의심이 들 수 있다. 사마천의 증언대로 악인들이 대를 거듭하며 윤택하고도 떵떵거리며 잘 살았고 모두가 그런 삶을 선망하여 기꺼이 악인으로 살았다면 역사는 또 문명은 어떻게 하여 지속될 수 있었을까? 악인들의 그러한 분탕질을 상쇄하고도 남을 무언가가, 달리 말해 문명을 지속시킬 수 있는 무언가가 늘 더 큰 힘을 발휘했기에 '그럼에도 불구하고' 역사와 문명이 지속되었다고 할 수밖에 없다는 것이다. 악인의 사악함을 누르고도 남을 선한 이들의 힘이 한층 컸기에 가능했던 일이라고 볼 수밖에 없다는 말이다.

참으로 고약하기 그지없는 역설이지만, 그래서 악인은 선인이 있기에 그렇게 행세할 수 있었다. 악인의 영혼에는 들어 있지 않지만 선인의 영혼에는 인간다움, 곧 인문이 깃들어 있다. 그래서 그들은 문명의 유지와 진전을 위해 기꺼이 자기를 희생하기도 한다. 악인의 갖은 악행에도 문명이 보존되고 진보해 온 연유다. 그 덕분에 악인은 잇속을 깨알같이 챙기며 계속 기생하며 행세하는 부작용이 나기도 했지만, 구더기 무서워서 장 못 담글 수는 없는 일이었다.

이것이 사마천이 도척을 언급했던 의도다. 그건 다름 아닌 이 같은 지독한 부조리를 끊어내기 위함이었다. 역사가 악인에게는 미래의 밥줄을 말려 버릴 수 있는 '잘 드는 칼'이 되는 까닭이다. 예나 지금 할 것 없이 왜 악인이 역사를 그리 구박하는지, 악인일수록 왜 역사에 집요하게 집착하며 기필코 자기 뜻대로 장악하려 하는지, 그 까닭을 익히 알 수 있는 대목이다.

역사, 악을 태우는 촛불

역사는 이처럼 과거를 수동적으로 기억하기 위해서가 아니라 미래를 능동적으로 짓기 위해 고안됐다. 미래를 선하게 지어 갈 수 있기에 역사라는 뜻이다. 우리는 그런 역사를 우리 영혼에 또 실존에 품음으로써 미래의 역사가 되곤 한다.

사마천은 이러한 '역사 되기'를 "공분을 드러내고자 글을 쓰다." 곧 "발분저서(發憤著書)"라는 명제로 개괄하였다. 공자가 『춘추』를 묶어 내고 좌구명이 『좌전』을 저술함도 공분을 당당하게 드러낸 활동이었다고 규정했다. 주지하듯 사마천은 군주에게 직언했다가 고환이 제거되는 궁형을 겪었다. 이는 당시 지식인에게는 크나큰 치욕이었다. 남성 중심 사회에서 외양만 남성으로 사는 것은 죽음만 못하다고 여겨졌다. 생물학적 생명만 붙어 있었을 뿐 사회적으로는 이미 죽은 상태였다. 그러나 그는 이를 감내하며 부친의 유지를 받들어 『사기』를 완성했다. 그러고는 서문 격인 「태사공자서」를 써서 자신이 『사기』라는 역사를 저술한 의의를 천명했다.

그가 보기에 자기 가슴에 가득한 분노는 결코 사적 원한이 아니었다. 자신은 진리대로의 삶을 따랐는데 하필 나라에 도가 무너진 탓에 야기된 '공적 분노'였다. 그것은 진리가 통용되지 않는 시대에서 비롯된 원망이었고, 부도덕한 자들이 떵떵거리며 행세하는 시절에 대한 공분이었다. 쉬이 삭일 수 있는 것도 아니었다. 그렇다고 시대 탓이나 하며 하늘이 준 시간을 허비할 수는 없었다. 하늘이 자기를 세상에 태어나게 한 목적을 어떻게 해서든 실현하는 것이 스스로에게 부여한 존재의 이유였기 때문이다.

문득 『춘추』라는 역사서를 편찬하고 『시경』 등의 경전을 정리하는 공자의 모습이 떠올랐다. 자신보다 500여 년 전 주나라 문왕이 무고하게 유폐당했을 때 『역경』 해설서를 저술하며 훗날을 기약했듯이, 그는 글로써 부조리한 현실을 가로지르며 미래를 능동적으로 준비해 가고 있었다. 그렇게 공자는 저술을 통해 하늘이 자기를 세상에 보낸 목적에 부응하였음이다. 그랬듯이 사마천도 『사기』를 저술하여 공적 분노로 미래를 기획함으로써 하늘의 의도에 튼실하게 부응하였다. 그리고 2016년 겨울, 우리는 강토 곳곳에서 촛불을 밝힘으로써 미래를 지어 갔다. 밀실에서 제조된 국정 역사 교과서가 음지에서 피어난 독버섯인 양 그 모습을 드러냈을 때, 양식 있는 시민들은 광장과 거리에서

역사, 미래를 소유하고자

또 삶터에서 공분을 드러냄으로써 스스로가 역사가 되었다.

역사는 결코 사원(私怨)의 한풀이가 될 수 없다. 사적 욕망이 가득한 글은 과거를 비틂으로써 미래를 공멸로 이끌 따름이다. 반면에 삶터에서 굴하지 않고 밝히는 촛불은 역사가 된다. 다른 누구가 아닌 바로 '나' 자신이 선에 기생하는 악을 태우는 촛불이 되기에 그렇다.

짓기,

창작에 대하여

비극,
단단한 인문학으로

19

김헌

시인이 되고픈 소년이 『시학』을 만났을 때

시인이 되고 싶은 소년이 있었다. 『하늘과 바람과 별과 시』를 들고 다니며, "죽는 날까지 하늘을 우러러/ 한 점 부끄럼이 없기를/ 잎새에 이는 바람에도" 괴로워하였고, "별을 노래하는 마음으로/ 모든 죽어 가는 것을 사랑해야지" 결심했다. 시를 읽을 때마다 심오한 세계에 빠져드는 것 같아 좋았다. 소년의 마음을 사로잡은 시구는 그가 세상을 바라보고 해석하는 틀이 되었다. 펄럭이는 깃발은 "소리 없는 아우성/ 저 푸른 해원을 향하여 흔드는/ 영원한 노스탤쟈의 손수건"으로 보인 것이다.

용기를 내어 자신의 시를 써 보려고 했다. 그러나 시는 잘 나오지 않았다. "시가 쉽게 쓰이는 것은 부끄러운 일"이라고 했으니 당연한 일이라 생각했다. 어느 날 잔디밭에 앉아 있다가 불현듯 떠오르는 시상을 잡으려고 수첩을 펴고 펜을 들었지만, 그 뭉클했던 느낌은 역시 글로 잘 잡히지 않았고, 끙끙거리는 동안 어느새 사라져 버렸다. "너 시 쓰나? 뭐 할라꼬 시를 써?" 옆에 있던 친구가 말하자, 소년은 멋쩍었다. 친구는 덧붙였다. "시처럼 살면 되제." 수첩을 덮으며 친구에게 빙긋 웃었다. 그래, 맞아. 시처럼 살면 되는 것을, 굳이 시를 쓰려 애쓰는가.

그렇게 소년은 시인이 되고 싶은 마음을 접었고, 시를 쓰는 일에서 점점 멀어졌다. 하지만 시에 대한 목마름은 내내 싱싱했다. 틈틈이 다양한 시를 읽었고, 시를 쓰는 것과 시처럼 사는 것이 무엇인지를 고민했다. 그러다가 아리스토텔레스의 『시학』을 만났다. 이것이야말로 시를 제대로 알게 해 줄 만고의 고전이겠구나 싶었다. 설레는 마음으로 책을 펴서 읽어 나가는데, 시를 쓰는 것이 어려운 만큼이나 그 책의 내용을 따라가는 것 또한 쉽지 않았다. 가장 큰 문제는 책 속에 그가 원하던, 그리고 그가 그때까지 '시'라고 생각했던 그 '시'라는 것이 보이지 않는다는 것이었다.

『시학』에 대한 오해와 이해

소년이 부딪힌 어려움과 당혹감은 제목이 일으키는 일종의 착시 현상에서 비롯된 것이었다. '시학'은 그리스어 '포이에티케

(poiḗtikē)'를 옮긴 것인데, 영어에서는 그대로 'poetics'가 되었고, 한자 문화권으로 올 때 '시학'으로 옮겨졌다. 그러나 '포이에티케'의 원래 뜻은 집이나 배, 구두 등 없던 무엇인가를 있게 만드는 기술, 즉 '짓기의 솜씨'였다. 소년은 당연히 그 '짓기'라는 것이 '시를 짓는 것'이라고 생각했으며, 그 시라는 것은 '음악적인 언어의 구조물 속에 시인의 감정이나 세상에 대한 이미지를 상징적이고 은유적으로 표현한 것'쯤으로 이해하고 서정시를 생각했던 것인데, 그것이 착각이었던 것이다.

책 속에서 제기되는 아리스토텔레스의 첫 번째 물음부터 소년의 관심을 비껴가고 있었다. "짓기가 아름다우려면 이야기는 어떻게 구성되어야 하는가?" 아리스토텔레스가 『시학』의 첫 부분에서 던지는 질문이다. 그가 다루려고 했던 것은 소년이 생각했던 그런 시를 짓는 '작시법'이 아니라 '이야기 짓기', 즉 '스토리텔링' 기술이었다. 소설이나 영화, 연극과 텔레비전 드라마처럼 우리의 삶을 모방하여 본떠 낸 이야기를 상상과 가상의 공간 속에 재현하는 '짓기' 말이다. 따라서 그 책의 제목은 '시학'이라기보다는 '이야기 짓기'여야 마땅해 보였다.

『시학』에서 아리스토텔레스는 '이야기를 짓는 작업'이 우리 인간의 삶에서 얼마나 중요한 것인가를 철학적으로 깊이 숙고했다. 그래서 그 책은 당시 그리스에서 가장 인기가 높았던 '비극'을 어떻게 지어야 가장 아름답게 지을 수 있는지 그 방법과 비극을 짓는다는 것의 의미를 가장 중요하게 다루고 있다. 거기에 덧붙여 전통적인 이야기 짓기였던 서사시를 추가로 다룬

짓기, 창작에 대하여

다. 그리고 지금은 전해지지 않지만 『시학』 2권은 '희극'을 다루었던 것으로 보인다. 그러니까 소년은 시인이 되고 싶었던 열정을 되새기며 『시학』을 펼쳤지만, 정작 그가 그 책 속에서 읽었던 내용은 극작가나 시나리오 작가, 소설가를 꿈꾸는 사람들에게 더 적합한 것이었다.

물론 아리스토텔레스가 다루는 세 장르가 모두 산문이 아니라 시처럼 운문 속에 담겨 있으며, 서사시는 물론 비극과 희극도 모두 '극시(劇詩)'라고 부를 수 있으니, 형식적인 측면에서 본다면 『시학』이라는 제목이 아주 틀린 것은 아니다. 시를 형식적인 운문으로 일단 이해하면, '시의 형식에 담긴 이야기 짓기', '이야기를 시의 형식 속에 담아 짓기'라고 이해하면 오해를 확실히 줄일 수 있다. 그렇지 않고 전향적으로 생각해서 '시'를 서정시에만 국한되는 것으로 보지 않고, 모든 종류의 시가 그 자체로도 크든 작든 지어낸 이야기를 담아낸다고 주장한다면 '시학'이 안성맞춤의 제목이라 인정될 수도 있다. 심지어 서정시조차도 감성과 사상의 표현에 그치지 않고 작지만 응축된 이야기를 갖추고 있다고 본다면, 시를 짓는 것은 곧 이야기를 짓는 것과 다르지 않다. 이렇듯 아리스토텔레스의 '포이에티케'를 '시학'으로 받아들이는 순간, '시'에 대한 우리의 관념은 전폭적으로 수정되어야 할 것이다.

아리스토텔레스의 윤리학과 정치학

어쨌든 『시학』에서 아리스토텔레스가 다룬 것은 그야말로 '이야기 짓기'이며, 그리스 고전기(기원전 5-4세기) 당대 최고의 인기를 구가하던 '비극 짓기'와 그리스인들은 물론 서양인들의 영원한 고전이 된 호메로스의 『일리아스』와 『오뒷세이아』로 대표되는 '서사시 짓기'가 핵심이다. 특히 아리스토텔레스는 그리스인들이 비극에서 보여 준 인생관을 주목하였다.

그래서 아리스토텔레스는 수많은 비극 작품들과 호메로스의 서사시를 꼼꼼하게 분석하기 시작했다. 그에 따르면, 비극과 서사시의 주인공은 사회적인 지위가 높은 왕이나 귀족, 장군과 같이 '고귀한 사람(σπουδαῖος)'이다. 그런데 주인공의 고귀함은 그가 갖춘 '덕(아레테)'에서 비롯된 것이다. 그리고 '아레테(ἀρέτη)'가 있는 사람은 고귀하고(『범주론』 10b6-9) 고귀한 사람은 행복하다는 것이 아리스토텔레스의 주장이었다. 이때 '아레테'란 단순히 윤리적, 도덕적 차원에서의 덕에 그치지 않고, 한 사람의 사회적 지위나 역할과 관련하여 그것을 잘 수행하는 탁월함을 의미한다. '덕이 있는 사람은 고귀하며, 그는 행복을 누릴 것이다.' 그것이 아리스토텔레스가 철학적으로 추구하던 것이었다.

아리스토텔레스는 『니코마코스 윤리학』에서 인간의 모든 선택과 행동, 기예와 탐구가 '좋음'을 목표로 하며 좋음의 궁극적인 지점에 '행복'이 있다고 했다. 『정치학』에서도 그는 "모든 사람은 잘 사는 것과 행복을 목표로 한다."고 말하면서, "행복은 덕을 완전하게 사용하고 실현할 때, 그래서 고귀한 사람이 될 때, 성취되는 것"(『정치학』 1328a37, 1332a9-10, 『니코마코스 윤리학』 1098a17)이라고 했다. 그런데 이 주장은 개인적인 생활에서뿐만 아니라 폴리스라는 공동체 안에서 더욱더 큰 의미가 있다. 따라서 덕을 인간에게 적용하여 그 의미를 규정하려고 할 때, 개인의 차원에서뿐만 아니라 구체적으로 도시국가 폴리스 체제의 맥락에서 살펴보아야만 한다. 가장 좋은 정체에 사는 사람들이 가장 잘 지낸다는 것은 타당하기(『정치학』 1323a18-19) 때문이다. 그리고 고귀한 개인들이 모여 고귀한 나라를 만들 수 있다.

> 고귀한 국가가 되려면 국정에 참여하는 시민들이 고귀해야만 합니다. 그런데 우리의 시민들은 모두 국정에 참여합니다. 따라서 우리는 어떻게 해야 사람이 고귀해질 수 있는지 고찰해 봐야 합니다. 시민 각자가 고귀하지 않아도 시민 전체가 고귀할 수는 있겠지만, 시민 각자가 고귀한 것이 더 바람직합니다. 각자가 고귀하면 전체도 고귀할 것이기 때문입니다.
>
> ——아리스토텔레스, 『정치학』(1332a32-38)에서

고귀한 국가는 아리스토텔레스가 생각한 바람직한 국가를 표현하는 말의 하나다. 고귀하다는 것이 덕을 갖추었음을 의미한다는 점을 되새기면, 국가가 국가 노릇을 제대로 하며 시민이 시민 노릇을 제대로 하는 국가, 즉 국가의 덕과 시민의 덕이 충분하게 구현되는 나라를 말한 것이다. 아리스토텔레스의

『니코마코스 윤리학』과 『정치학』은 사람이 행복을 누리고 좋은 사람이라는 평가를 받으려면 고귀한 사람이어야 한다고 말해 준다. 고귀한 사람은 인간에게 기대되는 자질과 능력, 품성을 고루 갖추고 인간 노릇을 제대로 하는 사람, 한마디로 인간의 덕, 영혼의 덕을 갖춘 사람으로서 아름다움과 즐거움에 대한 올바른 지식을 가지고 있어야 한다. 이 모든 지식과 품성, 그리고 실천은 국가라는 공공의 영역에서 종합적으로 규정되어야 한다. 그의 결론을 간단하게 정리하면 '덕을 갖춘 고귀한 사람과 고귀한 국가는 행복하다.'는 것이다. 왜냐하면 "행복은 완전한 덕에 따라 이루어지는 영혼의 어떤 활동"(『니코마코스 윤리학』 1102a5)이기 때문이다.

비극을 외면하지 않은 철학자의 용기

그런데 비극은 아리스토텔레스의 신념에 심각한 딴죽을 걸면서 사뭇 다른 이야기를 한다. 특히 도덕적으로나 정치적으로 훌륭한 자질과 성격을 가지고 있는 사람들, 그리고 사회적 신분도 고귀하며 사람들의 존경을 받는 고귀한 사람들이 곧바로 행복한 것은 아니라는 역설을 보여 준다. 아테네인들은 아리스토텔레스와 다른 윤리관과 정치관을 가졌던 것이다. 그러나 아리스토텔레스는 아테네인들을 비판하지 않았다. 오히려 아테네인들이 즐기는 비극을 냉철한 시선으로 바라보고 그 속에 담긴 윤리적 의식을 철

짓기, 창작에 대하여

학적으로 통찰하였다.

　　자신의 철학과 정면으로 충돌하는 비극의 세계를 외면하지 않았고 그 가치를 최대한 찾으려고 했던 철학자, 자칫 그는 자신의 철학 체계에 모순과 균열을 일으킬지도 모를 '뜨거운 감자'를 자신의 탐구 영역으로 적극적으로 끌어들였던 것이다. 그런 점에서 아리스토텔레스는 용기 있는 철학자다. 스승이었던 플라톤이 비극과 서사시의 비윤리적인 측면을 비판하면서 그의 '이상국가'에서 시인과 작가들을 추방했던 것과는 완전히 다른 태도였다. 『시학』은 아리스토텔레스의 용기 있는 통찰의 결과다. 따라서 이 책은 단순히 시인이나 극작가 지망생을 위한 문학 이론서라는 의미 이상의 윤리적이고 정치적인 가치를 갖는다.

　　아리스토텔레스의 분석에 따르면, 비극의 주인공은 "큰 명성과 성공을 누리던 인물들"이다. "오이디푸스와 튀에스테스, 그리고 그와 같은 가문 태생으로 두드러져 보이는 인물들을 예로 들 수 있다."(『시학』 1453a10-12에서.) 그런데 이들의 운명은 불행에서 행복으로가 아니라, 그 반대로 행복에서 불행으로 바뀌어야 한다. 고귀한 사람이 행복해지는 것이 아리스토텔레스의 윤리학과 정치학의 틀 안에서 이루어지는 일이라면, 그와 반대로 고귀한 사람이 불행해지는 것은 시학의 틀 안에서 겪게 되는 일인 셈이다.

고귀한 사람이 불행해지는 까닭

물론 비극의 고귀한 주인공이 불행에 빠지는 것은 도덕적인 결함 때문이 아니라 중대한 과실 때문이니(1453a13-16), 시학의 서술이 윤리학과 정치학의 주장과 완전히 대립되거나 모순되는 것은 아니라고 설명할 수도 있다. 정치적으로나 윤리적으로 덕을 가진 사람, 즉 고귀한 사람이 그 도덕성 때문이라면 행복해야만 하겠지만, 실제의 삶에서는 그도 인간이기에 의도하지 않은 실수를 저지를 수도 있고, 그 때문에 뜻하지 않게 불행을 겪을 수도 있으니 말이다. 어쩌면 문학은 성격과 도덕성, 그리고 행복과 불행의 어긋남을 운명처럼 그려내는 데에서 고유한 빛을 발한다고 볼 수 있다.

이렇듯 윤리학과 정치학의 결론과는 달리 비극의 주인공으로서 고귀한 사람은 행복을 누리지 못하고 반대로 불행을 겪는다. "알크마이온과 오이디푸스와 오레스테스와 멜레아그로스와 튀에스테스와 텔레포스, 그리고 무서운 일들을 겪거나 저질렀던 적이 있는 다른 모든 인물들"(1453a19-22)이 이에 해당한다. 이런 경험을 가진 사람들은 행복하기보다는 불행한 쪽에 더 가깝다. 여기에서부터 『시학』의 저자는 『정치학』, 『니코마코스 윤리학』에서의 주장과는 어긋난 시선으로 인간의 삶과 세상을 바라본다. 비극의 주인공은 고귀한 사람이며, 바로 그런 측면에서 그는 좋은 사람, 더 정확하게 말한다면 우리보다 "더 좋은 사람"인데, 그들이 행복을 누리기는커녕 오히려 '불행'에 빠진다는 비딱한 시선을 제공한다.

『시학』 안에서 윤리학과 정치학의 이상을 전혀 읽을 수 없는 것은 아니다. 아리스토텔레스는 '공명관대한 사람들(epieikeis)'이 행복에서 불행으로 빠지는 것을 비극이 보여 주는 것은 적절하지 않다고(1452b34-1453a7) 했다. 행위의 관점에서만 본다면, 착한 일을 한 사람이 그 품성과 덕성의 탁월함 때문에 불행해져서는 안 된다는 것이다. 그의 불행은 철저히 그가 자신도 어쩔 수 없이 저지른 치명적인 '실수(hamartia)'에서 비롯되어야 한다. 오이디푸스가 아버지를 죽이고 어머니를 범한 것, 그래서 끔찍하고 불행한 운명에 희생되고 처참하게 파멸된 것은 아버지를 죽이고 어머니를 범할 수는 없다는 고결한 도덕적 결심 때문이 아니라, 그런 도덕적인 숭고함에도 불구하고 그가 통제할 수 없는 실존의 상황 속에서 아무것도 모른 채 저지른 일련의 실수 때문이다.

인간으로서 갖추어야 할 덕을 갖춘, 뛰어나고 영리하며 도덕적으로 고결하기까지 한 사람도 어쩔 수 없는 부분이 있다는 통찰, 고귀한 사람이어도 불행의 나락으로 몰락할 수 있다는 역설과 모순에 대한 직관, 인간적인 덕이 운명의 막강한 힘 앞에서 무력할 수 있다는 것, 그것이 바로 인생이라는 통렬한 깨달음, 그것이 『시학』의 테제를 이루며, 『윤리학』과 『정치학』에 대해 '반전'을 일으킨다. 그래서 비극의 주인공은 분명 덕을 갖춘 고귀한 사람이면서도, 그의 덕이 불행이나 행복의 원인이 되지 못하는 그야말로 '비극적인' 인물이다.

윤리학-정치학과 시학 사이

이러한 취지에서 아리스토텔레스는 이런 말을 한다.

> 그러면 그런 사람들의 중간쯤 되는 인물이 남습니다.
> 덕과 정의에서 돋보이지는 않지만, 나쁨이나 못됨 때문이 아
> 니라 어떤 실수 때문에 불행으로 바뀌는 인물인데, 큰 명성과
> 성공을 누리던 인물들에 속합니다.
>
> ──**아리스토텔레스, 『시학』(1453a7-10)에서**

여기에서 "중간쯤 되는 인물"이란 아리스토텔레스의 윤리학이 권장하는 '중용'을 뜻하는 것은 아니다. 그렇다고 덕도 나쁨도 없는 평범한 사람이라는 뜻은 더더욱 아니다. 비극의 주인공인 고귀한 사람은 분명히 덕을 갖춘 사람이기 때문이다. "중간쯤 되는 인물"이라는 표현은 특정한 행위가 이루어지는 순간에 덕과 나쁨으로 설명될 수 없다는 뜻으로 이해될 수 있다. 비극의 주인공은 고귀한 사람이며 그런 관점에서 좋은 사람이지만 그의 덕이 그의 불행과는 아무런 상관이 없다는 것이다. 그의 불행은 그의 덕 때문에 생기는 것이 아닐 뿐만 아니라 행여 그가 가질 수 있는 어떤 도덕적인 결함, 즉 나쁨이 있어서도 아니다. 그의 불행은 철저히 그가 통제할 수 없었던 특정한 종류의 실수 때문이다.

인간적인 덕은 그의 운명적인 불행을 막고 행복으로 인

도하는 데 결정적으로 기여하지 못한다. 오히려 그의 불행은 그의 덕과 고귀함과 함께함으로써 훨씬 더 역설적이며, 그래서 더욱더 비극적이다. 덕을 가진 고귀한 사람이 행복하다는 것이 윤리학적, 정치학적 명제라고 한다면, 사회적 지위도 고귀하고 능력도 탁월하며 도덕성까지 갖춘 그 사람이 불행의 나락으로 몰락할 수 있음을 보여 주는 시학은 또 다른 측면에서 인간에 대한 보편적인 통찰을 제공한다.

흔히 덕과 행복의 철학자로 불리는 아리스토텔레스는 윤리적이고 정치적인 차원에서 덕을 강조하면서 행복을 모색했다. 그러나 그와 같은 철학적 기획은 그가 아테네인들이 열광하던 비극에 직면하는 순간 흔들렸다. 덕을 갖춘 고귀한 사람의 불행을 외면하지 않고 직시하려는 아테네 시민들의 욕망은 비극이라는 숭고한 장르를 낳았으며, 아리스토텔레스는 그 장르를 탐구하면서 인생과 세상의 새로운 비밀에 직면했기 때문이다.

인간은 영혼의 덕을 갖추었을 때 고귀하고 좋은 사람이 되고 행복을 누릴 수 있을 것이다. 그러나 조심하라. 아무리 덕을 갖춘 고귀한 사람일지라도 불행해질 수 있음을. 그것이 인생임을. 아리스토텔레스는 인간이 비껴갈 수 없는 운명적인 역설을, 그 역설을 드러내는 비극에 맞서 시선을 돌리지 않고 직시했던 것이다. 거기에서 삶에 대한 단단한 인문학이 굳게 자리 잡는다.

"아무리 덕을 갖춘 고귀한 사람일지라도
불행해질 수 있음을 알라, 그것이 인생임을."

김헌

"역사와 만남은 무엇보다도 생생해야 한다.
그래야 역사 짓기는 인간 빚기가 된다."

김월회

역사,
인간을 빚는다

20

김월회

> Ⓐ유형 : 백이 형제, 공자, 안회 등.
> Ⓑ유형 : 도척, 이름을 나열할 수 없을 정도로 널려 있
> 는 도척의 후예들.

　　불세출의 거작 『사기』를 완성한 사마천은 그 서문 격의
글에서 Ⓐ유형의 인물과 Ⓑ유형의 인물을 대비하며 절규했다.
역사를 보니 Ⓐ유형은 올곧고 선하게 살았음에도 불우한 삶을
살다 요절하기 일쑤였고, Ⓑ유형은 갖은 악행을 일삼아도 떵떵거
리며 천수를 누리곤 했기 때문이다. 하여 그는 "편파적이지 않으
며 항상 선한 이와 함께한다."는 하늘에 대고 외쳤다. "하늘의 도
는 과연 옳은가 아니면 그른가?"

사실 적기에서 역사 짓기로

가만히 따져 보면 사마천의 이런 행동은 꽤나 의아하다. 『사기』는 문학과 사학, 철학의 요소를 두루 갖추고 있다는 평가를 받아 왔지만, 그래도 '역사 기술'이라는 책 제목에서 확인할 수 있듯이 그 본질은 엄연히 역사서다. 그런데 위의 하늘에 대한 사마천의 절규는 백이 숙제 형제의 삶을 기술한 「백이열전」에 나온다. 실증적 역사 기술에 역사가의 목소리가 가감 없이 실려 있는 것이다. 비유컨대 언론이 사건 보도를 한다면서 사실보다는 기자 자신의 의견을 중점적으로 다룬 셈이다.

단적으로 이러한 사마천의 태도가, 역사는 사실의 기록으로 역사가의 목소리를 최대치로 배제할수록 좋은 역사서라는 일반적 관점과 위배된다. 백 보 양보하여, 「백이열전」이 『사기』 전체의 서문 역할을 겸하다 보니 그렇게 됐다고 하여도 문제의 핵심이 해소되진 않는다. 「백이열전」을 보면 백이 형체의 삶이 기술되어 있다. 서술 분량이 많지 않고 전 생애를 다루지는 않았지만 그래도 사마천이 역사는 사실의 기록임을 분명하게 인지하고 있었음의 증거가 되기에는 부족함이 없다. 그래서 더욱 문제적이라는 것이다. 『사기』 곳곳에 사실의 기록과 사마천 자신의 목소리가 함께 실려 있고, 이런 경우 기록된 사실은 개진된 견해의 근거로 활용되기 마련이어서, 역사 기술의 방점이 사실보다는 견해에 놓이게 되기 때문이다.

일각에서는 이를 사마천이 고대 중국의 역사 기술 전통

을 충실히 따른 결과로 보기도 한다. 중국에서 나온 최초의 역사서다운 역사서는 공자가 편찬한 『춘추』다. 여기에는 기원전 722년부터 기원전 481년까지 총 242년간의 주요 사건이 연도별로 간략하게 적혀 있다. 그런데 기술된 내용이 거의 메모 수준에 가까웠던 탓에 시간이 흐르자 적힌 사건의 본말을 알아내기가 어려워졌다.

이에 해설서가 나오기 시작했다. 공양고란 학자가 해설을 붙인 『공양전』이나 좌구명이란 학자가 해설한 『좌전』 등이 대표적 예다. 바로 이들이 사마천이 따랐다고 하는 역사 기술 전통을 수립한 책들이다. 여기에는 사실의 적시뿐 아니라 사실을 평가하는 역사가의 목소리가 본격적으로 담겨 있고, 사마천은 이를 따라 자칫 주관적일 수도 있는 자기 목소리를 아무런 머뭇댐도 없이 역사 기술에 담아냈다.

사실 이러한 역사 기술 전통의 성립을 더 이른 시기로 잡을 수도 있다. 공양고나 좌구명 공히 사실에 대한 자신들의 논평은 『춘추』에 스며들어 있는 공자의 평가로부터 기인한다고 주장했다. 그들뿐 아니라 역대로 『춘추』에는 사실의 간략한 적시뿐 아니라 역사적 사건에 대한 공자의 논평, 곧 역사가의 목소리가 풍요롭게 스며들어 있다고 믿어 왔다. 언뜻 보기에는 "사실을 담백하게 기록해 둔 듯 보여 별 뜻이 없는 글〔微言〕"처럼 보이지만 실은 그 행간엔 "공자의 큰 뜻〔大義〕"이 풍부하게 담겨 있다고 여겼다. 단순한 사실 기록이 아니라 그러한 '미언대의'가 빼곡하게 차 있는 책이 『춘추』라는 것이다.

짓기, 창작에 대하여

    고대 중국인들은 이를 '춘추필법'이라고 명명하며 대대로 역사 서술의 전범으로 삼았다. 사실을 있는 그대로 기록하지만 사실의 취사나 어휘의 선택 등을 통해 기릴 만한 사건은 상찬하고 지적할 만한 사건은 분명하게 비판했다는 것이다. 이를테면 정란을 일으켜 집권에 성공한 정치세력을 '구(寇)', 그러니까 '도적'이라고 표기한 것은 공자가 그들의 집권을 정당하지 못하다고 본 결과라는 식이다. 이렇게 공자는 사실 기록을 해하지 않으면서도 자신의 견해를 역사 기록에 분명하게 담아낼 수 있었다는 것이다. 이러한 전통에 따르면, 고대 중국에서 역사 기술은 처음부터 사실 적시와 역사가 논평의 복합체였음을 알 수 있다. 사마천도 이러한 전통 위에서 자기 목소리를 역사 기술의 전면에 강하게 드러낼 수 있었음이다.

    하여 역사 기록을 접할 때면, 기술된 사실의 진위 여부를 짚어 보는 것도 중요하지만 표출된 역사가의 목소리에 대한 분석도 그에 못지 않게 또는 그보다 더 중요하다. 『사기』라는 역사 기록 또한 마찬가지다. 인류가 왜 역사라는 문명 장치를 고안했는지를 따져 보면 사실 역사 기술의 목적이 적시 자체를 넘어 의미의 전달에 있음을 금방 알게 된다. 특별히 전달할 의미가 없는 사실이 역사 기술 대상에서 제외되는 까닭이다. 따라서 사실 적시와 그에 대한 논평은 실은 떼려야 뗄 수 없는 한 몸이었다. 역사를 기술하는 한 이는 기본 중의 기본이라는 뜻이다. 사마천은 여기서 크게 한 걸음을 더 내디뎠다. 『사기』에 담긴 그의 목소리는 단지 사실에 대한 논평 수준이 아니었다. 그것은 역사가로서의 자기 문제의식을 중심으로 사실을 재배치하는 목소리였다.

곧 이전까지의 역사가 사실의 적시를 통해 교훈을 캐내는 활동이었다면, 사마천의 그것은 사실의 배치를 통해 자기 사고를 펼쳐내는 활동이었던 셈이다. 그가 『사기』의 후서(後序)인 「태사공자서」에서 공자의 『춘추』 편찬을 두고 사실의 적시를 통해 "사상의 독자적 일가를 이루고자 함"이라고 논단했던 것도 이러한 연유에서였다.

적기와 짓기의 차이

이는 역사 기술이 '사실 적기' 단계에서 탈피하여 '역사 짓기' 단계로 변이됐음을 말해 준다. 적기는 그 대상이 사실이든 그와 연관된 논평이든 간에 있었거나 있는 것을 쓴다. 이에 비해 짓기는 원래 대상에는 없는 것을 새로이 만드는 활동이 가미된다. 쌀로 밥을 짓지만 밥은 쌀 그대로가 아니다. 나무로 집을 짓지만 원재료였던 나무가 집을 애초부터 품고 있지는 않았다. 글도 마찬가지다. 글을 지어 놓으면 글을 적어 놓은 것보다 뭔가가 더 담긴다. 「백이열전」을 예로 들어 보자. 사마천은 백이 형제에 대한 정보나 사적을 『춘추』처럼 시간순으로 배열해 놓지 않았다. 물론 백이 형제에 대한 기본적 정보는 서술된다. 줄거리만 추리자면 이러하다.

그들은 고죽국 제후의 두 아들이었다. 부친은 제후의

짓기, 창작에 대하여

자리를 셋째 숙제에게 물려주고 싶어 했다. 이를 눈치챈 첫째 백이는 부친이 돌아가시자 부친의 뜻을 따라야 한다며 가출을 감행했다. 그러자 숙제도 제후의 자리는 응당 맏이가 계승해야 한다며 뒤따라 가출했다. 그 둘은 여생을 주나라의 제후인 서백 창에게 기탁하기로 했다. 그의 사람됨에 대한 칭찬이 세간에 자자했기 때문이다. 그런데 막상 가 보니 서백 창은 이미 세상을 떠났고, 그 아들 희발이 아버지의 이름으로 군사를 모아 역성혁명을 일으키고 있었다. 백이 형제는 이를 말렸으나 역부족이었고, 희발은 결국 천자를 폐하고 자신이 새로운 천자가 되었다. 아무리 폭정을 휘두른다고 해도 신하인 제후가 자기 주군인 천자를 내쫓음은 어찌 됐든 잘못이라 여긴 백이 형제는 수양산으로 들어갔다. 그러고는 주나라 땅에서 나는 곡식은 의롭지 못하다고 여겨 안 먹고 고사리를 캐어 먹다가 세상을 떠났다.

사마천은 백이 형제의 이러한 행적을 적는 데 그치지 않았다. 그는 먼저 역사가로서 자신이 지니고 있던 화두로 큰 틀을 짰다. 구체적으로 살펴보면 다음과 같다. 첫 대목에선 앎, 나아가 진리가 과연 온전한지를 물었다. 그런 다음 앞서 요약한 백이 형제의 행적을 적었다. 다만 그들의 행적을 밝힘이 최종 목적은 아니었다. 그들의 행적을 사마천은 윤리대로 행함의 의미에 대해 근원적 차원에서 문제를 제기하는 근거로 끌고 들어왔다. 이를테면 이런 질문을 던진 것이다. 백이 형제는 인간이라면 마땅히 그리 행해야 한다고 여겨 그렇게 했다. 배우고 익힌 대로 윤리적 당위를 행했는데 왜 산으로 숨어들어야 했는지, 그곳에서

고사리를 캐 먹으며 고생스럽게 살아야 했는지, 윤리대로의 삶을 행한 결과 돌아오는 것이 손해이거나 박해라면 윤리는 과연 지켜야 하는 것인지…….

실은 백이 형제의 수양산행에 대해 당대에는 물론 공자나 사마천 당시에도 주된 평가는 꽤나 야박했다. 희발, 그러니까 주 무왕은 만백성을 폭정으로부터 구제하여 한결 나은 삶을 가능케 해 줬다. 하여 그가 신하의 신분으로 쿠데타를 일으킨 점을 문제 삼지 않았다. 같은 맥락에서 백이 형제의 수양산행을, 이러한 공로는 도외시하고 쿠데타를 일으켰다는 점만을 들어 무왕을 원망한 속 좁은 행위로 이해했다. 인간이라면 응당 그리 행해야 한다는 윤리를 지켰음에도 세간의 또 후대의 평가는 이렇듯 부정적이었다. 마침 사마천 자신도 최선을 다한 이릉이란 장수를 옹호하다 부당하게 고환을 제거당하는 형벌인 궁형을 받은 터였다. 공자가 백이 형제를 두고 어짊을 추구하여 어짊을 터득한 인자라고 평가했듯이 백이 형제의 수양산행이 높이 살 만한 행위였다면 그들은 충분히 사마천이 자기 자신을 이입할 수 있는 대상이었던 셈이다. 결국 사마천은 백이 형제의 삶을 적음으로써 선인을 옹호하다 억울하게 궁형을 당한, 다시 말해 윤리대로의 삶을 옹호하다 된통 손해를 본 자신의 목소리를 역사로 빚어내고자 했던 것이다.

윤리를 지키는 삶을 문제 삼은 다음 사마천은 질문의 촉을 하늘로 향했다. 서두에 서술했듯이, Ⓐ 유형은 고단한 삶을 살고 Ⓑ 유형은 유복한 삶을 산다면 하늘의 도는 항상 선하다고

짓기, 창작에 대하여

볼 수 있는지를 물었다. 그런 다음, 공자가 있었기에 백이 형제나 안회 같은 훌륭한 이들이 청사에 기록될 수 있었다면서 역사 기술의 의미에 대한 자기 생각을 행간에 접어 넣고는「백이열전」을 마무리했다. 분명 편명은 '백이 형제의 삶 기술'이란 뜻의 '백이열전'임에도 실제로 기술된 바는 진리와 윤리, 천도, 역사 등에 대한 사마천의 목소리였다. 백이 형제의 삶은 그러한 역사가의 목소리를 역사에 담아내는 데 통로로 활용된 셈이다.

물론『사기』의 전편이 다 이러한 식으로 기술된 것은 아니었다. 다만 제후급 인물을 다룬 세가 부분의 일부에서, 또 열전 부분, 곧 고대 중국의 역사가 그러하게 흘러오는 데 나름의 영향을 미쳤다고 판단된 인물을 다룰 때에는 곧잘 이러한 구성력을 발휘하였다. 그래서 사마천은 사실을 적으면서도 '사상의 독자적 일가'를 지어 갈 수 있었다. 열전이 역대로『사기』의 정화로 평가되어 왔고, 분량도『사기』의 절반에 육박함을 감안할 때, 사마천이 사실 적기에서 탈피, 역사 짓기를 중점적으로 수행했음을 알 수 있다.

인간이 빚어지는 경로

역사 짓기는 이렇게 역사가 목소리가 기술의 근간이 된다. 역사 기술의 주된 대상이라 여겨 온 사실은「백이열전」기술에서 익히 보았듯이 때로는 부차적 요소로 밀리기도 한다. 하여

근대에 들어 『사기』는 서양 역사학자들에 의해 역사서가 아닌 소설책으로 분류되는 치욕을 당하기도 했다. 역사가의 목소리는 객관적이기보다는 주관적일 개연성이 훨씬 높았기에 그런 대접을 받아도 실은 할 말이 없기도 했다.

앞서도 밝혔지만, 그렇다고 고대 중국에 예컨대 '역사는 사실의 충실한 기록이다.'와 같은 관념이 없었던 것은 아니었다. 아니 그런 관념은 실록(實錄) 지향에 대한 역대의 강조에서 볼 수 있듯이, 서구만큼이나 강하고 주류였다고 봐야 타당할 정도다. 실제로 "『사기』는 실제를 충실하게 기록한 실록"이란 역대의 평가에 힘입어 『사기』와 쌍벽을 이뤘던 역사서 『한서』에 비해 『사기』가 한결 낫다는 주장의 대표적 근거로 활용되었다. 그럼에도 사마천과 같은 역사 짓기가 출현한 이유는 무엇일까? 이는 역사 기술의 목적이 사실의 충실한 기록 그 자체에 머물지 않고 참다운 인간을 빚어내는 데 있었기 때문이다. 고대 중국만 이러했다는 뜻은 결코 아니다. 서구 역시 역사 기술의 궁극적 목표

짓기, 창작에 대하여

가 참다운 인간의 빚어냄에 있음은 부인할 수 없다. 다만 그 빚어내는 방식과 경로에 차이가 있었기에 사마천과 같은 역사 짓기가 출현했다는 것이다.

　가령 정합적 논리를 기반으로 의사를 소통하던 서구인과 달리 고대 중국인들은 내용의 '생생함'을 기반으로 의사를 소통했다는 차이로 인해 역사가의 목소리가 역사 기술에 강하게 배어들 수 있었다. 과거 사건을 한 치의 오차도 없이 정확히 기록하느냐가 주된 관심사가 아니라, 그러한 사실들로부터 끌어낸 바를 삶이라는 구체 맥락에서 어떻게 활용할 것인지가 역사가의 주요 관심사였다. 하여 역사가는 사건의 경위를 얼마나 생동감 있게 전달할지에 집중하였다. 녹음기도 없던 시절의 역사를 기술하면서 과거 인물의 말을 직접 인용하고 그들의 속마음과 심리 묘사를 태연하게 덧붙인 것도 이러한 역사 기록의 목표를 효과적으로 달성하기 위한 서술 전략이었다.

　다시 말해 역사적 사건의 전모를 정확하게 기록하는 것

보다는 그것을 생동감 있게 재현함으로써 독자의 삶에 그 사건의 의미를 현재화하는 것, 이를 위해 역사가의 주관적 목소리는 물론 문학적 허구조차 마다하지 않고 과감히 활용했던 것이다. 물론 역사 짓기는 그저 역사가의 주관이 만들어낸 허구에 그치지는 않는다. 그랬다가는 '실감 나는 생생한 체험'을 통해 과거 사건의 의미를 정확하게 체득케 한다는 역사 짓기의 목적이 제대로 실현되지 못한다. 역사가의 주관이기만 하다면 언중의 공감과 공명을 불러일으킬 수 없음은 자명하다. 따라서 역사 짓기에 동원된 허구는 가장 그럴듯한 허구였다. 그건 이미 과거가 되어 생기가 메마른 역사적 사건에 생동감을 불어넣는, 마치 일상에서 늘 접하고 있었던 듯한 '살아 있는' 허구였다.

　　바로 역사 짓기의 이러한 살아 있음 속에서 사람은 인간으로 빚어진다. 역사 짓기는 생생함 속에서 역사를 실감 나게 체험하고, 이를 통해 그 의미를 자연스럽게 체득하는 데 유리하기 때문이다. 그랬을 때 삶의 현장에서 그 의미를 더욱더 자발적으로 실천할 수 있게 된다. 어른으로 커 가는 과정에서 역사를 접하는 제일의 목적이 개인 차원부터 국가 차원에 이르기까지 더 나은 인문적 삶의 구현이라는 점에 동의한다면 더욱 그러하다. 역사적 사건의 충실한 기술만으로도 익히 정신을 도야하고 제고함으로써 훌륭한 덕을 갖출 수 있다. 다만 사람의 머리와 몸 사이의 거리가 의외로 무척 멀다는 사실에 유념해야 한다. 머리로 안다고 하여 자동적으로 몸이 행할 줄 아는 것은 아니다. 지행합일이란 윤리가 꽤 오래전부터 힘주어 요구된 까닭이다.

하여 역사를 '머리'가 아니라 '마음'으로 만날 필요가 있다. 마음이 머리와 몸 사이의 거리를 좁혀 주기 때문이다. 역사 짓기는 이처럼 마음으로 접하는 역사를 구현해 줌으로써 역사와 만나는 이들을 참다운 인간으로 빚어낸다. 인간은 현재를 살면서 미래를 품어 가며 산다. 그랬을 때 현재의 삶이 조금이라도 더 안정되고, 지속 가능해질 수 있기에 그렇다. 결국 미래를 얼마큼 대비할 수 있느냐가 관건이 된다. 역사와 만나야 하는 필요가 여기서 비롯된다. 너무나도 오랜 기간 동안 수없이 많은 이들의 실제 삶을 통해 익히 검증되어 왔듯이 역사는 과거와 만남을 통해 미래를 대비하는 가장 효율 높은 길이기 때문이다.

따라서 역사와 만남은 무엇보다도 생생해야 한다. 그래야 역사가 현재를 살아가는 사람의 실존에 살아 움직이는 밑천으로 자리 잡을 수 있게 된다. 그렇게 역사를 실존에 품을 줄 아는 이가 참다운 인간이다. 역사 짓기가 인간 빚기가 되는 이유다.

영웅,

내 삶의 이야기

지성과 덕성을
잃지 않을 때

21

김헌

플루타르코스 영웅전

내가 어릴 적, 선친께서는 퇴근길에 책을 사 오시고는 했다. 기억에 남는 것 중 하나가 『플루타르코스 영웅전』이다. 어린 내 마음에 가장 강렬한 인상을 남긴 인물은 알렉산드로스와 카이사르였다. 책을 읽던 나는 그런 위대한 '영웅'들처럼 되고 싶다는 야망을 품었다. 그러나 나는 그런 '영웅'들처럼 성장하지는 못했다. 그 대신 영웅들의 이야기를 깊이 연구하는 서양고전문헌학자가 되었다. 자연스럽게 그런 '영웅'들의 이야기를 쓴 플루타르코스에 대한 관심도 높아졌다. 그도 영웅에 대한 열망을 품었으나 철학자의 삶을 살았다는 점에서 동질감을 느꼈던 것 같다.

플루타르코스는 1세기에 살았던 그리스 사람이다. 로마

영웅, 내 삶의 이야기

가 그리스를 지배하던 '팍스로마나'의 시대였다. 스무 살이 되자 그는 보이오티아섬을 떠나 아테네로 왔고, 플라톤이 세운 아카데미아에서 철학을 공부했다. 플루타르코스의 이력은 특이한데, 그는 철학자로만 살지 않고 델포이에서 아폴론 신전의 사제직을 수행했다. 그렇다고 그가 현실에서 동떨어진 삶을 산 것은 아니다. 고향을 대표하는 외교사절로 로마를 방문했고, 하드리아누스 황제의 명을 받아 그리스 아카이아 지역의 정치와 행정의 책임자로 일했다. 여러 면에서 성실과 탁월성을 보였던 그는 동료 시민들에게는 물론이고 로마인들에게도 사랑과 존경을 받았던 지식인이었다.

그래서인지 플루타르코스는 한 인물을 기술할 때, 두 가지 특징을 보인다. 첫 번째는 인물의 도덕적 품성에 주목하고 그것이 어떤 교육의 결과였는지를 추적한다. 그리고 그렇게 형성된 품성에서 어떤 행동이 나오는지를 그려낸다. 특히 인물의 품성에 어떤 교육과 사상이 영향을 끼쳤는지에 관심을 가졌는데, 그 최종적인 지표는 윤리적이고 실천적인 측면이었다.

또 하나의 특징은 종교성이다. 플루타르코스는 뛰어난 품성과 능력을 가진 사람들이 인간의 한계 앞에 무너지는 모습을 과감하게 드러냈다. 탁월한 인물의 몰락에 놀라는 독자에게 인간의 한계를 상기시키며 그 너머의 절대적인 힘 앞에서 겸손해야 함을 암시한다. 그러나 그의 종교관은 '그리스 로마 신화'의 유치한 만화적 수준에 머무르지 않는다. 철학자로서 신화를 우의적으로 해석하며 신성한 존재는 하나이며 동일하다는 진보적인 입장을 틈틈이 드러냈다. 그 덕에 우리는 그의 작품 속에서 역사와 신화, 철학과 종교가 결합된 서술을 만나게 된다.

영웅이란 어떤 존재인가

철이 들어 플루타르코스의 책을 다시 읽었을 때 제목이 '영웅전'이 아니라는 것에 놀랐다. 원래 제목은 무척 소박했다. "생애의 비교(Βίοι Παράλληλοι)." 플루타르코스는 로마 역사에 중요한 인물들의 삶을 소개하고 그에 버금가는 그리스 인물들을 비교했던 것이다. 지금 전해지는 전기의 주인공은 모두 쉰 명인데, 네 명을 제외한 마흔여섯 명의 인물들이 짝으로 비교된다. 이들이 모두 '영웅'일까? 대답은 회의적이다. 그리스에서 영웅은 특별한 종족을 가리키는 '생물학적인(?)' 말이기 때문이다.

'영웅'에 해당하는 그리스 말은 '헤로스(ἥρως)'이며, 여기에서 'hero'가 나왔다. 서사시인 헤시오도스는 인간의 역사를 다섯으로 나누었다. 우리 '호모사피엔스' 종은 다섯 번째인 '철의 종족'에 해당한다. 인류의 첫 종족은 신들이 빚어낸 '황금의 인간'이었다. 마치 올림픽의 시상대를 연상시키듯 두 번째는 '백은(白銀)의 인간'이었고, 세 번째는 '청동의 인간'이었다. 청동의 인간과 철의 인간들 사이에 바로 영웅 종족들이 살았다.

그들은 특별한 존재였다. 그들의 아버지나 어머니 중 하나는 신이었기 때문이다. 보통 사람으로서는 넘볼 수 없는 반인

반신의 태생적인 조건을 타고난 '모태 금수저'였다. 그들은 인간의 피를 이어받았기에 결국 죽어야만 했지만, 신의 영역을 위협하는 강력한 힘과 재능을 가졌다. 신을 닮았기에 불멸에 대한 열망으로 뜨거웠고, 필멸의 운명을 짊어지고 있었기에 죽음 앞에서 비극적으로 파멸했다. 깃대에 묶여 창공을 향해 날아갈 듯 뜯어지게 나부끼는 깃발처럼, 땅에 뿌리박고 있으면서도 하늘을 향한 열렬한 갈망으로 높이를 더해 가는 나무들처럼, 영웅들은 사람들 사이에서 이름이라도 영원히 남기려는 몸부림에 하나뿐인 목숨을 장렬하게 내던졌다. 이런 자들이 그리스의 영웅들이었다.

제우스의 아들로 엄청난 힘을 자랑하던 헤라클레스, 천상의 목소리로 산천초목까지 감동시킨 오르페우스, 트로이아전쟁의 찬란한 별 아킬레우스가 이런 혈통을 타고난 영웅들의 전형이었다. 그들처럼 진정한 영웅이려면 부모 중 하나가 신이어야 한다. 이들의 시대가 지난 후에 영웅은 '생물학적으로' 사라졌다. 신들이 더 이상 인간들에게 성적으로(?) 관심을 갖지 않았다는 뜻이다.

그렇다면 『플루타르코스 영웅전』의 주인공들은 '그런' 영웅일까? 적어도 로마를 건설한 로물루스는 확실히 영웅의 태생적 조건을 충족시킨다. 그는 인간이었던 레아 실비아와 전쟁의 신 마르스 사이에서 태어났다. 아테네의 전설적인 왕 테세우스도 포세이돈의 아들이라는 전설에 힘입어 영웅의 조건을 충족시킨다. 그러나 나머지 대부분의 인물들은 '영웅'이 아니다. 우리와 같은 '호모사피엔스'들이며 헤시오도스가 말한 '철의 종족'

이었다. 그러니 플루타르코스의 책은 엄밀하게 말해서 '영웅전'이 아니다. 그럼에도 불구하고 그들의 이야기에 '영웅전'을 붙일 수 있는 이유는 영웅이 아닌 그들이 보여 준 행적과 야망이 영웅적이기 때문이다.

불세출의 영웅 알렉산드로스

그 가운데 알렉산드로스가 가장 돋보인다. 그는 의도적으로 '영웅'이려고 했고 플루타르코스도 그 점을 부각시켰다. 그리스 북부 산악 지역에 위치한 마케도니아 출신이었던 알렉산드로스는 당대 그리스의 주류였던 아테네나 스파르타, 테베와 코린토스 사람들의 눈에는 '촌놈'이었다. 그의 아버지 필립포스 2세와 어머니 올림피아스도 둘 다 인간이었다. 하지만 플루타르코스는 그들의 족보 끝에 독보적인 두 영웅의 이름을, 즉 필립포스 위에는 헤라클레스를, 올림피아스 위에는 아킬레우스를 올려놓았다.

올림피아스의 태몽도 소개한다. 결혼식 전날 그녀는 벼락이 그녀의 배를 쳤고 섬광이 일어 사방으로 불길이 퍼지는 꿈을 꾸었다. 태몽대로라면 알렉산드로스의 아버지는 필립포스가 아니라 번개의 신 제우스인 셈이다. 알렉산드로스가 암살당한 필립포스의 뒤를 이어 왕이 되고 페르시아 원정길에 올랐을 때, 올림피아스는 아들에게 '출생의 비밀'을 알려 주며 제우스의 아들로서 당당하게 행동할 것을 당부했다고 한다. 그는 그야말로 명실상부한 '영웅'이 된 셈이다.

알렉산드로스는 어려서부터 『일리아스』를 읽으면서 제2의 아킬레우스가 되려 했다. 트로이아에 도착했을 때는 아킬레우스에게 제사를 올리며 그를 능가할 것을 다짐했다. 그의 영웅적인 활약은 기원전 333년에 벌어진 잇소스 전투에서 유감없이 발휘되었다. 수십만의 대군을 이끌던 불혹의 다레이오스는 약관의 알렉산드로스가 고작 3만의 군사를 거느리고 나타났을 때 자신만만했다. 그러나 거침없이 달려드는 알렉산드로스를 막을 수가 없었다. 다레이오스는 가족과 부하들을 버리고 달아났고, 알렉산드로스는 아킬레우스와 비교해도 손색이 없는 영웅임을 목숨을 걸고 입증했다. 나중에 그는 헤라클레스처럼 사자 가죽의 옷을 입기도 했다.

압권은 이집트 원정 때였다. 그는 자신의 이름을 딴 '알렉산드리아'를 건설하라고 지시한 후 암몬 신전으로 가려고 했다. 그러자 깜짝 놀란 사람들이 그를 적극 만류했다. 그곳으로 가는 길은 멀고 험한 사막이라 탈진해서 쓰러지거나 세찬 모래바람에 파묻혀 몰살당할 위험이 있었기 때문이다. 실제로 페르시아의 캄뷔세스 왕의 군대 5만 명이 모래바람에 휩쓸려 매장된 적이(헤로도토스, 『역사』 III. 26.) 있었다. 그러나 알렉산드로스는 두려움에 굴하지 않고 행군을 감행했다. 그가 마침내 신전에 도착했을 때 그는 물었다. "나의 아버지를 암살한 자들 중에 복수를 피한 자가 있습니까?" 그러자 '왜 불멸하는 신의 아들이 한갓 인간을 아버지라 여기느냐.'는 반문이 있었고, '그대는 온 인류를 다스릴 운명을 타고났다.'는 신탁을 듣게 되었다.

이 소문은 널리 퍼졌다. 알렉산드로스는 이를 전술적으로 이용했다. 그가 이 소문을 의도적으로 퍼트렸을지도 모른다. 플루타르코스는 이렇게 기록했다. "알렉산드로스는 자신의 신성에 대한 믿음에 현혹되거나 우쭐대지는 않았지만 남들을 복속시키는 데는 적극적으로 이용했다." 그라니코스강의 전투를 시작으로 소아시아와 시리아, 팔레스타인을 정복하고 이집트를 손에 넣은 알렉산드로스는 파죽지세로 페르시아의 심장을 향해 돌진했다.

이 과정에서 그와 대항해야 했던 지역의 지도자들은 정치적 부담을 느꼈다. 맞서 싸우자니 패할까 두려웠고 항복하자니 정치적 권위를 잃을 것 같아 불안했다. 그때 알렉산드로스의 '전설'은 그들에게 전쟁을 피할 명분이 되었다. '알렉산드로스와 싸우는 것은 곧 신의 아들과 싸우는 것이며, 그것은 신에게 불경과 오만의 죄를 범하는 것이다.' 그들은 백성들을 설득했고 알렉산드로스에게 성문을 열어 줄 수 있었다. 현실적 딜레마를 종교적인 명분으로 해결한 것은 백성들도 마찬가지였다. 그들은 막강한 적 앞에서 비겁하지 않게 굴복할 수 있었다.

알렉산드로스는 그들에게 신의 아들이며 영웅의 품격에 어울리는 관용을 베풀었다. 싸우지 않고 양쪽이 모두 이기는 결과를 얻은 것이다. 그의 야망은 동쪽 땅 끝으로 가서 바다를 보는 것이었다. 하지만 인도 서부에서 멈춰야 했다. 절망과 함께

영웅, 내 삶의 이야기

그의 행동은 흐트러졌고 전우들은 그에게서 하나씩 등을 돌리기 시작했다. 완전한 배신이 실현되기 전에 알렉산드로스는 서른세 살의 나이로 세상을 떠났다. 무절제한 음주가 그의 정신과 몸을 망가뜨렸다고 플루타르코스는 기록했지만, 그 술에 누군가가 암살의 독을 넣었으리라는 의혹과 추정은 지금도 끊이지 않는다. 그의 죽음조차 전형적인 영웅의 조건 가운데 하나다. 온 인류를 지배하겠다는 알렉산드로스의 꿈은 인간의 한계를 넘어서 신의 영역에 도달하려는 '불경스럽고 오만한 것'이었다. 그것은 끝내 한계에 부딪혀 비극적인 종말을 맞이한 것이다. 아킬레우스가 그랬고 헤라클레스가 그랬듯이. 그리고 그 비극적 파멸의 값으로 그들이 산 것은 불멸의 명성이었다.

영웅적 품격과 몰락

플루타르코스는 알렉산드로스의 생애를 하나의 비극처럼 그려냈다. 그의 성공은 물론 비극적인 파멸까지도 이 세상을 살아가는 우리에게는 삶의 교훈이 된다. 우리는 인류 역사 속의 알렉산드로스일 수는 없어도 우리의 삶 속에서는 하나의 알렉산드로스일 수 있기 때문이다. 플루타르코스가 알렉산드로스와 비교한 카이사르도 그렇고, 그 밖에 마흔여덟 명의 인물들도 모두 우리 삶의 다양한 측면을 비춰 주는 거울과도 같다. 그래서 그것은 단순히 사회와 역사의 리더들을 위한 책에 그치지 않고,

자기 삶을 주도적으로 이끌어 가야만 하는 모든 이들에게 유익한 삶의 지침서가 될 수 있다.

　　플루타르코스의 기술에서 흥미로운 점은 인물들의 행위와 품격에 교육의 힘을 연결시킨 것이다. 두 가지 차원에서 주목해야 한다. 첫째는 마치 지금의 나처럼 알렉산드로스를 연구하며 공부하는 것이 '영웅'이 되는 것을 보장하는 것은 아니지만, 훌륭한 교육 없이는 '영웅'이 될 수 없다는 사실이다. 이는 알렉산드로스와 같은 위대한 리더가 되려는 사람들에게 유효하다. 또 다른 차원은 모든 개인들에게 적용되는 보편적인 차원에서다. 누구나 교육을 통해 자신의 삶의 지침을 세우고 그에 따르지 않는다면 내 삶 속에서 성공하는 알렉산드로스가 될 수 없다는 것, 그리고 자칫 낙담한 알렉산드로스처럼 몰락하고 만다는 것이다. 이제 교육의 관점에서 플루타르코스가 주목한 두 가지 요소와 그가 밝히지 않은 한 가지 요소를 소개하려 한다.

　　첫 번째는 아리스토텔레스의 교육이다. 알렉산드로스가 그를 만난 것은 열세 살 때였다. 그는 철학의 다양한 분야, 특히 윤리학과 정치학뿐만 아니라 의학도 배웠다. 또한 영웅에 대한 열망조차 아리스토텔레스의 영향으로 보인다. 실제로 그가 가지고 다니던 『일리아스』는 아리스토텔레스가 만들어 준 것이었다. 플루타르코스는 이렇게 기술했다. "처음에 알렉산드로스는 아리스토텔레스를 숭배했고 아버지 못지않게 사랑했다. 아버지는 그에게 생명을 주었으나 아리스토텔레스는 아름답게 사는 법을 가르쳐 주었기 때문이다."

두 번째는 디오게네스의 가르침이다. 왕위에 오른 알렉산드로스가 그리스의 지도자로 등극하여 코린토스를 방문했을 때, 그는 철학자 디오게네스를 찾아갔다. 소원이 무엇이냐고 묻자 디오게네스는 "햇볕이 가려지지 않게 조금만 비켜서 주시오."라고 대답했다. 그때 알렉산드로스는 권력에 굴복하지 않고 당당한 디오게네스에게 감탄하며 이렇게 말했다. "내가 만약 알렉산드로스가 아니라면, 나는 디오게네스가 되고 싶다."

　　실제로 그는 디오게네스와 같은 금욕주의를 실천했다. 전리품은 부하들에게 아낌없이 나누어 주었고, 정복지의 여인들에게 손을 대는 법이 없었다. 호의호식은 없었고, 시간이 날 때면 독서를 하며 사냥과 무예로 몸을 닦았다. 알렉산드로스의 원정을 함께하며 모든 행적을 기록한 역사가 오네시크리토스는 디오게네스의 제자였다. 한 번의 만남에서 디오게네스에게 감동한 알렉산드로스가 그에게서 직접 배울 수가 없자 그의 제자를 소개받아 동반했던 것이다.

　　또 하나의 스승은 이소크라테스였다. 사연은 좀 복잡하다. 필립포스가 활약할 무렵, 그리스 세계는 두 가지 위험에 직면해 있었다. 첫째는 그리스의 내분이었다. 아테네와 스파르타는 27년 동안 전쟁을 벌였고, 두 도시가 전쟁으로 쇠약해지자 테베와 코린토스가 득세하며 혼란은 가중되었다. 사분오열이 된 그리스의 도시국가들은 이합집산하며 지속적으로 전쟁을 벌였다. 이 와중에 페르시아는 그리스 정복을 호시탐탐 노리고 있었다. 이미 두 차례나 그리스를 침공했던 페르시아는 그리스를 위협하던 두 번째 위험 요소였다. 페르시아는 그리스의 내분을 외교적으로 이용하여 지난날의 패배를 앙갚음하고 그리스를 정복할 기회를 찾고 있었다. 이때 이소크라테스는 '범그리스주의'를 주장하며 그 이념을 실현시킬 주역을 찾고 있었다. 그의 눈에 필립포스가 들어왔다. 이소크라테스는 그에게 그리스를 통합하고 그 힘을 모아 페르시아를 정복하라는 정치적 메시지를 보냈다. 필립포스가 그의 의견을 받아들였는지는 확실하지 않지만, 그의 행보는 이소크라테스의 조언과 일치했다.

많은 학자들은 필립포스에게 보낸 편지들을 알렉산드로스도 보았으며, 그가 아버지의 뒤를 이어 페르시아 원정을 감행한 것은 그 영향이라고 추정한다. 이소크라테스는 알렉산드로스에게도 편지를 보낸 적이 있다. 그때는 알렉산드로스가 열네 살이었고 아리스토텔레스의 가르침을 받고 있던 상태였다. 그 편지에서 이소크라테스는 알렉산드로스의 가능성에 대한 기대감을 감추지 않았고, 제왕으로서 유용한 학문에만 귀를 기울이라고 조언했다. 플루타르코스는 이소크라테스에 대해 전혀 언급하지 않지만, 필립포스와 알렉산드로스 부자에게 보낸 이소크라테스의 편지와 글들이 그들에게 정치적으로나 교육적으로 영향을 주었다고 추정할 근거는 충분하다. 특히 이소크라테스가 제안한 정치적 이념이 필립포스 부자가 추구하고 실현했던 행적과 거의 일치한다는 것을 우연으로 돌리기는 어렵다.

적어도 이 세 스승의 가르침에 충실한 동안 알렉산드로스는 단단했고 승승장구했다. 아리스토텔레스가 가르쳐 준 품

영웅, 내 삶의 이야기

성적인 탁월함과 합리적인 이성적 판단의 뛰어남, 그리고 영웅적인 용기를 유지하는 동안 그는 전투에서 패배하지 않았다. 디오게네스의 윤리적 가르침에 따라 절제와 금욕의 미덕을 발휘하는 동안 그는 동료와 부하들은 물론 적들에게조차 존경의 대상이 되었다. 그의 도덕적 품격과 지적 탁월함에 이소크라테스적인 정치적 비전이 더해졌을 때, 알렉산드로스의 행보는 명분을 얻고 멀리 뻗어 나갈 수가 있었다.

그러나 그가 정치적 비전에 좌절하며 그를 지탱해 주던 생활 태도가 무너지자, 도덕적 품격은 급격하게 변질되고 방탕하고 난폭한 폭군의 모습을 보이게 되었다. 알렉산드로스는 곧 과음과 무절제한 생활에 열병을 얻었고 서른세 살의 나이에 요절했다. 그해에 디오게네스도 세상을 떠났고, 그 이듬해에는 아리스토텔레스도 사망했다. 그렇게 한 시대가 영웅의 몰락과 함께 저물어 갔다. 그것은 인류 역사에 독보적인 한 영웅적 인물의 행적이지만, 또한 우리의 삶 속에서도 재현되는 우리 자신의 모습임을 기억해야 한다. 미국의 소설가인 존 바스(John Barth)는 이런 말을 했다. "모든 사람은 필연적으로 자기 자신이 써 나가는 삶의 이야기에서 영웅이다. (Everyone is necessarily the hero of his own life story.)"

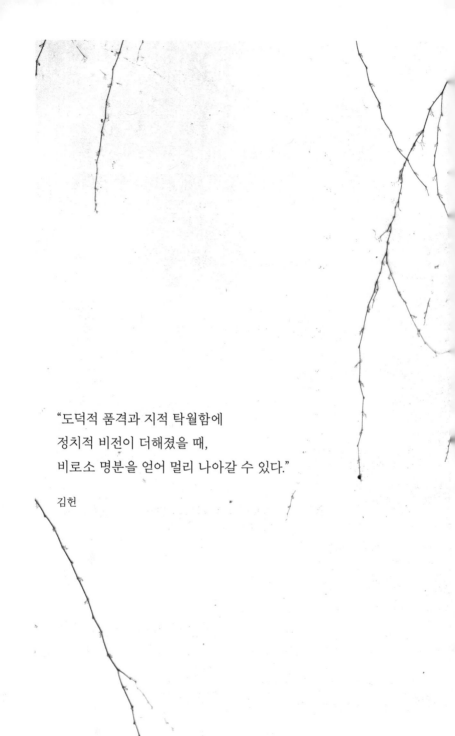

"도덕적 품격과 지적 탁월함에
정치적 비전이 더해졌을 때,
비로소 명분을 얻어 멀리 나아갈 수 있다."

김헌

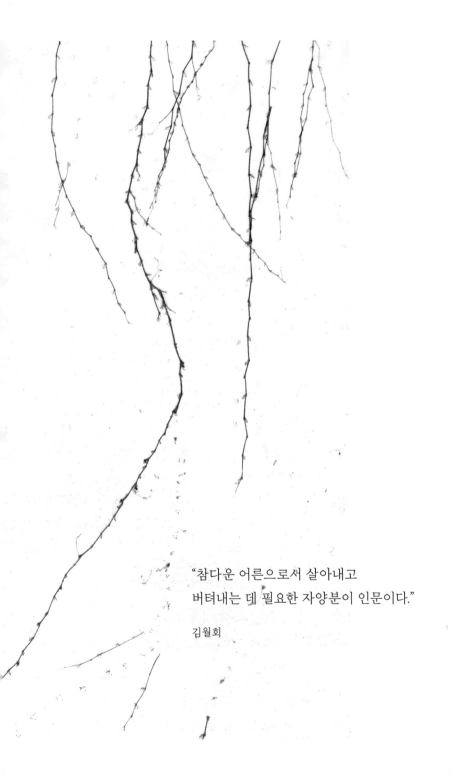

"참다운 어른으로서 살아내고
버텨내는 데 필요한 자양분이 인문이다."

김월회

22

김월회

승상이 그를 갑자기 찾았다. 그는 불안한 마음을 누르며 서둘러 승상부로 갔다. 가 봤더니 승상은 후원에 풍성한 주연을 마련하고는 그를 기다리고 있었다. 단둘이 하는 술자리였다. 내심 불안이 더욱 증폭됐지만, 애써 태연한 척 승상의 기분을 맞춰 가며 술잔을 기울였다. 한참 흥이 무르익어 갈 즈음 불현듯 마른하늘에서 천둥 번개가 쳤다. 순간 그는 천둥 번개가 더없이 고마웠다. 저간의 사정은 이러했다.

영웅인 듯 영웅 같은 영웅 아닌!

그는 천둥 번개가 치기 직전 조조에게 천하의 영웅은

당신과 나밖에 없다는 말을 막 들었던 참이었다. 말 그대로 '심쿵' 했다. 천하를 도모하려는 속마음을 들키기라도 한 듯 화들짝 놀라 들고 있던 젓가락을 떨궜던 참이었다. 조조가 누구이던가, 황제를 등에 업고 천하를 호령하는 일세의 간웅이지 않던가. 그러한 자가 은근하게 그의 속마음을 떠본 셈이니 순간적으로 온몸에 힘이 빠졌던 게다. 그런데 때마침 천둥 번개가 쳐서 이에 놀라 젓가락을 떨어뜨렸다고 둘러댈 수 있었다. 허둥대는 그의 모습을 보며 조조는 자기가 그를 너무 높이 평가했나 하며 한바탕 간드러지게 웃어 젖혔다. 그런 조조의 모습에 그는 안도의 한숨을 내쉬었다. 바로 『삼국지연의』의 주인공 유비 얘기다.

그런데 이들의 대화는 어지간히 이상하다. 조조와 유비라고 했을 때 둘 다 영웅이라는 이미지가 쉬이 떠오르지 않기 때문이다. 조조는 흔히 '간웅(奸雄)'이라 불린다. 그리고 이를 '간특한 영웅' 정도로 푸는데, 사실 이는 오역이다. 간특함과 영웅은 의미상 결합될 수 없기에 그렇다. 간특하면 그저 소인배일 뿐 결코 영웅이 될 수 없다. 여기서의 '웅(雄)'은 '힘센 남자' 정도의 뜻으로, 영웅처럼 긍정적 뉘앙스로 쓰인 것이 아니었다. 조조를 '효웅(梟雄)', 곧 '무척 사납고 모진 사내'라고도 부르는 까닭이다.

유비는 또 어떠한가. 인자하고 후덕한 이미지가 먼저 떠오를 수는 있어도 영웅의 이미지가 앞설 가능성은 매우 희박하다. 그런데도 서로들 자기가 영웅이라는 데 아무런 토를 달지 않았다. 범위를 좀 넓혀 보겠다. 유비의 의형제인 관우와 장비는 어떠한가. 관우에게는 영웅보다는 주로 덕장(德將)이란 표현이 붙었고, 장비도 영웅보다는 호걸이란 표현과 주로 결합됐다. 소설 속 인물뿐 아니라 실제 역사 속 인물에게 영웅이란 칭호가 붙는 경우도 거의 없었다.

중국만 그러한 것이 아니다. 우리 역사에서 '구국의 영웅'이니 '민족의 성웅'이니 하며 을지문덕과 강감찬, 이순신 등을 호명한 건 근대 이후에 나타난 현상이었다. 강감찬만 해도 역사에는 문무를 겸비한 문신으로 기록됐지 영웅으로 기려지지는 않았다. 그렇다면 『삼국지연의』에 실린 조조의 말은 어찌 된 것일까?

성인(聖人)으로 순치된 영웅들

그 이유가 명쾌하게 밝혀지지는 않았지만 결론부터 말하자면 고대 중국에는 오늘날과 같은 뜻의 영웅, 그러니까 서구의 'hero'에 해당되는 개념이 없었다. 그런데 영웅이라는 어휘는 있었다. 다시 말해 영웅이란 낱말은 있었지만 그 개념은 오늘날과 같은 것이 아니었다는 얘기다.

영웅의 한자 표기는 '英雄'이다. '英'은 꽃이나 화려한 장식을 의미하고, '雄'은 날짐승의 수컷이란 뜻에서 파생되어 용맹한 남자라는 뜻으로 사용됐다. 이 둘은 처음부터 한 단어로 고안된 것이 아니었다. 예컨대 글솜씨가 빼어난 이를 '英'이라 하고 출중한 무공을 지닌 자를 '雄'이라고 했다. 그러니까 영웅 하

영웅, 내 삶의 이야기

면 글을 잘 짓는 인재와 무예가 빼어난 재목을 각기 가리켰다. 그러다 늦어도 기원전 3세기 후반 무렵부터는 이 둘이 결합된 형태가 한 단어처럼 쓰여 '재능이 출중한 인물'을 가리켰다.

유비가 여포에게 쫓겨 조조에게 투항하자 그의 참모 정욱은 그를 죽이라고 간했다. 그러자 조조는 "지금은 한창 영웅을 그러모아 들일 때"라며 유비를 받아들였다. 조조의 일대기를 기록한 정사 『삼국지』, 「위서」에 기록된 내용이다. 흔히 원문이 '英雄'이라고 되어 있는 까닭에 습관적으로 영웅이라고 번역하고 있지만 실은 '빼어난 인재'라는 뜻이었다. 이 말에는 'hero'의 뜻이 담겨 있지 않았다. 흔히 "난세에 영웅이 난다."의 영웅은 'hero'가 아니라 뛰어난 인물을 의미했을 따름이다.

그렇다고 근대 이전의 중국이 영웅, 곧 'hero'를 필요로 하지 않은 사회였다고 단정할 수는 없다. 또한 그리스신화에 등장하는 영웅에 비견될 만한 존재가 없었다고도 할 수 없다. 치우라든지 신농, 예, 형천 같은 신화적 인물들은 영웅이라고 부르기에 손색이 없다. 치우는 최고 권력자인 황제(黃帝)에 맞서 압도적 힘의 우위를 점하다가 탁록 들판에서 벌인 최후 일전에서 패퇴하여 그곳에 묻혔다. 그러나 신의 혈통이던 그는 죽은 후로도 명성이 여전하게 천하를 진동하여, 심지어 황제가 그의 초상화를 이용하여 변방의 독한 족속을 진압하기도 했다.

어머니가 신룡(神龍)에 감응되어 태어난 신농은 소머리에 사람 몸을 지닌 존재로, 농기구인 보습을 발명하여 보급하는 등 사상 최초로 중국인에게 농경을 가르친 존재였다. 또 중원 최초로 의술을 펼치고 약초를 보급하였으며 악기를 제조하였다. 일설에 의하면 우주 섭리를 표현한 64괘를 만들었다고도 한다. 곧 신농은 농경, 의료, 음악, 지식의 제 방면에 걸쳐 사상 최초로 기초를 놓은 문화적 영웅이었다. 예는 한꺼번에 떠오른 열 개의 해 가운데 아홉 개를 활로 쏘아 떨어뜨려 뭇 생명을 질곡에서 건진 영웅이었다. 형천은 천제와 싸우다 머리가 잘리는 천형을 받았지만 견결한 저항 정신을 바탕으로 두 젖꼭지를 눈 삼고 배꼽을 입 삼아 부활, 천제 앞에서 보란 듯이 한바탕 춤사위를 펼쳐 낸 '흥 많은' 영웅이었다.

그럼에도 이들에게는 'hero'로서의 영웅은 물론 빼어난 인재라는 뜻의 영웅이란 말조차도 허락되지 않았다. 치우와 예, 형천같이 무력 방면에서 절륜의 공적을 쌓은 이들에게는 '기이하다' 유의 수식어가 붙으면 붙었지, 웬만하면 붙는 호걸이니 준걸이니 하는 칭호조차 허여되지 않았다. 반면에 신농처럼 문화 방면에서 성대한 업적을 쌓은 존재에게는 성인(聖人)이니 성군(聖君), 성왕(聖王) 같은 극존칭이 붙었다. 그뿐만이 아니었다. 중국사상 최초로 황하와 장강 대부분 유역을 포괄하며 제국적 통일 왕조를 세운 진시황은 책을 불사르고 지식인을 파묻는 반인문적 행위를 했다는 이유에서 영웅은 고사하고 폭군이란 명패를 2200여 년이 흐른 지금까지도 이고 있다.

한마디로 근대 이전 중국은 영웅이 필요 없던 사회도 아니고, 그때에 영웅이 없었던 것도 아니다. 영웅 가운데 문화적 공적을 이룬 존재는 성인으로 호명됐고, 그러하지 않은 존재들은 비주류로 내몰렸을 따름이었다.

협객(俠客), 거세된 영웅들의 존재 방식

그러면 성인으로 추앙되지 않은 영웅들은 모조리 비주류로만 내몰렸던 것일까? 거칠게 답하자면 대다수가 그러했던 듯싶다. 치우나 예, 형천은 물론이고 천제와 겨루다 지자 분을 참지 못해 하늘을 떠받치는 네 기둥 중 하나를 들이받아 하늘을 서남쪽으로 기울게 한 공공이나, 무용은 천하무쌍했지만 포악한 성정 탓에 결국 성군 요임금에게 변방으로 쫓겨난 도철 등은 악한의 대명사로 내몰렸다.

다만 이들은 기성의 주류 권력과 불화 관계에 놓였다는 공통점을 지닌다. 이와 관련하여 사마천이 지은 『사기』, 「자객열전」을 참조할 필요가 있다. 그는 상고시대부터 한대 초엽까지 역사를 다각도에서 정리하면서 당시 적잖이 존재했던 자객의 역사도 개괄했다. 그렇다고 아무 자객이나 다 다룬 것은 아니었다. 신의라는 기치 아래 개인적 용맹을 바탕으로, 예컨대 군주나 재상같이 큰 힘을 지녔지만 하자가 있는 자를 상대한 자객만을 다뤘다. 춘추전국 500년을 상회하는 시대에서 모두 다섯 명이 선택됐는데 조말과 예양, 전제, 섭정, 형가가 그들이다.

조말은 노나라의 무장이었다. 그는 인접해 있던 대국 제나라와의 전투에서 거듭 패퇴하여 결국 도읍 코앞까지 영토를 잃었다. 그럼에도 노나라 군주는 조말을 재신임하였고, 이에 절치부심하여 제나라와 협정을 맺는 자리에서 그는 품었던 비수를 꺼내 당시 제나라의 군주였던 환공을 위협, 잃었던 땅을 되찾는 데 성공했다. 예양은 자기를 알아주던 군주가 조나라 군주 양자에게 죽임을 당하자 그를 위해 신체를 훼손해 가면서까지 복수를 시도했으나 실패, 결국 자결했다. 당시 사람들은 예양의 의기(義氣)에 감명받아 그의 죽음이 알려지자 온 나라 사람들이 눈물을 흘리며 애통해했다고 한다. 전제는 물고기 속에 비수를 넣고 오나라 왕에게 접근, 그를 시해하고 현장에서 살해됨으로써 자기를 잘 대해 준 합려가 왕이 되는 데 결정적으로 기여했다. 합려는 훗날 오나라를 중원 최강국으로 발전시킨 군주였다.

섭정은 자기 어머니를 지극 정성으로 보살펴 준 엄중자의 청을 받아 그의 원수인 한나라 재상을 암살하였다. 그러고는 후환이 생기지 않도록 자기 눈을 뽑고 얼굴 가죽을 벗겨 내는 결기를 뿜어낸 후 자결했다. 형가는 진시황에게 나라를 뺏길 것을 염려한 연나라 태자 단의 부탁을 받아 진시황 암살에 나섰다가 장렬하게 척살됐다. 그가 진시황 암살을 위해 길을 나서며 역수(易水)가에서, 지기 고점리가 연주하는 비파 소리에 맞춰 읊은 시가는 두 구절밖에 안 되는 짧은 노래임에도 그 강개한 비장미로 인해 천고의 절창으로 회자됐다. "바람 쌀쌀하다, 역수 물 차갑다. 장사가 막 떠났으니 다시 돌아오진 못하리!"

이들은 모두 자기가 지닌 힘을 훨씬 능가하는 상대를 대상으로 무모하기 그지없는 행동을 결행했다. 물론 각기 내세

영웅, 내 삶의 이야기

운 명분이 있었다. 조말에게는 국가에 대한 충성이, 예양·전제·섭정에게는 자기를 알아준 지기에 대한 의리가, 형가에게는 강대국의 탐욕에 대한 응징이 무모한 행동을 정당화할 수 있는 근거였다. 그리고 그러한 명분은 생사존망을 초월해 신의와 명예를 앞세우고 그 어떤 권세나 억압에도 위축되지 않으며, 세운 뜻은 기필코 이뤄내고자 하는 강인함과 버무려져 마치 그리스신화 속 영웅들처럼 낭만과 비장미, 숭고함을 자아냈다. '자객' 열전이 실은 '영웅' 열전이었던 셈이다.

『사기』에서는 이들이 자객이란 범주로 묶였지만 이들은 실은 협객(俠士)에 속하는 이들이었다. 바로 이들이 한비자의 증언에 따르면 자객들이 배출되는 원천이었는데, 사마천은 그들 가운데 의협(義俠)이라 칭할 만하고, 그 의기를 불의한 권력자를 대상으로 자객이란 활동 양태로 드러낸 이들을 꼽아 「자객열전」에서 다루었다. 사마천은 이들이 국가로 대변되는 공적 장치가 제대로 작동되지 않았던 춘추전국 시절, 개인의 용맹을 바탕으로 하여 사회적으로 나름 순기능을 수행했다고 봤다. "협객의 근본은 꺾이지 않는 무용과 강인함에서 생겨난다. 평소에 한 말을 오랫동안 잊지 않으며, 위험을 보면 목숨을 바쳐 시대의 어려움을 구제하여 동류인 사람을 구한다."고 한 전국시대 말엽 큰 유학자였던 순자의 증언처럼 말이다.

이쯤 되면 협객더러 영웅답다고 칭해도 별 무리가 없게 된다. 문화 발전에 큰 공을 세운 이들을 성인이라 추숭하는 경향 덕분에 무(武) 방면에 근거를 둔 영웅 숭배가 뿌리 내리지 못해서 그랬지, 그러지 않았다면 협객은 능히 영웅으로 칭송됐을 것이다. 물론 함량 미달의 협객을 제외하곤 말이다.

영웅으로서의 인문적 시민

우공이란 가상의 인물이 있다. 동네 앞에 태항과 왕옥이란 거대한 산이 있어 통행하기가 매우 불편했다. 어느날 그는 가족회의를 열어 산을 깎아 내기로 했다. 그러고는 온 가족이 나서 산을 깎고는 깎아 낸 흙을 발해만에 버리고 되돌아오기를 반복했다. 한 가마니 분량의 흙을 발해에 버리고 오는 데 한 달가량 걸렸음에도 이들은 포기하지도 또 회의하지도 않았다.

『열자』에 실려 있는 "우공이 산을 옮긴다."는 뜻의 우공이산(愚公移山) 이야기다. 그런데 여기의 우공이 실은 영웅이라고 한다면 어떤 반응이 야기될까? 모르기는 해도 말 같은 소리 좀 하라는 짜증 섞인 반응이 주를 이룰 것이다. '어리석은 어르신'이란 뜻의 이름을 지닌 우공을 견결한 의지와 강인한 용맹으로 갖은 난관을 돌파하며 문제를 해결하는 영웅과 연결할 수 없음은 너무나 당연하기에 그렇다.

그럼에도 우공은 영웅과 연결되어 있다. 고대 중국 신화의 보고인 『산해경』에 보면 염제(炎帝)라는 천신의 어린 딸 정위 이야기가 나온다. 하루는 그녀가 동해에서 노닐다가 물에 빠져 죽는다. 동해의 신이 그녀를 차지하고자 바다 속에 붙잡아 둔 걸과였다. 그러나 그녀는 신의 딸답게 새로 부활하였고, '정위정위'라 우짖으면서 서쪽 산의 나무와 돌을 물어다가 동해를 메워 간다. 자신을 죽음에 이르게 한 동해의 신에게 복수를 하기 위함이었다. 동해가 돌과 나무로 메워지면 해신은 머물 곳을 잃어 결국 소멸될 것이라는 믿음의 발로였다. 『산해경』에는 또 거인족인 과보 얘기도 실려 있다. 그는 해를 쫓아가다가 목이 말라 황하와 위수의 물을 다 마셨다. 그러나 이로도 갈증이 해소되지 않자 대택의 물을 마시러 가다 그만 숨이 지고 만다. 그런데 그가 짚고 다닌 지팡이에서 싹이 나더니 큰 숲을 이루었고 사람들은 여기서 해를 피해 쉴 수 있었다고 한다. 햇빛을 차단하는, 그러니까 해의 영향력을 가로막는 존재가 됨으로써 제한적이나마 해에게 복수를 가한 셈이었다.

이 두 신화는 거대한 힘을 지닌 존재와의 불화, 그로 인한 죽음과 다른 존재로의 부활, 이를 통하여 자기의 염원을 이뤄 내고자 한다는 공통점을 지니고 있다. 그런데 이 둘은 무척 김빠지는 내용의 신화다. 한 마리 새가 나뭇가지와 돌을, 그것도 서쪽 산에서 물어 와 동해 바다를 메운다는 시도가 그러하고, 아무리 거인이라 해도 태양을 쫓아가 잡아 보겠다고 끊임없이 돌고 도는 태양을 따라 내내 달린 것도 그러하다. 게다가 둘 다 뜻을 이루기 위해 최선을 다해 벌인 활동의 결과도 각각 동해와 태양의 위세에 견주어 보면 미미하기 그지없다. 단적으로 정위나 과보에게선 도무지 영웅의 이미지를 추출할 수 없어 보인다.

여기서 영웅과 '나'의 실존은 어떤 관계인지, 어떤 관계를 맺을 수 있는지와 같은 물음을 던져 볼 필요가 있다. 태곳적 신화시대이든 첨단 과학기술의 시대이든 간에 영웅이 장삼이사의 생활, 그러니까 일상을 꾸리기에도 버거운 일반인과 무관한 초인적 존재라면 거기에 어떤 실존적 의미가 담길 수 있을까? 애초부터 초인으로 태어나지 못했다면 결국 영웅은 닿을 수 없는 신기루 같은 존재에 불과하게 된다. 그러한 영웅에게서 우리가 일상을 살아가는 데 필요한 자양분을 과연 길어 올 수 있을지, 오늘날처럼 영웅을 영화나 게임 등의 캐릭터로 삼아 이를 즐기며 소비하는 것이 차라리 유용할 수도 있다. 다시 말해 영웅을 여전히 신화처럼 대하는 태도에서 벗어날 필요가 있다는 말이다. 초인적 힘과 남다른 정의감, 용맹함 등을 기본으로 갖춘 자만이 영웅이라는 그러한 신화 말이다. 정위나 과보, 우공 같은 이를 절대로 영웅으로 포착하지 않는 그러한 선입견 말이다.

어쩌면 사람으로 태어나, 태어나기 전에 이미 주어진 자연과 사회적 여건 아래에서 자기 삶을 유의미하게 꾸려 나감 자체가 대단한 일일 수 있다. 하여 노신은 자각한 주체로서 '살아냄' 자체가, '버텨냄' 자체가 자신을 불편하게 하는 갖은 사회적 부조리에 대한 통렬한 복수라고 보았다. 적어도 공자 이래로 이러한 이들을 '어른(成人)'이라고 불러 왔다. 그저 잘 먹고 건강하게 잘 살면 가만히 있어도 되는 몸집만 어른을 말함이 아니다. 자기 삶을 유의미하게 꾸려 가고자 어떤 조건에서도 살아내고 버텨내며 자기 삶의 주인으로 살아가는 그러한 어른을 말함이다. 이들이 그래서 영웅인 것이다.

영웅, 내 삶의 이야기

어른다운 어른이 된다는 것은 결코 녹록지 않은 과업이다. 그런데 근대 이래 우리는 이러한 어른을 시민이라고 칭해 왔다. 시민의 또 다른 이름이 어른이라는 것이다. 그리고 참다운 어른으로서 살아내고 버텨내는 데 필요한 자양분을 인문이라고 불렀다. 이를 이러저러한 경로로 섭취하면서 우리는 성숙한 어른 시민, 곧 '인문적 시민'으로 구성된 사회를 향해 걸어왔다. 그러한 삶이 설령 멋지거나 화려하지는 않을지라도, 아니 대부분이 고될지라도 다 의미가 있는 까닭이 여기에 있는 듯싶다.

죽음,

삶을 완성하다

23 | 24

단단하게 살아간다면,
두렵지 않다

23

김헌

존재하는 것들의 필사적인 본성

처음이 있으면 끝이 있는 법. 시작된 모든 것은 언젠가는 끝난다. 그것이 자연의 이치이건만, 일단 존재한 것들은 그 존재를 쉽게 포기하지 않고 끝까지 유지하기 위해 온 힘을 쓴다. 그 또한 자연의 생리이며, 존재하는 것들의 필사적인 본성이다. 풀잎에 맺힌 이슬도 자신을 말려 없애려는 햇볕에 저항하며 수정처럼 단단하게 결집하고, 떨어져 박살 나지 않으려고 풀잎 끝에 매달려 악착같이 버틴다. 돌덩어리도 모진 바람을 견디며 몰아치는 소낙비에 맞서 자신의 몸을 필사적으로 지키지 않는가. 존재하는 모든 것은 각자의 방식대로 버티며, 파멸과 죽음에 저항하며 우주를 이룬다. 그래서 이 세상은 존재로, 생명으로 가

죽음, 삶을 완성하다

득하며 역동하는 것이다.

우리의 인생도 마찬가지다. 없다가 태어나 있게 된 삶, 언젠가는 죽음으로 끝나며 없어질 것이다. 그러나 태어난 이상, 생명을 유지하려고 존재 전체를 총동원한다. 삶은 곧 죽음에 대한 총체적인 저항이다. 나이 든 노인들이 하는 말 가운데 가장 믿을 수 없는 말이 "늙으면 죽어야 하는데……."라고 한다. 아무리 노쇠하여 수시로 죽음을 예감해도 진심으로 죽고 싶어 하는 사람은 아무도 없다. 어떻게든 살려고, 죽음을 피하려고 하는 것이 인간의 본성이며 자연스러운 욕망이다.

그래서 내가 살 수만 있다면 다른 사람의 목숨도 희생할 수 있다고 덤벼들기도 한다. 이런 진실을 잘 보여 주는 그리스 신화가 있다. 주인공은 아드메토스, 테살리아의 도시 페라이의 왕이었다. 그는 태양의 신 아폴론의 총애를 받으며 화려한 나날을 보내고 있었다. 자신의 삶을 그늘 한 점 없이 빛내 줄 아름다운 여인과 결혼도 했고, 눈에 넣어도 아프지 않을 아이들도 낳았으며, 온유한 백성들과 함께 웃음이 끊이질 않는 평화롭고 행복한 나날을 보내고 있었다. 적어도 운명의 여신이 그에게 정해 놓은 운명의 천에 어두운 가위질을 하려고 하기 전까지는 그랬다. 뜻하지 않는 순간에 그는 죽음에 직면해야만 했다. 그렇게 짧은 삶을 살도록 예정되어 있었음을 그는 꿈에도 몰랐다. 가슴이 찢어질 것만 같았다. 결코 죽고 싶지 않았다.

그대 대신 내가 죽겠소

아폴론 신은 운명의 여신들을 설득해서 아드메토스를 죽음에서 구할 방법을 찾아냈다. 운명의 여신들은 아드메토스 대신 죽을 사람이 있다면 죽음의 운명을 한 번은 피할 수 있게 허락해 준 것이다. 그런데 그를 대신해서 죽을 사람이 있을까? 부모도, 자식도 그의 부탁을 외면했다. 그에게 구원의 빛을 비춘 것은 그의 아내 알케스티스였다. 그녀가 남편을 대신해서 죽겠다고 나선 것이다. 그리스의 비극 작가 에우리피데스는 이 비장한 장면을 무대 위에 올렸다. "한 여인이 남편을 가장 사랑한다는 것을 보여 주려면, 남편을 위해 죽기를 자청하는 것보다 더 좋은 방법이 어디 있겠어요?" 하녀가 노래했다. 그런데 알케스티스는 정말 남편을 끔찍하게 사랑해서, 그를 위해서라면 모든 것을 바칠 수가 있어서 그를 대신하는 죽음을 선택한 것일까?

어쩌면 지고한 사랑 때문이 아닐 수도 있다. 남편의 죽음을 외면한다면 두고두고 사람들이 쏘아 대는 비난의 화살을 온몸으로 받아 내며 살아야 하는데, 알케스티스는 그것을 견딜 자신이 없었을지도 모른다. 차라리 죽는 것만 못한 삶이 되리라 예감했던 것일까? 죽음이 두려우면 살려고 온갖 노력을 다하지만, 삶이 두려워지는 순간 인간은 삶을 피하기 위해 죽음을 선택할 수도 있는 법이다. 죽느냐, 죽음보다도 못한 삶을 사느냐, 그것이 그녀의 문제였다. 그녀는 피할 수 없는 죽음이라고 생각했고 그 죽음을 명예롭게 장식하기로 선택했다. "마님께서는 태양 아

죽음, 삶을 완성하다

래 단연코 가장 훌륭한 여인이라는 명성으로 빛난 채 떠나시는 구나." 페라이의 노인들은 찬양했다.

상황과 명분을 고려하여 합리적인 추론을 통해 본능과 욕망에 역행하는 결론을 내리고 그것을 실천할 수 있는 것은 인간이 동물의 비천한 수준을 벗어나 인간적 고귀함을 획득하는 길이다. 아니 그것은 인간을 넘어서며 불멸하는 신에 다가서는 도약이며 상승이다. 반역죄로 몰려 십자가 형틀에서 찢겨 죽어야만 하는 운명을 직감한 한 사람이 밤새도록 처절하게 기도했다. "아버지, 이 쓰디쓴 잔을 제게서 거두어 주실 수는 없습니까?" 그도 사랑하는 여인과 결혼하고 아이도 낳고 행복하게 살다가 기운이 다 쇠한 황혼에 잠자듯이 죽는 것을 원했을지도 모른다. 그러나 그는 그 소박한 소망을 접고 처절한 운명을 결단한다. "하지만 제 소원대로 하지 마시고, 아버지의 뜻대로 하십시오." 그 순간의 결단이 그 사람을 인류의 구원자로 불멸하게 만든 것이다. 알케스티스의 희생도 비슷한 맥락에서 아름답게 빛난다.

왜 내가 너 대신 죽어야 하는가?

알케스티스가 숨을 거두자, 아드메토스는 그녀의 죽음으로 얻은 삶이 기껍지 않음을 곧바로 절감했다. 쓰디쓰고 아렸다. 불현듯 제정신이 아니었음을 깨달았다. 어차피 한 번 살다 죽을 인생, 그 무엇에 미련이 있어서 피를 빨아먹는 거머리처럼 삶에 집착하며 달라붙어 꽃다운 아내를 창백하게 죽이고 그 값으로 구차하게 삶을 연장했단 말인가? 후회가 파도처럼 밀려와 그를 모질게 후려쳤다. 사내답지 못한 선택에 자괴감을 느끼자 살아 있음 자체를 견딜 수가 없었다.

아내의 장례를 준비하는데, 아버지가 찾아왔다. 며느리의 고상한 행동을 칭찬하는 아버지가 돌연 밉고 한없이 저주스러웠다. 이미 살 만큼 산 연로한 아버지가 자기 대신 죽겠다는 결심만 해 주었어도 아내는 무사할 수 있었을 텐데, 아버지가 보여 준 노욕에 분노가 치밀어 올랐다. "세상에 아버지만큼 비겁한 사람은 없습니다. 이미 인생의 종점에 도달하셨는데도 자식을 위해 죽을 의지도 용기도 없으셨단 말입니까?"

그러나 어이가 없다. 어떻게 아드메토스가 이런 말을 할 수 있을까? 죽음을 피하려고 아내를 죽게 만든 것은 바로 아드메토스가 아닌가? 아버지 페레스는 발끈했다. 태어나게 해 주었고 먹여 주고 입혀 주고 재워 주며 키워 놓고 왕위까지 물려주었는데, 고작 한다는 소리가 그따위라니! "내가 네게 무슨 부당한 짓이라도 했느냐? 네 것을 빼앗았느냐? 집어치워라. 너도 나를 위해 죽지 마라. 나도 너를 위해 죽지 않겠다. 너는 햇빛을 보고 좋아하면서 이 아비는 그러지 않을 거라 생각하느냐? 지하의 삶은 길고, 이곳의 삶은 짧다. 하지만 삶이란 얼마나 감미로운 것이냐. 너도 죽지 않으려고 뻔뻔스럽게 발버둥 쳤고, 여기 이 여인을 죽임으로써 운명을 거스르며 아직 살아 있는 것이 아니냐. 명심

죽음, 삶을 완성하다

아드메토스와 알케스티스의 재회

해라. 네가 네 목숨을 사랑한다면, 남들도 모두 자기 목숨을 사
랑한다는 것을!" 맞다. 세상에서 가장 귀한 것은 자기 자신이다.
내가 없다면, 세상도 없는 것이다. 누가 무슨 권리로 자기 대신
남더러 죽으라고 할 수 있겠는가?

죽으면 끝날 인생, 어떻게 살아야 할까?

장례식이 한창인데, 아드메토스의 궁전에 반가운 불청
객이 도착한다. 헤라클레스다. 그는 아드메토스의 친구였다. 최

선을 다해 손님을 대접하라는 것이 제우스의 명령이다. 아드메토스는 친구에게 아내의 장례식임을 알리는 것은 마음을 불편하게 만드는 것이라 우려하여 사실을 숨겼다. 편하게 쉬다 가게 할 요량이었다. 친구의 배려로 아무것도 모른 채 헤라클레스는 왕궁의 한쪽 방에서 흐드러지게 음주와 가무를 즐겼다. 헤라클레스는 못마땅해하는 하인에게 충고하듯 쏘아붙였다.

"뭘 그렇게 쳐다보는가? 인간은 누구나 다 죽기 마련이다. 내일도 살아 있을지 아는 사람은 아무도 없다. 운명이 어떨지 알 수도 없다. 그러니 즐기자. 마음껏 마시고, 오늘의 인생만이 자네 것이라고 여기고 나머지는 운명에 맡겨라."

참다못한 하인은 헤라클레스에게 진실을 밝혔다. 헤라클레스는 부끄러웠다. 민망하기도 했고 친구의 속 깊은 배려에 감동하기도 한 헤라클레스는 친구를 슬픔에서 구해 낼 방법을 궁리하기 시작했다. 헤라클레스는 바깥으로 나갔고, 얼마 후 다시 아드메토스를 찾아왔다.

"자네가 나에게 자네 아내의 죽음을 숨기다니, 자네를 비난하지 않을 수 없군. 그건 그렇고, 이제 그만 슬퍼하고 여기 이 여인을 받아들이게. 내가 경기에서 이겨 얻어 온 여자일세. 지금의 불행이 자네를 몹시 아프게 하지만 세월이 가면 누그러질 걸세."

죽음, 삶을 완성하다

그러나 아드메토스는 그럴 수가 없었다. 아내가 앉던 의자, 그녀가 눕던 침대, 그녀가 거닐던 정원과 궁정은 그를 한없이 아프게 하고 있었기 때문이다. "이것 보게 친구, 내가 어떻게 그 여인을 죽은 아내의 침상으로 데려갈 수 있겠는가? 그녀를 배신하느니 차라리 죽어 버리겠네!" 그러나 헤라클레스는 아랑곳하지 않고 계속 강권한다. "여기 이 여인을 자네의 정숙한 집에 받아들이게. 그러지 않으면 자네는 큰 실수를 저지르게 될 거야." 헤라클레스는 억지로 아드메토스의 손에 여인의 손을 잡게 한다. "이제 이 여인을 맡게. 그리고 한번 쳐다보라고."

죽음에서 벗어난 기쁨도 잠시

헤라클레스가 여인을 가리고 있던 베일을 걷어 내자, 아드메토스는 깜짝 놀랐다. "어때, 자네 아내를 많이 닮지 않았는가? 이제 그만 슬퍼하고 그녀와 다시 행복하게 살게!" 헤라클레스가 데려온 여인은 믿을 수 없을 정도로 아내를 쏙 빼닮았다. "내가 과연 내 아내를 보고 있는 것인가? 아니면 어떤 신이 내 정신을 쏙 빼놓으시려고 나를 속이는 기쁨을 보내신 것인가?" 헤라클레스는 대답했다. "자네는 분명 자네 아내를 보고 있는 것이네." 헤라클레스는 아드메토스의 아내가 죽었다는 말을 듣고 곧장 그녀의 무덤으로 달려갔던 것이다. 죽음의 신 타나토스가 그녀를 저승 세계로 데려가기 전에 그녀를 구하기 위해서였다.

헤라클레스는 목숨을 걸고 혼신의 힘을 다해 죽음과 싸웠고, 마침내 죽음을 이겨내고는 알케스티스를 구해 냈다.

남편을 위해 죽음을 선택한 숭고하고 고귀한 그녀는 아무 말 없이 두 남자의 곁에 서 있다. "아직 자네는 그녀의 목소리를 들을 수가 없네. 지하의 신들의 마음을 달래는 제물을 바쳐 그녀를 깨끗하게 정화하는 기도를 올리고, 세 번째 햇빛이 떠올라야 하네." 아드메토스 대신 죽었던 알케스티스가 사흘 뒤에 죽음에서 부활하는 순간, 아드메토스도 역시 죽음 같은 삶에서 벗어나 온전히 생명과 삶의 환희를 회복할 것이다. 알케스티스의 부활은 곧 아드메토스의 부활이었다.

알케스티스의 희생과 부활이 아드메토스에게는 생명을 위한 복음이었다. 그러나 그 부활의 기쁨도 잠시, 그들은 또다시 언젠가는 죽음에 직면할 것이다. 끝나는 것에 대한 두려움, 죽음에 대한 공포를 이겨내는 궁극의 지혜가 인간에게 절실한 이유다. 알케스티스를 부활시킨 헤라클레스의 신화는, 그러나 고대 그리스인들의 마음에서 죽음에 대한 두려움과 공포를 완전히 제거하지 못했다.

죽음에 대한 두려움을 이겨 낼 궁극의 지혜는?

일찍이 호메로스는 불멸의 명성을 추구하는 영웅들의 모습을 인간의 이상형인 양 노래한 바 있다. 언젠가 죽을 수밖에

죽음, 삶을 완성하다

없다면, 그런데도 영원히 존재하기를 갈망한다면, 그 이름을 길이길이 남기라는 것. 그러나 호메로스의 노래도 죽음에 대한 두려움에서 완전한 자유를 보장하지 못했다. 내가 떠난 세상에서 내 이름이 남은들, 죽어 버린 내게 그것이 무슨 소용이냐는 의구심을 지울 수가 없었기 때문이다.

그렇게 죽으면 끝이 아니냐며 두려워하는 제자들에게 소크라테스는 인간의 죽음은 영원한 사라짐이 아니라고 가르쳤다. 죽음이란 감옥과도 같은 몸에서 영혼이 풀려나는 것. 영혼이 세속적인 욕망의 때를 벗고 몸에서 완전히 해방되어 깨끗하게 정화된다면, 이 고통스러운 세상에서 벗어나 밝게 빛나는 순수한 존재의 세계로 날아올라 영원한 환희를 누릴 수 있다고 알려 주었다. 실제로 소크라테스는 죽음을 조금도 두려워하지 않았다. 사형 선고를 받고 투옥되었을 때, 제자들은 힘을 합해 그를 탈옥시키려고 했지만 그는 거부했다. 철학이란 육체적인 간섭에서 벗어나 영혼만으로 진리에 가까이 다가서는 것, 그러니 철학은 영혼이 완전히 육체에서 벗어나는 죽음을 닮아 있다. 철학은 곧 죽음의 연습인 셈이다. 평생 죽음의 연습으로 철학을 했던 소크라테스에게 진정 죽음의 순간이 찾아왔을 때, 그것을 피할 이유가 없었던 것이다.

그로부터 400여 년 뒤, 이 세상의 삶이 전부가 아니며, 오히려 진짜 삶은 죽음 이후에 있다고 가르친 한 젊은 선생이 죽음을 앞두고 있었다. 그는 자신이 곧 십자가 위에서 죽게 될 것이라고 제자들에게 알려 주었다. 그를 따르던 제자들은 혼란에 빠졌다. "당신이 그렇게 죽어 버리면 우리는 어떻게 해야 하나요?" 선생은 진지하게 대답했다. "너희는 마음에 근심하지 마라. 두려워하지 마라. 너희가 머물 곳은 많다. 내가 그 처소를 예비하러 간다." 그는 하늘나라를 약속했다. 그곳에서의 삶은 영원할 것이며, 그곳을 믿고 소망하는 사람들은 이 세상의 모든 고통에서 벗어나 완전한 자유와 해방을 누릴 것임을 예고했다. 그의 가르침은 당장 제자들에게 확신을 심어 줄 수는 없었다. 스승이 군인들에게 잡혀갈 때, 그들은 스승의 가르침을 잊고 두려움에 사로잡혀서 달아났기 때문이다. 그러나 지금, 그의 가르침은 수많은 인류에게 죽음의 두려움을 이겨내는 복음이 되고 있다.

그로부터 약 100년 후, 로마의 황제 마르쿠스 아우렐리우스는 묵묵히 글을 쓰고 있었다. "머지않아 너는 어느 곳에도 존재하지 않게 될 것이다. 네가 지금 보고 있는 것들 중에 그 어느 것도, 지금 살아 있는 사람들 중에 그 누구도 그렇게 되지 않는 존재는 없다." 인간의 숙명을 온몸으로 받아들이려는 결기가 비장하고 단호하다. "죽음이 엄습해 올 때, 몸과 영혼에 어떤 일이 일어날지 헤아려 보라. 인생이 짧음을, 너의 앞에 있던 과거와 너의 뒤에 올 미래의 시간이 거대한 심연임을, 만물을 이루는 물질이 연약함을 생각하라." 누구에게 보이려고 쓰는 글이 아니었다. 삶과 죽음이 순식간에 결정되는 전쟁터에서 아우렐리우스는 수시로 두려움에 떨고 있는 자신을 향해 글을 쓰고 있었다. "너는 수만 년을 살 것처럼 행동하지 마라. 피할 수 없는 운명이 네 곁에 있다. 살아 있는 동안, 할 수 있는 동안 선한 자가 되라." 매

죽음, 삶을 완성하다

일 직면해야 하는 죽음의 위기를 넘겨 가며 두려움과 공포를 이겨 내기 위해 쓰는 다짐의 글이었다.

시작된 것은 반드시 끝이 있게 마련이다. 태어나 살게 된 인생, 언젠가 죽음이 찾아오는 것은 당연한 일이다. 그것은 피해야 할 두려운 것이 아니라 나의 삶을 완결시키기 위해 담담하게 받아들여야 할 필연일지도 모른다. 그런데 그렇게 죽음으로 끝을 맺는 인생을 받아들이는 것이 어쩌면 영원히 지속되는 삶을 믿는 것보다 더 깔끔하고 산뜻하며, 그래서 처절히 아름다울 수 있다. 영원함이 자칫 구질구질한 지루함으로 퇴색될 수 있는 반면, 그 영겁의 순간 속에서 죽음으로 끝나는 우리의 삶은 찰나적이지만 또 얼마나 찬란할 수 있는가? 지금 내가 이 글을 끝내듯, 그 어느 순간에 끝이 나더라도 '이만큼 살았으면 충분히 잘 산 거야.'라며 안도할 수 있도록 단단하게 살아간다면 죽음은 결코 두려운 것이 아니리라. 그것이 완전한 끝이어도, 아니면 또 다른 삶의 시작일지라도.

"잊히는 것이야말로 진정한 죽음이다."

김헌

"삶과 죽음의 사이에서 비스듬히 서다."

김월회

죽음에서도 주인이
되어야 한다

24
김월회

말은 뱉어지고 나면 적어도 두 가지 기능을 수행한다. 가령 "한국인은 나오시오."라고 말했다고 치자. 이 말은 그 말을 들은 한국인들을 나오게 함과 동시에 한국인이 아닌 이들은 나오지 못하게 한다. 이 말이 "한국인이 아닌 이들은 나오지 말라."는 뜻을 지니고 있다는 얘기가 아니다. 그러한 뜻이 동시에 환기된다는 것이다.

죽음이 위치하는 곳은?

삶도 그러하다. 우리는 평생을 살다가 저세상으로 간다. 열심히 살아도 결국은 죽는다. 그런데 뭔가 이상하다. 평생을 살

죽음, 삶을 완성하다

아왔으면, 그것도 열심히 살아왔으면 그 결과가 살아 있음이어야 당연하지 않을까? 논리적으로는 말이다. 그러나 현실은 평생을 살아온 결과가 삶이 아니라 언제나, 그 어떠한 예외도 없이 죽음이다. 어떻게 해서든 죽지 않으려 애써도 결국은 죽는다.

이유는 여러 가지로 설명될 수 있다. 그중 필자가 지닌 답은, 우리가 말의 한 면만 봤기에 느껴진 이상함이란 것이다. 그 말이 자동적으로 환기하는 다른 의미에 주의를 기울이지 않은 결과다. 애초부터 '살아간다'는 말에는 생명을 유지해 간다는 본뜻 외에 죽어 간다는 뜻이 붙어 있었다. 달리 말해 살아간다는 말은 죽어 간다는 말을 늘 가리켜 왔다. 그 가운데서 우리는 보고 싶은 쪽에만 눈길을 두었을 따름이다.

아니, 실제로는 사는 것과 죽는 것이 동전의 앞뒷면을 이루고 있을지도 모른다. 『장자』에는 명령(冥靈)과 대춘(大椿)이란 나무 얘기가 나온다. 명령은 500년 동안은 봄이고 500년 동안은 가을인 나무이고, 대춘은 8000년 동안은 봄이고 또 다른 8000년 동안은 가을인 나무라고 한다. 여기서 봄과 가을은, 우리가 익히 알고 있듯이 각각 생명의 생성과 소멸을 가리킨다. 태어나서 자라고 죽음에 이르는 기간이 각기 1000년과 1만 6000년이 된다는 의미다. 또한 그 긴긴 세월을 명령나무와 대춘나무는 반은 살아가고 나머지 반은 죽어 간다는 뜻이기도 하다. 그저 지어낸 이야기에 불과하지는 않다. 실제로 나무의 삶을 두고 반은 살아가고 나머지 반은 죽어 간다고 표현하는 식물학자들도 있다.

죽음이 삶과 무관하게 있다가 삶의 마지막 순간에 끼어

들어 우리와 조우하는 것이 아닐 수 있다는 이야기다. 죽음은 삶이 생성되는 최초의 순간부터 함께 있다가 삶의 기운이 쇠잔해졌을 때 국면을 주도하여 생명을 소멸에 이르게 하는 것일 수도 있다. 이 점에서 로마의 빛나는 지성 세네카의 통찰은 울림이 적지 않다. 우리는 어느 날 갑자기 죽음의 심연으로 떨어지는 것이 아니라 조금씩 죽어 가고 있다.

> 우리는 하루하루 죽어 가고 있네. 왜냐하면 우리는 하루하루 수명의 일부를 빼앗기고 있고, 자라는 동안에도 수명이 줄어들고 있기 때문이네. 우리는 이미 유년기를, 이어서 소년기를, 다시 청년기를 잃었네. 어제까지 줄곧 지나간 모든 시간들을 잃어 온 것이네. 지금 지나고 있는 오늘 이 하루도 우리는 죽음과 함께 공유하고 있는 셈이지. 물시계를 비우는 것은 마지막에 떨어지는 물방울이 아니라, 그때까지 떨어진 모든 물방울이네. 그것과 마찬가지로, 최후를 맞이하여 우리가 이미 존재하지 않게 될 때, 그때만이 죽음을 가져오는 것이 아니라는 걸세. 다만 죽음을 완결시킬 뿐이지. 그때 우리는 죽음에 이르지만, 그곳에 이를 때까지 오랜 시간이 걸린 것이라네.°

살아가기 위해서는 뭔가를 끊임없이 써야 한다. 세네카

○ 세네카, 김천운 옮김, 『세네카 인생론』(동서문화사, 2007).

에 따르면 우리는 수명을 쓰면서 살아간다. 물방울을 써야 작동되는, 곧 살아 움직이는 물시계처럼 우리는 생명을 소비하며 살아간다. 여기서 생명의 소진을 죽음이라고 한다면 우리는 살아가면서 죽어 가는 셈이다. 그러다 더는 사용할 생명이 없으면 삶을 멈추게 된다. 곧 죽음이 완결된다. 살아 움직이기 위해 내보낸 물방울이 물시계의 멈춤, 곧 죽음을 시나브로 불러들인 것처럼 생명을 축내는 죽음은 삶의 마지막 순간에 오는 것이 아니라 생명이 생성되고 유지되는 전 과정에 늘 함께 있었던 것이다.

삶에 죽음을 가둔 공자

단적으로 삶과 죽음이 한 몸을 이루고 있었음이다. 가령 공자가 죽음에 대해서는 직접 언급하지 않고 오로지 삶에 대해서만 언급했다고 하여 그가 죽음을 등한시했다고 단정하지 못하는 까닭이다. 죽음이 삶의 전 과정에 함께하는, 삶과 일체를 이루고 있다면 삶을 의론함은 그 자체로 죽음에 대한 의론과 긴히 연동될 수 있기에 그렇다.

다만 공자의 의론이 겉으로는 죽음을 등진 양상으로 나타났음은 부인하기 어렵다. 그는 죽음에 대해 묻는 제자에게 "삶을 모르는데 어찌 죽음을 알겠는가?"라고 되물었다. 당시 사람들은 사람이 죽으면 귀신이 된다고 여겼다. 그럼에도 제자들의 회고에 따르면 공자는 기괴한 일과 폭력, 혼란한 일과 귀신에 대해서는 말하지 않았다. 실제로 그의 사유가 담겨 있는 『논어』 등에는 죽음 자체를 다룬 언급이 없다. 죽음이 언급된 맥락은 죽은 자를 어떻게 보내야 하는지, 죽은 자의 사후 존재를 어떻게 대해야 하는지의 차원이었다. 곧 상례나 제례 관련 언급이 주이며 죽음 자체나 그 의미를 밝힌 언급은 없다. 공자가 사람의 사후 존재나 세계에 대해 관심이 없었다는 평가를 받기에 충분한 증좌들이다.

그러나 죽음을 등졌다고 하여 그것을 부정하거나 그것에 주의를 기울이지 않았다고 할 수는 없다. 그랬다가는 공자 학설의 골간 중 하나인 돌아간 이나 사후 존재에 대한 의례, 곧 장사와 제사를 강조하지 못하게 되기에 그렇다. 다시 말해 귀신과 같은 사람의 사후 존재와 저승 세계 같은 사후 세계를 부정했다가는 공자 학설의 근간이 뒤틀린다. 그럼에도 그가 사후를 언급하지 않았던 까닭은 죽음을 삶과 분리하여 사유하지 않았기 때문이었다. 공자는 한 사람의 죽음은, 그 사람은 소멸되었지만 그의 사후 존재는 살아 있는 우리 안에서 계속 살아 있다고 보았다. 이 관점에 서면 죽음 자체를 얘기함은 죽은 자를 우리의 삶과 완전하게 분리해 내는 일이 된다. 이는 삶과 죽음이 일체라는 대전제에 위배되는 관점이다.

공자가 제사 지낼 때에는 혼령을 살아 있는 듯이 모셔야 한다고 말하고, 순자가 이를 이어받아 "죽은 듯 살아 있는 듯, 계시는 듯 안 계신 듯 시종여일하게"(『순자』) 제사를 지내야 한다고 당부한 이유가 이것이었다. 어디까지나 죽음은 삶이 비롯되고 펼쳐지는 '이 세계' 안에서 비롯되고 마무리되는 사태이지, 어떤 다른 차원의 세계와 연결된 것이라고 생각하지는 않았기 때문이다. 그래서 공자는 죽음을 '삶의 완성'이라고 보았다. 죽음은 단지 '삶의 종료'라는 객관적 사건에 지나는 것이 아니라 인간다운 삶을 펼쳐 온 한 개체가 인간으로서의 삶을 마감하는 윤리학적 사건이라고 본 셈이다. 따라서 죽음은 삶에 부속된 일부로서만 그 위상과 비중이 설정됐다. 그 결과 삶에 대한 얘기 속에 죽음에 대한 얘기도 들어 있는 셈이 되어 죽음을 별도로 떼어 내어 담론할 필요가 없어진다.

반면에 삶은 죽음에 비해 더할 나위 없이 중요한 것이 된다. 죽음에 대해 삶이 특권화된 셈이다. 따라서 공자를 위시하여 그 후예들은 삶에 대한 윤리학적 요구를 강하게 개진할 수밖에 없었다. 삶보다는 죽음에 차원을 달리하는 중점을 놓은 종교에서 죽음 이후를 위한 강한 믿음과 일상적 수련이 요구되듯이, 삶에 그러한 중점을 놓은 유가는 삶의 과정에서 윤리에 대한 강한 신념과 그것의 평생에 걸친 일상적 실천을 강력하게 요구했다.

장자, 죽음을 담담하게 응시하다

"인간의 본성이 곧 천리다.〔性卽理〕"라는 관점에서 공자의 학설을 재해석한 주희도 죽음을 기본적으로 공자처럼 바라보았다. 다만 그가 죽음을 이 세상 안에서 일어나는 사태로 여길 수 있었던 까닭은 삶과 죽음 모두를 기(氣)의 작용으로 보았기 때문이다. 이를 주희는 "오직 이 천지음양의 기는 사람과 만물이 모두 얻은 기(氣)다. 뭉치면 사람이 되고 흩어지면 귀신이 된다."(『성리대전』)고 개괄하였다. 곧 기가 모이면 삶이 생성되고 유지되며 기가 흩어지면 삶도 흩어져 죽음에 이르게 된다는 것이다. 여기서 주희가 말한 기는 이 세상의 모든 것을 구성하는 가장 근원이 되는 물질을 가리킨다. 그래서 죽음은 이 세상 안에서 일어나는 일이라고 여겼다.

이러한 관점에 서면 삶과 죽음은 둘 사이에 교집합이라고는 전혀 존재하지 않는 상극으로가 아니라, "기가 때로는 삶의 형식으로 존재했다가 때로는 죽음의 형식으로 존재한다."는 식의 이해가 가능해진다. 비유컨대 기로 이뤄진 돌고 있는 동전의 한 면이 삶이고 다른 한 면이 죽음이라는 것이다. 삶과 죽음은 본질적으로 동일하다는 견해가 된다. 이는 실은 사사건건 공자에 대립각을 세웠던 장자도 지녔던 견해다. 그러니까 주희보다 1400여 년가량 앞선 시대에 장자의 화법으로 꽤 세련된 수준으로 이미 제시된 바 있었다.

존재는 저것이 아닌 것이 없고 또 이것이 아닌 것도 없다. 저것 자체로는 저것이 규명되지 않지만 이것으로부터 보면 저것을 알게 된다. 그래서 저것은 이것에서 생겨나고, 이것 또한 저것에서 비롯된다고들 말한다. 이것이 '저것과 이것이 나란히 생겨난다.'는 학설이다. 오로지 이러할 뿐이어서 삶이 생겨나면 죽음

죽음, 삶을 완성하다

도 나란히 생겨나며 죽음이 생겨나면 삶도 나란히 생겨난다.

— 『장자』, 「제물론」에서

만사만물은 모두 다른 무엇인가로 인해 생긴다는 불교의 연기론이 떠오르는 대목이다. 삶은 죽음에서 비롯되고 죽음은 삶에서 비롯된다는 것은 삶에 죽음이 내포되어 있고, 죽음에 삶이 내포되어 있다는 통찰이기도 하다. 그렇게 삶과 죽음은 한 몸을 이루고 있다는 뜻이다. 따라서 삶을 반가워한다면 죽음을 반가워하는 것이 되고 죽음을 싫어한다면 삶을 싫어하는 것이 된다. 문제는 이 말이 별로 살갑지 않다는 점이다. 현실적으로 전혀 와닿지 않을 수도 있다. 살아 있으면 환호하고 죽으면 절규하는 것이 인지상정이자 우리네 현실이기 때문이다. 그래서 장자는 이렇게 당부했다.

옛적 진인(眞人)은 삶을 기뻐할 줄도 모르고 죽음을 싫어할 줄도 몰랐다. 출생을 기뻐하지도 않고 입멸(入滅)을 거역하지도 않았다. 무심하게 떠나가고 무심하게 올 따름이었다. 그 시작된 바를 잊지도 않았고 그 끝나는 바를 따지지도 않았다.

— 『장자』, 「대종사」에서

한마디로 말해 삶과 죽음을 각각 기쁨과 싫음에 연동시키지 말라는 주문이다. 진인, 그러니까 참되게 깨달은 사람이 시작된 바를 잊지 않았다는 말은, 삶이 무에서 비롯됐음을 망각하지 않았다는 뜻이다. 삶의 끝남, 곧 죽음은 원래 상태로 돌아감이라는 것이다. 이러한 관계를 장자는 "없음을 머리로 삼고 삶을 척추로 삼으며 죽음을 궁둥이로 삼는 것"(『장자』)이라고 비유하기도 했다. 삶과 죽음이 하나의 머리를 공유하는 한 몸이니 그들을 따로 떼어 내어 기뻐하거나 싫어하면 이율배반이 되고 만다.

나아가 장자는 기쁨과 싫음의 구도 아래 삶과 죽음을 대함은 커다란 질곡이라고 일깨웠다. 사람들이 그 구도에서 벗어나지 못함은 하늘이 내린 천벌이라고 경계했다. 굳이 벌을 받으면서 살 필요는 없지 않겠냐는 권고다. 그리고 얼른 '삶-기쁨' 대 '죽음-싫음'의 회로에서 빠져나오라고 설득한다. 삶도 죽음도 다 때가 되어 이뤄지는 섭리이니 때를 편안히 받아들이고 섭리에 순응한다면 하늘의 속박으로부터 해방될 수 있다는 것이다.

그렇게 삶과 죽음을 대할 때 비로소 죽음을 있는 그대로 응시할 수 있게 된다. 굳이 공자처럼 죽음을 등졌다는 오해를 살 필요도 없어진다. 죽은 이를 살아 있는 우리 속으로 소환하기 위한 의례를 행할 이유도 사라진다. 그저 그러할 때가 되어 삶을 얻게 되면 이를 누리면 되고, 때가 되어 삶을 잃게 되면 또 그것을 누리면 된다. 이 과정에 희로애락을 결부시킬 하등의 이유가 없다는 것이다. 그렇게 삶과 죽음이 인간의 감정을 매개로 직결되어 있는 회로 바깥으로 얼른 나오라고 주문한다.

죽음, 삶을 완성하다

죽음에 비스듬히 서기

고대 중국 문화가 유가와 도가로 대표된다고 하여 죽음에 대한 관점이 공자와 장자의 그것으로 대변되는 것은 아니다. 죽음에 대한 철학적 사색만 있었던 것도 아니다. 사실 죽음은 문학적으로 훨씬 더 많이 다뤄졌던 화두였다. 그 가운데 독특하다고 할 만한 문학적 대응도 있었다. 위진시대(220~420)에 나름 성행했을 것으로 추정되는 만가시(挽歌詩) 중 일부가 그것이다.

만가시는 만가의 형식을 본떠 지은 시를 말한다. 만가는 상여를 묘지로 메고 나갈 때 부르던 노래로, 산 자가 죽은 자를 애도하는 내용과 형식을 띤다. 그런데 이를 뒤집어, 자신이 망자가 되어 자신을 장례 치르는 모습과 무덤에 매장된 자신의 상황 등을 노래한 시가 있었다. 작가는 중국문학사를 아롱지게 수놓았던 육기(261~303)나 도연명(365~427), 포조(420~479) 같은 이름난 문인들이었다. 만가시의 내용은 예컨대 이러했다.

전에는 마실 술이 없었지만
지금은 빈 잔마다 가득하다.
봄에 빚은 술은 익어 가는데
언제 다시 맛볼 수 있으려나.
주안상 내 앞에 가득하고
벗들은 내 곁에서 곡을 한다.
말하려 해도 입에선 소리 안 나고

보려 해도 눈에는 빛이 없다.

전에는 화려한 집에서 잤지만

이제는 황량한 풀밭에서 묵는다.

하루아침에 집을 떠나

시원으로 돌아오니 참으로 끝없는 세계다.

──도연명, 「만가시」 둘째 수에서

    아직은 살아 있는 시인이 자기가 망자가 됐을 때를 가정하여 읊은 자기 장례식장의 정경과 무덤에 묻힌 다음의 심회다. 이뿐만이 아니다. 자신이 땅에 묻혀 육신이 진토가 되는 과정을 노래하기도 했다. "풍만했던 살집은 땅강아지, 개미의 먹이이고/ 아름다운 자태는 영원히 소멸되어 사라지리." 도연명보다 앞선 시대를 풍미했던 육기라는 문인이 지은 「만가」 둘째 수의 일부로, 시적 화자는 자기 육신이 살아생전 미물로 여기던 벌레의 먹이가 되어 소멸되는 과정을 지켜보고 있다.

    그런데 이들 텍스트에는 죽음을 삶에 통합시키거나 삶-죽음의 회로 바깥을 설정한 흔적은 보이지를 않는다. 그저 자기가 자기 죽음 이후를 문학적으로 상상하면서 서술하고 있을 뿐이다. 하여 차라리 문학적 유희에 가깝다. 이에 비해 현대 중국의 대문호이자 중국 근대를 대표하는 사상가 노신은 이들과는 자못 유사하지만 사뭇 다른 산문을 남겼다. '죽은 후'라는 뜻의 「사후(死後)」가 그것이다.

죽음, 삶을 완성하다

꿈에서 나는 길바닥에 죽어 있었다. 여기가 어딘지, 내가 어떻게 하여 이리로 오게 됐는지, 왜 죽었는지, 그 모든 일을 나는 도통 알 수 없었다. 어쨌든 내가 이미 죽었음을 알았을 때는 이미 그곳에서 죽어 있었다. (……) 누군가의 말이 들려왔다. "왜 이런 데서 죽자고 한 거지?" 말소리가 내게서 매우 가까이 들리는 걸 보니 그는 허리를 내 쪽으로 굽히고 있으리라. 그런데 사람은 어디서 죽어야 마땅한 걸까? 난 지금까지 사람이 뜻하는 곳에서 살아갈 수 있는 권리는 없어도 원하는 곳에서 죽을 권리는 있다고 여겨 왔다.

—노신, 『야초(野草)』, 「사후」에서

노신이 꿈에서 겪은 바라면서 써낸 이야기다. 어느 날엔가 문득 자신이 어느 길에선가 죽어 있었다. 그러자 의문이 밀려왔다. 사실 이 물음들은 죽음을 사유할 때 곧잘 제기되는 물음들로, 그곳이 어디인지, 왜 거기에 있었고 또 죽게 되었는지, 나는 이미 죽어 있었는데 내가 죽었다는 것은 또 어떻게 내가 알고 있는 것인지, 왜 죽고 싶은 곳에서 죽어서는 안 되는 것인지 등등, 적잖은 물음이 연이어 일어났다.

노신(1881-1936)

물론 망자로서의 자신은 그에 대해 아는 바가 없다. 왜? 죽었으니까! 그러나 자신이 죽었음을 아는 또 하나의 자신은 뭔가를 느낄 수는 있다. 앞서 육기가 자기 신체로 향연을 치르는 땅강아지와 개미를 언급했듯이 생략된 대목에는 접힌 수의가 등에 배긴다며 투덜대고, 몰려드는 개미와 파리를 쫓는 데 집중하는 망자 노신의 모습이 서술되어 있다.

그저 흥미로운 발상이기에 소개하는 것은 아니다. 왜 저들은 죽음을 이러한 방식으로 다루었을까? 노신은 자신이 세상에 대해 취한 태도를 '비스듬히 서기'라고 표현한 적이 있었다.

> 가장 두려운 건 무엇보다도 입으로는 '예.' 하면서 속으로는 '아니오.' 하는, 이른바 '전우'라는 자들로 아무리 방비를 해도 방비할 수가 없습니다. (……) 제 후방을 지키기 위해 저는 비스듬히 서 있어야 되기에 적을 정면으로 마주할 수도 없습니다. 이렇게 앞뒤를 다 살피는 일은 몹시도 힘듭니다.
>
> —「양지원에게 보내는 편지」(1934년 12월 18일 자)에서

혁명을 완수하기 위해선 적들과 마주하기에도 벅찼던 변혁의 시대를 살아내면서 그는 등 뒤에서 날아드는 아군의 암습을 감내하기가 너무도 버거웠다. 앞도 봐야 하고 동시에 뒤도 봐야 하는 딜레마에 봉착했던 셈이다. 이에 그가 취했던 자세가 아군 속에서 '비스듬히 서기'였다. 그래야 눈앞의 적과 등 뒤의 아군을 동시에 볼 수 있었기 때문이다.

만가시를 썼던 시인들도 노신처럼 삶과 죽음에 대해 그렇게 비스듬히 섰던 것은 아닐까? 삶 속에 있으면서도 언젠가 불현듯 닥칠 죽음을 봄과 동시에 삶도 함께 보기 위해서는 이 자세가 유리하다는 판단을 했던 듯싶다. 죽음을 바라보느라 삶을 등한시하면 삶은 죽음보다 더한 상처를 그리도 아리게 입혀 대곤 하니 말이다. 꼭 시절이 혼란해서가 아니다. 삶 자체가 늘 사람을 속이려 들기에 그렇다는 것이다.

'나'가 '나'를 치르는 장례

구약성서의 「창세기」에 보면 아담을 창조한 하나님이 온갖 동물을 그에게로 이끌어 그더러 이름을 붙이게 했다는 내용이 나온다. 여기서 하나님은 인간이 복종해야 하는 법이고, 이름을 부여함은 법을 제정하는 행위라고 해석될 수 있다. 인간은 이처럼 법의 예속자이면서 동시에 법의 제정자다. 인간이 존엄한 존재라고 주장할 수 있음도 이러한 연유에서였다.

하여 인간은 자기 삶에 대하여 스스로 결정할 수 있는 권리를 지닌다. 그렇다면 죽음에 대해서는 어떠할까. 죽음이 단지 생물학적 차원에서 생명 활동이 중단되는 것만이 아니라면, 달리 말해 인간의 죽음에는 인문적 차원의 여러 의미가 중첩되어 있다면 죽음에 대해서도 자기 결정권을 인정해야 하지 않을까. 내 삶에 대한 나의 자기 결정권이 존중되어야 마땅하다면,

죽음에 대한 나의 자기 결정권도 존중될 필요가 있다는 얘기다. 다만 오해하지 말라. 이는 자유롭게 자살할 권리 등을 주장함이 결코 아니다.

　　누구에게나 평온하고 품위 있는 삶을 희구할 권리가 있듯이 평온하고 품위 있는 죽음을 맞이할 권리가 있다. '제대로 된 죽음'이라는 표현은 결코 성립될 수 없지만 죽음을 제대로 준비한다는 말은 성립될 수 있기에 하는 말이다. 더구나 우리는 갈수록 심화되는 위험 사회에서 살고 있다. 세월호 참사에서, 또 '묻지마 살인' 같은 혐오범죄에서 극명하게 드러났듯이, 내가 왜 죽어야 하는지조차 알지 못한 채 돌연히 죽음을 맞이할 가능성이 높아지고 있다. 심지어 전쟁 불사가 공공연하게 외쳐지는 시절을 살아가고 있다. 전쟁터에는 자신이 왜 죽는지도 모른 채, 아니 죽음 자체를 인지하지도 못한 채 순간에 육신이 조각나는 죽음이 만연함에도 전쟁 불사를 되뇐다. 이러한 형국에서 내가 왜 죽는지를 분명하게 알고, 죽음을 맞이하는 과정을 내가 주도하고 통제하는 권리는 무척 중요할 수 있다.

　　공자는 "가르쳐 주지 않고 죽이는 것을 일러 학살이라고 한다."(『논어』)고 일갈하였다. 인간에게는 삶에서의 존엄뿐만 아니라 죽음에서의 존엄이 이처럼 중요하고 또 중요하다. 하여 '나'가 '나'의 죽음에 주인이 될 필요가 있다. 뭔가 대단한 것을 하자는 얘기가 아니다. 이를테면 지구촌 곳곳에서 이미 행하고 있는 것처럼, 장례를 남이 나를 치르는 활동이 아니라 '나'가 주도하여 나의 죽음을 치르는 삶의 마지막 활동으로 바꾸어 가는

　　　　죽음, 삶을 완성하다

것만으로도 충분할 수 있다. 사후에 치르는 장례가 아니라 '생전의 내가 치르는 장례'*로 말이다.

---

* 권수현, 「생물학적 죽음에서 인간적 죽음으로」, 《사회와 철학》(사회와철학연구회, 제30집, 2015), 200쪽.

또다시 고전을 펼치며

김헌

하늘의 뜻을 안다는 지천명(知天命)의 나이도 절반을 넘깁니다. 어렸을 때에는 정말 이렇게 빨리 나이를 먹을 줄 몰랐습니다. 아직도 어린 시절의 추억, 대학 시절의 기분, 청년 시절의 혈기가 생생한데, 이렇게 늙어 가고 있습니다. 이제 제게 남은 삶의 길이가 살아온 날의 길이보다 더 짧음을 실감합니다. 죽음의 예감이 점점 진해집니다. 그래서 그런지, 요즘은 한순간 한순간이 예전보다 훨씬 더 소중하고 아깝습니다. 남은 시간들을 어떻게 살아야 즐겁고 행복하고 값지게 살 수 있을까, 새삼 고민됩니다. 그 답을 찾기 위해 살아낸 시절을 돌아보며 현재의 삶을 둘러싼 주변을 둘러보고 미래를 그려 봅니다. 그리고 제 삶의 짧은 여정을 인류의 긴 역사 속에 자리매김하며, 저를 이끌어 왔던 고전을 펼쳐 보고 다시 생각을 정리합니다. 그것이 내 삶을 또다시 이끌어 주겠지요.

2년 동안 격월로 김월회 선생님과 함께 주제를 정하고 책을 읽고 글을 만들어 주고받으며, 그의 생각과 글을 제 생각과 글에 섞어 심화해 나가며 모 월간지에 실었습니다. 그 글들을 책으로 묶으면서 다시 다듬고 다듬어 마침내 여러분 앞에 내놓습니다. 죽을 수밖에 없는 존재가 죽은 후에도, 아직 살아남아 있는 사람들의 기억 속에 남을 수밖에 없다면, 명예롭게 기억되기 위해 어떻게 살아야 할까? 삶이 뜻대로만 펼쳐지지 않을 때, 정해진 운명대로 살아가는 것이로구나 생각하면서도 어떻게 자유를 누릴 수 있을까? 인생을 수놓는 행복, 부(富), 정의, 아름다움, 분노, 공동체, 역사라는 주제를 놓고, 저만의 삶을 만들어 나가며 제 삶 속에 제가 참된 주인이요 영웅이 되는 삶을 모색해 보았습니다. 그리고 죽음에 대한 명상을 마침표로 찍었습니다.

　　남은 삶을 살면서 기쁘고 즐거운 일도 많겠지만, 저는 여전히 수많은 고통과 좌절과 슬픔, 배신, 질투, 미움, 멸시에 직면할 것입니다. 불행을 직감하는 순간, 저는 또다시 고전을 펼치겠지요. 거기서 제가 부딪힌 문제들을 냉정하게 통찰하고 답을 모색할 겁니다. 어쩌면 답을 찾지 못할 수도 있습니다. 그저 고전에 푹 빠져 문제 자체를 잊는 것으로 위안이 될지도 모릅니다. 다행히 답을 찾는다면, 그 답에 기대어 불행을 딛고 일어나 행복을 향해 갈 겁니다. 그런 과정을 통해 단단하게 잘 살 수 있으면 좋겠습니다. 죽음이 찾아오는 순간, 평화로운 얼굴로 삶을 돌아보고 영면하면 좋겠습니다. 그때까지 저로 인해 제 곁에 있는 사람이 행복하고, 제 곁에 있는 사람으로 인해 제가 행복한 삶이면 좋겠습니다. 인간다움의 품격을 지키며, 사랑하는 사람들과 즐겁게 어우러져 살아가는 삶을 그려 보니 내내 행복해지는군요.

고전이라는 '오래된 현재'

김월회

"무언(無言)으로 말하면 평생 말을 안 해도 평생 말하지 않은 적이 없고, 평생 말하지 않아도 평생 말하지 않은 적이 없다."라는 말이 있습니다. 2300여 년 전 장자라는 사상가가 던진 화두입니다. 말함의 성립조건을 단숨에 부숴 버린 역설입니다. 말함이란 모름지기 말이 있어야 비로소 성립되는 활동입니다. 말이 없으면 우리는 침묵한다고 하지, 결코 말하는데 말이 없을 따름이라고 하지 않습니다. 그런데 장자는 무언의 말함이 기릴 만한 말하기인 양 잘라 말합니다. 그래서인지 이 화두는 말로 생계를 꾸려 왔고 남은 삶도 그렇게 살려 하는 필자를 꽤나 곤혹스럽게 합니다. 말을 할 때 곧잘 "지금 내가 누구에게 말하고 있는 거지?"라는 물음에 직면하곤 합니다. 말을 하고 있음에도 듣는 이 하나도 없게 되는 역설. 여태껏 말했지만 여태껏 말한 적이 없게 되는 회로를 맴돌고 있는 듯해서입니다.

　　대화에 대해 생각해 봅니다. '마주하다'라는 뜻의 대(對), '말하다'라는 뜻의 화(話), 그런 둘이 만나 '마주하고 말하다'는 뜻이 됐습니다. 그런데 마주한다는 것은 어떤 상태일까요? 다정함이 물씬 풍기는 정경일까요, 아니면 소름 오지게 돋는 살풍경일까요? 말하기는 또 어떠할까요. 마주하면 말은 절로 섞이는 것일까요, 아니면 마주하였기에 말은 서로에게 비수처럼 꽂히는 것일까요? 이쯤에서 대화에 대해 다시 생각해 봅니다. '짝'이라는 뜻의 대(對), '말하다'라는 뜻의 화(話), 그런 둘이 합쳐 '짝하여 말하다'라는 뜻이 됐습니다. 짝한다고 하니 문득 정겨움이 밀려듭니다. 적하고는 짝한다는 말을 쓰지 않아서 그런가도 싶습니다. 마주하지 않아도 짝할 수 있고 마주하며 말하지 않아도 말이 짝을 이루기에 그런 듯도 합니다.

　　2년 동안 함께 글을 써 가며 김헌 선생님과 대화를 나누었습니다. 사람이 무리를 이루고 사는 한 마주할 수밖에 없을 화두 열두 가지를 뽑아 고전을 바탕으로 이를 다시 곱씹어 보았습니다. 그 소산을 모 월간지에 연재하며 지금 여기를 함께 살고 있는 '우리'와 대화를 시도했습니다. 고전은 '오래된 현재'라는 믿음을 부여잡고, 열두 가지 화두를 징검다리 삼아 고전과 현재 사이의 대화를 이어 갔습니다. 그렇게 빚어진 스물네 편의 글을 모아 한 권의 책으로 세상에 내놓는 지금, 김헌 선생님과 나눈 대화가, 또 지금 여기의 우리와 나눈 대화가 어떠한 대화였는지를 헤아려 봅니다. 우리의 말이 정녕 짝을 이루며 서로에게 스며들었는지, 혹 마주한 채 줄곧 자기 말만 했는지를 되짚어 봅니다. 그러면서 소망해 봅니다. 나의 말 걸기가 둘의 짝진 말 섞음이 되고 우리의 차진 말 나눔이 되기를요.

이 저서는 2019년 대한민국 교육부와 한국연구재단의 지원을 받아 수행된 연구입니다.
(NRF-2019S1A5C2A04080968)

무엇이 좋은 삶인가

1판 1쇄 펴냄 2020년 12월 25일
1판 3쇄 펴냄 2021년 12월 24일

지은이   김헌, 김월회
발행인   박근섭·박상준
펴낸곳   (주)민음사

출판등록   1966. 5. 19. 제16-490호
주소   서울특별시 강남구 도산대로1길 62(신사동)
           강남출판문화센터 5층 (우편번호 06027)
대표전화   02-515-2000 | 팩시밀리 02-515-2007
홈페이지   www.minumsa.com

© 김헌·김월회, 2020. Printed in Seoul, Korea

ISBN 978-89-374-4429-6 (03800)

사진작가 구본창

독창적인 작품을 통해 한국 현대 예술에서 사진이 비중 있는 장르로
자리매김하는 데 중추적 역할을 해온 사진작가. 연세대학교 경영학과를
졸업하고 독일 함부르크 조형미술대학에서 사진디자인을 전공했다.
샌프란시스코현대미술관, 휴스턴미술관, 교토 가히츠칸미술관,
과천 국립현대미술관, 서울 리움미술관 등 세계 유수의 미술관들이
그의 작품을 소장하고 있다.
　　「숨」, 「탈」, 「백자」, 「공명의 시간」 등 연작이 작품집으로
출간되었으며, 지은 책으로 『공명의 시간을 담다』가 있다.
이 책 『무엇이 좋은 삶인가』의 표지와 본문에 작품 「인테리어」,
「화이트」, 「DF」 연작 가운데 13점을 실었다.
　　홈페이지 bckoo.com